フォークナーの前期作品研究

——身体と言語

田中敬子　著

開文社出版

A Study of Faulkner's Fiction 1919-1931:
Body and Language
Takako TANAKA
Kaibunsha, Ltd., Tokyo
2002

フォークナーの前期作品研究——身体と言語

目次

序論　芸術家像の模索

ウィリアム・フォークナー（一八九七―一九六二）はアメリカ南部ミシシッピ州に生まれ育ち、物心ついて以来、彼の生活の基盤は常にミシシッピ州オックスフォードという小さな町にあった。二〇世紀前半を代表する作家の一人と目されるフォークナーは、一九四九年度ノーベル文学賞を受賞している。彼は一九三〇年代から徐々に作家として認められてインタビューを受けるようになると、自分は単なる農民であると強調し、難しい文学論など何も知らない風をよく装った。[1] しかし彼はまだ無名の修業時代にはフランス象徴主義詩にかぶれ、イギリスの世紀末芸術の影響も受けていた。T・S・エリオットやジェイムズ・ジョイスのようなモダニストの作品も早くに知っている。それは同郷でエール大学に学んだ年上の友人フィル・ストーンに負うところが大きかったにせよ、南部の片田舎での乱読は彼の文学的関心の早熟さを示している。一九一九年、二二才で故郷のミシシッピ大学の特別学生となった彼は象徴詩まがいの詩を書き、気取った態度や服装で周りのことには無関心であったので揶揄の対象になり、「ノーカウント伯爵」というあだ名を付けられたほどである。[2] 人生のなかで時期は異なるとはいえ、フォークナーは片や世紀末芸術気質の芸術家、片や南部の素朴な農民、という対照的なポーズをとってみせたことになる。

周囲に対し芸術至上主義者と農民の両方を装ったフォークナーのエピソードは、彼の芸術が表象と現前する存在の緊張にあったことを窺わせる。フォークナーの初期作品には、フォーンやピエロ、飛行士や操り人形など、ある一定の役割が与えられたペルソナ的人物の他、丘や大地、空など、ある種の象徴性を帯びた基本的イメージがたびたび見られる。それらは、アルフレッド・ケイジンが『八月の光』の土埃や暑気の感覚を評価するように、[3] フォークナーの特徴として挙げられる身体の五感に訴える現前性とは対照的である。行為者、身体、生命といった存在と、それを言語化して表象として定着する意識の対照は文学として当然ではあるが、フォークナーの場合その自覚が明確である。批評家の間でも、言葉に関するフォークナーの実験的手法が顕著な前期のモダニスト的作品を重視するか、『八月の光』以降の、革新的な技法を持ってはいるが南部社会の人種差別を扱った社会的なテーマがより注目される、いわばポスト・モダニスト的作品を重視するか、によって作品評価が微妙に分かれることが多い。[4]

本論考は、フォークナーの前期作品、すなわち初期の詩から最初の小説を経て『サンクチュアリ』（一九三一）に至るまでを対象とする。フォークナーの作品について筆者は便宜上、今挙げた『サンクチュアリ』までの前期作品に続き、中期作品として、『八月の光』（一九三二）から『行け、モーゼ』（一九四二）まで、後期作品としてそれ以降のものを考えている。この区分についてはそれぞれ異論もあるだろうが、[5] 前期作品は黒人問題が焦点となる『八月の光』以前のものと考え、また中期は『行け、モーゼ』によって人種問題のテーマに一応の区切りがついた、とみなす。後期の作品にも『墓地への侵入者』（一九四八）など、人種問題は引き続き存在し、その意味では前期作品にも黒人問題はあるのだが、後期作品ではこのテーマは、作品のすべてにかかわる度合いが中期ほど大きくはない。第二次世界大戦後、アメリカ合衆国の代表的作家と位置づけられるようになったフォークナーは、個人と硬直化した社会組織、国家の関係について考える機会が多くなる。それに対し前期のフォークナーは、二〇世紀前半のアメリカ南部で作家であることの意味を模索しつつ、生や身体、そしてその喪失にこだわって彼の言語世界を作り上げていく。その過程で彼は表象作用の問題点をあぶり出す。彼の前期の作品は、大胆な技法による言語表象への関心から始まって社会における表象作用全般の力学まで思い至る点で、フォークナー文学の基礎をなしている。

この論考では、彼の文学的想像力の基本構造を検討し、表象作用についての彼の意識の成長をたどるが、その際フォークナーが、芸術家と社会の関係を常に意識していたことに留意したい。前期のフォークナーは自己の内面を見つめる審美的なモダニストであることが強調されがちだが、自らの行う表象作用を出版という形にすることは、公共領域に関わる行為である。表象作用へのフォークナーの関心は、直接には、今ここに現前するもの、または失われてしまったものをすべて書き留め記憶したい、という彼の執念に基づく。しかし間接には、彼が二〇世紀前半のアメリカ南部で芸術家となる意味にこだわっていたことにもよるのではないか。近代化著しい時代のアメリカの南部で、フォークナーは複数の文化コンテクストのなかにいる自分を意識しているが、相異なる文化コンテクストは互いに反発または影響しあって彼に書くことの意味を問いかけ、彼の作家像形成に関与する。

フォークナーの三番目の小説『埃にまみれた旗』が示すように、南北戦争を戦いその敗戦の記憶を引きずる南部にあって、戦うこと、行動することは伝統的に男の仕事であり、その行動を語るのは女の役割であった。そのような文化的伝統のなかで、男が作家となるには心理的圧力がかかる。しかもフォークナーは第一次世界大戦にも参加していない。『征服されざる人々』（一九三八）でフォークナーは、一登場人物の瞑想として「どうしようもない裂け目がある。すべての生とすべての活字との間に、つまり行動することができ、実行する人々と、行動できず、できないことにたいそう苦しんでそのことについて書く人々の間に」(二二八)と書いている。彼は行動する側でなく、書く側にいる自分の役割を説明する必要を感じていたであろう。

　南部で作家になる場合、最も受け入れられやすいのは、トーマス・ネルソン・ペイジやトーマス・ディクスンのように、古き良き南部の荘園を理想とする南部ロマンスを語ることである。しかしフォークナーはそのようなロマンス作家になる気は毛頭なかった。ミシシッピ大学特別学生当時のダンディな服装は、最初から芸術至上主義者であることを主張して、南部というローカルな要請に屈しない異端者の立場に自分を追い込む戦略でもある。フォークナーが「古い詩と生まれつつある詩――ある遍歴」で述べているように[6]、彼は青春時代、シェリーやキーツなどのロマン派やスウィンバーンのようなヴィクトリア朝後期唯美主義者の影響を受けており、またヴェルレーヌの翻案詩をミシシッピ大学の週間新聞に発表して、ヨーロッパ志向を明らかにしていた。

　南部の地方性を越えるのにフォークナーは、南部に対立する北部、ニューイングランドを迂回してヨーロッパを強調した。しかしフォークナーには、ラルフ・ワルドー・エマソン、ウォルト・ホイットマンに代表される一九世紀アメリカロマン派詩人たちの隠れた影響も考えられるように思われる。フォークナーは基本的に、過去にこだわり父の罪を継承するナサニエル・ホーソンや宇宙の悪について考えるエドガー・アラン・ポー、ハーマン・メルヴィルの系統に連なる。だがホーソンやメルヴィルが楽観派といわれるエマソンを常に意識していたのと同じ意味で、フォークナーもエマソンやホイットマンに無関心ではいられなかったはずである。[7] なるほどフォークナーは、影響を受けた作家としてメルヴィルの名はしばしば挙げているが、エマソンに言及したことは一度もない。作品では『兵士の報酬』にホイットマンの影響が指摘可能だが、後はエマソンの名が『蚊』で触れられるばかりで、ホーソンの『緋文字』に比べれば、フォークナーにとって超絶主義者が影響大であったとはいえない。しかしフォークナーの詩人像は多分にアメリカロマン派的である。

ロイ・ハーヴェイ・ピアースはその著『アメリカ詩の連続性』で、アメリカの詩人は既成の価値体系を拒否し、自分は内面の真実を見る自由で孤独な視者だ、という自尊心を持つ一方、民衆のなかでこそ自分は詩人として生き、歌うことができるのだから共同体での連帯感を大事にする、という矛盾を常に抱えていると述べている。[8] ニューイングランドの賢者として孤高のイメージが強いエマソンと、肉体の詩人であることを強調する民衆派のホイットマンはその両極を代表する。しかし二人ともそれぞれ、自分の表看板のイメージと対立する民衆の活力や視者の孤独を強く意識している。若きフォークナーも、高邁な理想を言語化する芸術家の孤独と誇りを感じると共に、大地の生のエネルギーを人々と共有していたい、という欲求も持っている。よってフォークナーが初期小説で芸術家の役割を考えるとき、エマソンやホイットマンを密かに意識していても不思議ではない。

もっともフォークナーはそこで、エマソンに異を唱える形で芸術家としてのアイデンティティを形成していく。エマソンは身体性を捨象し、見たものを瞬間的に言葉で表現する直観詩人が普遍的な声を代表する、と強調する。しかしアメリカ南部は、共同体の記憶や神話を通して共通のアイデンティティを形成することを重視してきた。また南部は人種差別社会として、人種を決定する身体にはまがまがしさが潜むという意識を持ち、その身体を管理できるだけの社会体制と言説を、時間をかけ、集団的に形成してきた。フォークナーの理解する南部は、常に身体にこだわりながらも異質な身体の接近を恐れ、執拗に言語による神話化や排除を行い、境界不可侵のアイデンティティを形成する。指示対象と指示語の間にずれが生じていても、そのずれは社会制度維持のためには意識的に黙認される。フォークナーはそのような社会の弊害に気づいているが、エマソン流の唯我独尊や霊感を受けた詩人の声の現前性が、この社会の悪しき慣習を簡単に打破できるとは考えない。南部社会は存在と表象のずれをめぐって老獪な調整作用を発揮してきたし、人々は一人の詩人の眼力と即興の言葉が絶対的価値を持ち、共同体の言説よりも優先されるとは考えていない。そのなかでフォークナーは、エマソンが神聖化する「見る」行為や文学の言語表象作用にも権力が絡むことを認めた上で、社会全体で行われる表象作用を検証し、南部社会批判へと進む。

フォークナーはエマソンとの違いに自分の進路をみているが、身体性にこだわったホイットマンにはむしろ共感している点が見受けられる。ホイットマンは「ライラックがこのまえ庭に咲いていたとき」で、合衆国の偉大な指導者リンカンの死とそれを記憶する詩人の役割をうたった。フォークナーは最初の小説『兵士の報酬』でホイットマンのリンカン幻想に密かに対抗する形で、喪失という強迫観念のなかにある彼独自の南部を構築し始めたのではないか。そこでは第一次世界大戦で致命傷を負い、記憶喪失となった兵士が故郷南部に帰還する。それは人間の身体性と、言葉の遊戯性の自覚が奇妙に交錯する世界である。ホイットマンは身体と言語、そして詩人の役割を強く意識していた点で、フォークナーの芸術家像形成に示唆を与えた可能性がある。南部神話を強制する南部社会の言説に反発するフォークナーは、ヨーロッパの芸術至上主義に向かうが、一九世紀アメリカのロマン派は、彼に南部の負の遺産と共にその文学的可能性を自覚させ、彼を再び南部へと向かわせる一助となる。

南部、アメリカ、ヨーロッパという輻輳した文化コンテキストのなか、フォークナーには第一次世界大戦後の、近代化が南部でも顕著になった時代の芸術家という意識も加わる。もともと、二〇世紀初頭のアメリカ深南部に育った若きフォークナーにとって、ヨーロッパ文学の影響を受けて芸術家意識は芽生えているものの、アメリカ社会での芸術家という具体的イメージを描くのは簡単なことではない。一九世紀にエマソンは、アメリカ独自の精神を表現できる芸術家の出現を『アメリカの学者』で要請したが、のちにF・O・マシーセンがアメリカン・ルネッサンスの代表として取り上げるホーソンやメルヴィルは、現役当時は同時代の家庭小説の人気の前に影が薄く、彼らが文学的に復権を果たしたのは、フォークナーが作家になることを意識し始めた一九二〇年代に入ってからであった。芸術家は、特にアメリカでは、その地位が不安定である。大衆社会は二〇世紀に入ってさらに成長を続け、市場が要求する大衆小説と芸術家が目標とする作品のずれはより顕著になる。フォークナーは同時代のアーネスト・ヘミングウェイやF・スコット・フィッツジェラルドのように流行作家としてもてはやされることはなかったが、それでも短編を商業雑誌に載せて収入を得ることは彼にとって切実な問題であった。たとえば一九三〇年から一九三二年にかけてフォークナーは、自分が書いた短篇のリストを作り、それらがいつどの出版社に採用されたかされなかったか丹念に記録を取っている。[9] 短編として先に雑誌に発表したものを長編小説に編み直して出版する、というのもフォークナーがよく使った手法である。アメリカ大衆社会の求める作品と自らの理想の調整は、自意識の強い作家にとって忍耐のいる仕事になる。

もちろん作家の出版状況ばかりでなく、近代化がもたらす機械化、産業化、大量生産の影響は、南部の封建的農村社会に直接影響を与えている。フォークナーは一九二九年出版の『サートリス』（フォークナーの死後の一九七三年、削除部分を復活して『埃にまみれた旗』の原題で出版された）で、南部父権制社会の静かな崩壊を示唆した。南部農本主義文学者による近代化、資本主義化へのプロテスト、「我が立場」が出たのは一九三〇年である。フォークナー自身はこの運動に関わっていないが、彼が昔風の南部体制に心情的に惹かれる面があったことは、『埃にまみれた旗』のなかの南部貴婦人ミス・ジェニーの扱いからも明らかである。とはいえ当時のフォークナーは、南部農本主義文学者たちのように南部の保守的立場を表明するのではなく、[10]すでに述べたようにヨーロッパ志向であった。初期のフォークナーにとってヨーロッパは、南部という地方性に対抗するばかりでなく、第一次大戦後のアメリカの経済的繁栄に対して芸術の伝統としての意味がある。

若きフォークナーが一九二五年、四カ月余りのヨーロッパ滞在を果たした当時、パリはモダニズムの中心地のひとつだった。しかしジョイスを尊敬しながら声もかけられず、[11]ガートルード・スタインのサロンにも足を向けず、セザンヌの絵を気に入ってワイルドの墓に詣でたフォークナーは、ジョイスやエリオットの文学的モダニズムはすでに吸収しながら、パリをモダニズムよりも、全体としてむしろ伝統的な「芸術の都」として尊重したのではないか。ダニエル・J・シンガルは、初期のフォークナーがモダニズムよりも後期ヴィクトリア朝芸術という、因習に対する穏やかな反抗をまず選んだことを指摘して、フォークナーの初期の感性がヴィクトリア朝的環境に拘束されていたと論じている。[12] パリでよれよれの外套を着て髭を生やし、パイプをくわえるフォークナーの写真からは、彼がこの都で華々しいモダニズム文化に直接身を投じるよりも、繁栄するアメリカの喧騒を逃れてボヘミアンの孤独な芸術家の暮らしを楽しんだことが窺える。

とはいえフォークナーが最初唯美主義に染まり、そしてモダニズムに影響されたことは、唯美主義とモダニズムに共通する芸術至上主義と大衆社会の関係を彼が考えるうえで有益であったろう。ロタール・ヘーニヒハウゼンが指摘するように、[13] 当時、アメリカのビアズレーといわれたウィリアム・ブラッドレーを始め多くの美術家がアメリカの商業美術で活躍していた。またジョナサン・フリードマンは一九世紀末から一九二〇年にかけてアメリカが英国の唯美主義を受け入れた際、最初からこの美術様式と広告業との結びつきが強かったことを指摘している。[14] 唯美主義は、一九世紀英国の近代化に対する芸術家たちの抵抗様式のひとつだが、ワイルドのアメリカ講演旅行に見られるように、その芸術至上主義的傾向と特権意識は商業主義に利用される危険がある。

フォークナーにとって唯美主義にはまることは、純粋芸術をめざすという宣言になったばかりではない。それは南部農本主義にたって機械文明を批判するよりもよほど、近代資本主義市場が芸術家を取り込む危険性を直接知り、学習する機会となる。

ローレンス・ビュエルは、英国ロマン派詩人が作家の職業化、商業化傾向に抗して「天才」を強調したことが、エマソンら一九世紀前半のニューイングランド作家たちに大きな影響を与えていたと述べている。[15] しかしフォークナーは芸術の商業化、大衆社会の画一化の脅威に対抗するのに最初、アメリカロマン主義の霊感よりも唯美主義を選んだ。芸術家の感性を特権化してそのヴィジョンを少数のエリートのものとする唯美主義は、台頭してきた大衆社会を排除する。だが唯美主義者は、少なくとも見られることに敏感だという点で他者を意識している。彼らは選ばれた者にしか見えないものを見、それを大衆には理解できない言語で表現して秘教的集団を形成するが、その排他的な芸術の表層を、不可侵の境界面として自覚する。エマソンの詩人は、見ることとうたうことが一致してしかも自己が大霊と共鳴して宇宙と融合する。そのような理想をフォークナーはあこがれつつも確信できない。南部は、異人種間の不可触性の境界を意識する。南部社会が育てた敏感な境界意識は、フォークナーをまず、唯美主義者がこだわる境界としての芸術へ結びつけたのであろう。しかし唯美主義やモダニズムに共通する芸術至上主義は、芸術家と区別される大衆を逆説的に必要とし、ピエール・ブルデューが指摘するように市場論理に裏で支えられて存在する恐れがある。[16] フォークナーはそのことにも気づかざるを得なかった。

このようにフォークナーは相対立する複数の文化コンテクストのなかで作家として出発し、社会のなかの芸術家としてのアイデンティティを探る。それは表象作用とは何かという問いと直結しているが、小説を書き始めて彼は次第に、具体的な南部の女性や黒人という他者を例にとって表象作用を検証するようになる。特に女性は、作家の言語化への意欲をかき立てる生命存在であると共に、他者として作家を脅かす。女性は表象化に常に抵抗し、ギリシャ神話のメドゥーサのように見るのも命がけの存在となって、表象作用が一種の権力闘争であることを明らかにする。女性はフォークナーに、作家である意味の吟味を迫る。また初期の彼が作品を捧げた気まぐれな恋人たちは、作家が常に戦わねばならない市場との関係を彼に考えさせる。表象化される対象であり、また作品の受け取り手ともみなされる女性を通してフォークナーは、文学のみならず社会的なものへと視野を拡大して、表象作用について考える。同時に彼は、南部黒人の問題を、社会がひとつの集団に対して行う表象作用の暴力として捉える態勢を整える。前期作品の最後となる『サンクチュアリ』で初めてフォークナーの小説世界に「ヨクナパトファ郡」という名が与えられるが、それは巡回裁判所の開廷の際に宣言される、法的に正式な名称として用いられる。フォークナーは、元来ごく私的な文学的想像力の発露である表象作用が、社会全体の問題として存在することをここで認識している。

フォークナー批評は、彼の小説の題材となる具体的な社会と、それを描写する彼の言語のどちらに重点を置くか、によって様々に分かれてきた。初期批評では、ジョージ・マリオン・オードネルが、フォークナーは南部社会の実態を描いたと強調したが、その後もたとえばクレアンス・ブルックスは、ニュークリティシズムの旗手として綿密な作品分析を行いながらも、南部共同体の堅牢さがフォークナー作品の背景にあると説く。[17] ヒュー・ケナーはブルックスほどフォークナーにおける南部社会を絶対視しないが、『自家製の世界——アメリカのモダニスト作家たち』（一九七五）でフォークナーを「最後の小説家」と呼び、現実に彼が生まれ育った南部社会が、ヨクナパトファという彼独自の言語宇宙を構築する際に役立ったことは認める。[18] フォークナーは、二〇世紀に入って南部からも姿を消しつつあった共同体を、彼の小説の言説の基礎として前提し、そこに読者の否応なしの参加を要求する。ケナーはこれをアメリカのモダニズムの土着性の一例と考えている。ケナーに比べればジョン・T・アーウィンは、『分身と近親相姦』（一九七五）で具体的な南部社会を考慮することがなく、アメリカ文学を特徴づける分身への執着というテーマのなかでフォークナーを解釈しようとする。アーウィンが提出するのは、作家のナルシシズム、自己実現をさまたげる時間への復讐の試み、先輩作家たちの影響からの自由、といった自己の言語表現の問題である。しかも彼は、フォークナーの言語が対象物を指示する忠実さの度合いには関心がなく、フォークナーの屈折した無意識の構造を、彼の言語の外、間テクスト性のなかに推量する。ジョン・T・マシューズの『フォークナーの言葉の戯れ』（一九八二）は、アーウィンよりさらにフォークナーの言語と指示対象との断絶を強調し、デリダ的な、あくまでも「痕跡」としての言語を操るフォークナーを強調する。言語表象作用の奥にはオリジナルな存在にいたる道は何もない。[19]

フォークナーの作品に、言語が人間の行動を規定する絶対的権威を持つことへの懐疑を見たオルガ・ヴィカリー、その反対に言語が経験を語り尽くせぬことへの不安を見たウォルター・J・スレイトフ、さらに言葉と経験の不均衡に潜む存在への不安を南部共同体への信頼によって解消しようとしたブルックスら、フォークナーの言語と経験の関係にこだわった古典的批評家たちに対して、マシューズの解釈は、言語の徹底した遊戯性への意識が異彩を放つ。しかしポスト・モダニズムからニューヒストリシズムの流れをくむ八〇年代から九〇年代のフォークナー批評は、エリック・J・サンドキストやウェズレイ・モリスとバーバラ・アルバーソン・モリス、リチャード・C・モアランドなどにみられるように、フォークナーの前衛的傾向の強い前期作品よりも人種、階級により敏感なフォークナーの中期、後期の作品を評価する。彼らはデリダよりもバフチンを援用し、フォークナーが修正主義的歴史観を発展させることによって、南部社会が抱える矛盾を的確に批判するようになったと考える。[20]

一方ゲイル・L・モーティマーは『フォークナーの喪失のレトリック——知覚と意味の研究』(一九八三)で、フォークナーの言語が「痕跡」であり、初めからすでに失われたものであることはマシューズと同じように認めているが、その失われた起源は、父の言語の世界にはいることによって失われた母の言語、クリステヴァの言葉で言えばコーラもしくはセミオティクの世界である、と示唆する。彼女が初期の母子関係を説明するのに用いた対象関係理論はデボラ・クラークの『母を奪う——フォークナーにおける女』(一九九四)でも援用され、マシューズが強調したシニフィアンとしての言語の虚構性の背後に、境界線の定かでない濃密な母子関係の記憶が呼び起こされる。それはフォークナーの言語の喪失感覚に潜む身体を強調する試みであり、アーウィンの解釈が強烈に指し示す父の言語、父から息子へと継承される文学の「正統性」に対し、母の言語の復権を唱える試みとして、その後のフォークナーのフェミニズム批評の主流となる。

以上、フォークナーの言語と身体、社会をめぐる批評の流れを、この論考をまとめる上で筆者が影響を受けた考え方を中心に強引に要約したが、フォークナーの文化コンテクストの研究も近年充実している。本論考との関係に限って紹介すると、フォークナーのヴィクトリア朝的感覚とモダニズムの葛藤を検証するダニエル・シンガルの『ウィリアム・フォークナー――モダニストの形成』（一九九七）や、唯美主義芸術がフォークナーに与えた影響を詳述したヘーニヒハウゼンの『ウィリアム・フォークナー――初期グラフィック及び文学作品における様式化の手法』（一九八七）及び『フォークナー――仮面とメタファー』（一九九七）は、唯美主義やモダニズムがフォークナーに与えた影響を考える上で重要である。またフォークナーの後期作品を中心に、市場社会での彼の意識を探ったカール・F・ゼンダーの『交差する地点――ウィリアム・フォークナー、南部、そして現代世界』（一九八九）は、南部の近代市場化がフォークナーに与えた影響を新たな視点から考察している。キャロリン・ポーターの『アメリカ文学の観察者と行為者という対立』（一九八一）はフォークナーと一九世紀アメリカロマン派の系譜を考える際の基本的文献である。マイケル・ミルゲイトの『ウィリアム・フォークナーの業績』（一九六三）はフォークナーの業績全体に目配りした古典であるが、フォークナーが影響を受けた作家たちについても示唆に富んでいる。

フォークナーの前期作品を中心とした研究では、古典と言うべきH・エドワード・リチャードソンの『ウィリアム・フォークナー――自己発見への旅』やリチャード・P・アダムズの『フォークナー――神話と動き』、さらにアンドレ・ブレイカスタンの『最も壮麗な失敗――フォークナーの《響きと怒り》』(一九七六)、『メランコリーのインク』(一九八二/一九九〇) その他の綿密な作品分析、『響きと怒り』に至るフォークナーの作家としての開花を扱ったマーティン・クライスワースの『ウィリアム・フォークナー――小説家の形成』(一九八三) がある。大橋健三郎氏の『フォークナー研究』(全一巻増補版一九九六) と田中久男氏の『ウィリアム・フォークナーの世界――自己増殖のタペストリー』(一九九七) は共にフォークナー全作品を取り扱った大部なものであるが、フォークナーのキャリア全体のなかで前期作品を考える上で、また各々の作品分析の上で、幾度となく参照した。初期作品を綿密に調査したマックス・パッツェルの『地霊――ウィリアム・フォークナーの輝かしい出発』(一九八五) や、フォークナーの見事な南部紳士と浮浪者振りの対立するイメージに彼の芸術家像の相克を見たマイケル・グリムウッドの『葛藤する心――フォークナーの天職との苦闘』(一九八七)、さらに才気走った洞察でそのタイトル同様魅惑的なミシェル・グレセーの『魅惑――フォークナーの小説、一九一九―一九三六』(一九八二/一九八九)、ロマン派としてフォークナーをとらえる平石貴樹氏の『メランコリックデザイン――フォークナー初期作品の構想』(一九九三)、フォークナーの生涯を通じた自己劇化の傾向と作品分析を結びつけたジェイムズ・G・ワトソンの『ウィリアム・フォークナー――自己表象と演技』(二〇〇〇)は前期のフォークナーの芸術家像を考える上で多くの貴重な視点を提供する。

以下の論考はこれらの先行研究をふまえ、フォークナーが複数の文化コンテクストのなかで、芸術家のアイデンティティを模索しながら表象作用をめぐる意識を発展させていく、という視点のもと、各章でひとつの作品分析を試みたものである。第一章ではフォークナーの修業時代の詩や散文を中心に、フォークナーが用いたペルソナや彼の原風景を検討する。唯美主義や象徴主義詩でもよく用いられた文学的イメージが応用されてフォークナー独自の世界の基本的な構造を表すことを指摘し、またフォークナーが小説を書くようになってからこれらの原型的なイメージがどう展開されたかを探る。

第二章は最初の小説『兵士の報酬』でフォークナーが、初期の詩的イメージを基にどのような新しい小説をめざしていたか、ということから始める。フォークナーは詩から小説へ移ると共に南部への帰還を果たすことになったが、この章では一九世紀アメリカロマン派のホイットマンやエマソンとの対比を交え、フォークナーの文学的世界建設の端緒として、従来よりもこの小説の重要性を強調したい。

第三章は、ニューオリンズが舞台となった小説『蚊』を取り上げる。最初の小説を出版して本格的な職業作家デビューを果たし、ヨーロッパ旅行も終えたフォークナーは、資本主義市場社会で芸術家であることの意味を早くもここで考えている。市場社会と芸術家の関係が女性との関係と絡めて扱われており、芸術家のあり方やそのジェンダー・アイデンティティについて、初期のフォークナーの意識の揺れを論じる。

第四章は、フォークナーのヨクナパトファ・サーガが始まる『埃にまみれた旗』を検討する。『兵士の報酬』に続いて再び、撃ち落とされた飛行士というイメージに芸術家を半ば重ねたフォークナーは、この小説で初期の自画像のナルシシスティックな側面との決別をはかる。一方、他者は女性や黒人という形でその姿を次第に明らかにし始める。

第五章では『響きと怒り』をフォークナーの前期作品の核として取り上げる。キャディとその兄弟、特にクウェンティンとの対立は、言葉と行為、交換をめぐるもので、それらの問題は家族内にとどまらず個人と社会、また作家と読者のレベルでも存在する。『響きと怒り』は、ごく私的かつ審美的な表象作用の問題が社会全体の問題に通じることを明らかにする。

第六章は『死の床に横たわりて』で、フォークナーの文学的想像力の基本にある身体的、メドゥーサ的なものと言語の対立を見る。その対立はこの小説でも初期作品からの流れをくんでいるが、一方で「女性的」なものがフォークナーに受け入れられる兆しを見せること、また同時にこの小説が、家族中心から社会的なテーマへと力点が移る分岐点になることを述べる。

第七章は『死の床に横たわりて』の前に書かれ、後に修正して出版された『サンクチュアリ』の暗さについて考える。この小説は、表象作用が権力ゲームであることを示し、作家も社会もそれに関わっていることを明らかにする。オリジナル版から修正版になって女性嫌悪は緩和されるが、女性と違い、黒人の他者性に対するフォークナーの密かな恐怖の意識は、まだ抑圧されている。

最後に結びにかえて、『響きと怒り』に関連して一九四六年に出版されたコンプソン家の「付録」を取り上げ、フォークナーが表象作用を個人から社会全体まで考察した結果を、ナチスと結びつけられたキャディの運命に見る。それまでの読みを通して、キャディの最後の姿を見るフォークナーの視線が、すでに前期作品のなかに徐々に準備されていたことが示されれば幸いである。

第一章　原風景とペルソナ

初期のフォークナーの作品には、フォーンや操り人形、ピエロ、飛行士といったある決まった役割を担うペルソナが、丘、空、大地のように象徴性を帯びた原風景のなかに登場する。フォークナーが小説を書き始めると彼らは一応舞台から退場するが、その後もペルソナの名残は何らかの形で後期作品にまで繰り返し現れる。フォークナーはヨクナパトファ・サーガ形成に向かう前に、作家が行動ではなく言葉を用いる意味を、原風景やペルソナを使いながら考えようとした。そこでは言語と身体、または語る者と行動する者が対照的に捉えられているが、その根本にフォークナーは、死に抗して人を行動もしくは言語表現へと駆りたてる生の衝動を見ている。第一章ではフォークナーの生のヴィジョンを表す原風景、さらにその風景のなかに登場するペルソナの順に検討して、フォークナーの想像力の基本的構図を概観する。そして原風景やペルソナがその後の作品でどのように展開されているかをスケッチする。

フォークナーの文学的想像力のなかでは、対立する空と大地、もしくは空と海（または水）の中間に丘がある。すでに一九二二年にフォークナーは、「丘」という題のスケッチをミシシッピ大学の週間新聞『ザ・ミシシッピアン』に書いている。ミシェル・グレセーはこの小品の精緻な分析を行って、「丘」はフォークナーのヨクナパトファ郡の最初の礎であると述べている。その根拠は、このスケッチにみられるセクシュアル・シンボリズムや黄昏時の永遠との出会いが、後の作品にも繰り返し登場することで、グレセーはこれらのモチーフが展開される丘の象徴性を強調している。[1]フォークナーの丘の重要性はグレセーの指摘通りだが、ここでは丘を空、大地、水との関連で論じることにより、中間で微妙な均衡をとる場所としての丘の意味を明らかにしたい。フォークナーの登場人物たちは丘を登り下りするとき、丘が空と大地、または空と海との中間という特殊な場に位置することを十分意識している。以下、フォークナーの初期作品を中心に、第一節で空と大地、空と水の中間点としての丘の意味を探る。さらに第二節でこの原風景をさまようフォークナーのペルソナを検討し、これらのイメージが、フォークナーの中期以降の作品にも応用されていることを示そう。

一

空と大地の対比は、大学新聞『ザ・ミシシッピアン』に載ったフォークナーの最初の散文「幸運の着陸」（一九一九）にすでにある。士官候補生トンプソンは飛行訓練中、大地に衝突する危険を感じて「無慈悲な大地」（*EPP* 四八）を見つめるが、この荒削りのドタバタ喜劇風の小品では、彼は奇跡的に無事着陸する。しかし小説『兵士の報酬』（一九二六）や『埃にまみれた旗』[2]では、飛行士たちは大地にたたきつけられる。『兵士の報酬』のドナルド・メアンは第一次世界大戦中の空中戦で致命傷を負い、故郷の南部へ帰って死ぬ。『埃にまみれた旗』の双子の一人ジョン・サートリスも、やはり大戦中の空中戦で戦死する。しかし『兵士の報酬』の士官候補生ジュリアン・ロウは、空中戦を闘ったドナルドの運命をうらやみ、飛ぶ機会を逸した自らの不運を嘆く。『埃にまみれた旗』のジョンの双子の兄弟ベイヤードは、戦争から戻って平凡な地上の生活を送るが、ジョンと違って生き残った自分が疎ましい。また「ウィリーおじさん」（一九三五）という短編では、ウィリーはついに世間体にうるさい女たちを出し抜き、飛行機を操縦して空を飛ぶ。その結果彼は墜落死するが、語り手である少年は、飛ぶ勇気をもって自由への夢を実現したウィリーの実行力をたたえ、意気地なく地上で傍観していた自分を恥じる。

これらの作品で、空は自由の夢を行動に移し実現させる場所であり、大地は人間がその肉体や日常生活の義務に縛られる場所である。重力の法則は人間が地上にとどまることを命ずるが、空を飛ぶ魅力は死の恐怖よりも強い。フォークナーはこの考えを「野鴨」という詩でも披露している。詩人は野鴨の「孤独な声」をききながら彼らの自由をうらやみ、自らの肉体の束縛を嘆く。

・・・
私もかって生まれる以前、自由で、
彼らの荒涼たる孤独な空を翔けていたのか?

私の肉体を形作り、私に視力を与えてくれたこの手が、
息を吹き込んでくれたことの代償に私を土の奴隷にした。
翔りゆけ、荒涼として孤独なものよ!私には嘲りが、
おまえたちには死の栄光と速度と清冽がある。[3]

「土」から作られた人間は大地にあって「嘲り」の対象となり、空を飛ぶ野鴨は、「死」と連想されながら「栄光と速度と清冽」をたたえている。大地に従属して軽蔑されるより、空に挑んで

死ぬ方が望ましい。詩人は地上で飛翔について語るだけの自分を恥じている。しかし詩人には、少なくとも言語では自分は野鴨と同じく自由であり、詩的表現において自分を大空を飛ぶ野鴨と同一視できる、という密かな自負もある。

空イコール自由、大地イコール束縛という構図は、フォークナーのなかで常に定まっているわけではない。小説『死の床に横たわりて』（一九三〇）では、飛ぶ野鴨と大地のイメージは評価が全く入れ替わっている。アンスと結婚したアディは、アンスが用いる「愛」などという言葉は中身が空っぽだと知る。そして彼女は野鴨の鳴き声を無意味な言葉と連想し、空虚な言葉を次のように表現する。「行為ではなく、人々の欠乏の裂け目にすぎない言葉が、遠い昔の恐ろしい夜に荒涼とした暗闇から響く野鴨の鳴き声のように落ちてきて、群衆のなかの二つの顔を指されてあれがおまえの父さん、母さんだよ、といわれた孤児のように、行為をあちこち探し回る」（一七四）。一方アディは「声なき言葉を語る暗い大地」（一七五）を「恐ろしい血、大地に沸き立つ赤く苦い血潮」（一七四）と結びつける。彼女は大地を生命の源として畏れながら信頼し、行動を伴わない空虚な言葉は空に属するものとして軽蔑する。「野鴨」の詩人の独白と『死の床に横たわりて』のアディの独白の間で、空のイメージは、勇敢な行動者が自由を求めて飛翔する冒険の場から無意味な言葉が浮遊する空虚へと変化する。そして大地は、身体を呪縛する抑圧から生命力に満ちた存在へと変わる。

実際のところ、フォークナーの初期の主人公が空を飛びたいと願うロマンティックな夢は、墜落という絶望に変わることが多い。『埃にまみれた旗』のベイヤードは地上の生活に耐えきれず、再び空を飛ぶが、それは積極的な自由への挑戦ではなく、欲求不満の人生を終わらせる自暴自棄の飛行である。彼のすさんだ心が一時慰められ満ち足りたのは、むしろ彼が大地を耕し、農夫として肉体労働を通じて大地とつながっていたときである。空は大戦時の空中戦で兄弟を助けられなかった彼の無力さを思い知らせ、彼を絶望に追いやる。

このようにフォークナーの空は、人間の自由意志を行動または言語で表現するための果てしなき挑戦の場とも、自由への希求が絶望に変わる空虚な空間ともなる。飛行の失敗で墜落して壊れるのは肉体だけではない。指示対象に迫りきれない詩人の言葉も権威を失墜する。一方大地は、昇華を求める魂を肉体のなかに閉じこめる抑圧であるか、もしくは個人の卑小さを越えた大地への回帰を人間にうながす根源的生命力でもある。よって大地と空の中間に位置する丘は、両者の矛盾した力が入り乱れて葛藤する、緊張をはらんだ場となる。丘に立って人間はさらに空の高みへと駆け昇ることを夢見つつ、眼下には彼が下ってゆかねばならない谷間の日常がみえる。人は丘でロマンティックな上昇願望と現実の身体を意識し、あえてさらに空をめざすか大地へ帰るか決心せねばならない。

そのような丘に立って、フォークナーの主人公は幻視体験をする。「丘」では、夕暮れ時の丘に登った労働者に、ギリシャ神話に出てくるようなフォーンとニンフの音楽と踊りの幻想が現れる。「ここ黄昏のなかでは、ニンフとフォーンが、細い笛の甲高い調べや、空高く凍りついた星の下で鋭く激しく身を卑しめて、震えひゅーっと響き渡るシンバルに合わせて、踊り狂うかもしれない」（*EPP* 九二）。

労働者は黄昏の一瞬のみこの幻想を見るが、古代神話の世界の住人たちの踊りは永遠である。彼らは労働者が属する時空間を超えたところで、言語表現の悪戦苦闘から超越した満ち足りた平穏を享受している。日常の糧を求めて大地と身体的格闘をすることからも、人間の限界に挑んで空を駆けるという魂の挑戦からも解放され、空と大地の境界線上の、いわば真空地帯にあるフォーンとニンフの幻想に主人公は酔う。

しかしフォークナーは、丘の上のフォーンとニンフを理想として無条件に賞賛することをためらっている。「丘」において主人公は、しばらくの間「戻らねばならない」（*EPP* 九二）ことを忘れる。「丘」と同様のヴィジョンを示すフォークナーの詩集『緑の大枝』第一〇篇では、丘の上の主人公は「戻れないことを忘れる」（三〇）[4]。異なったテキスト間の微妙な食い違いは、フォークナーが丘の上のフォーンとニンフのヴィジョンをどう評価すべきかためらっていたことを示す。彼は、人が一瞬のヴィジョンをあきらめて地上の生活へ戻らねばならないことを強調するが、あるときにはそのヴィジョンはあまりに魅力的で去りがたい。

一九二五年頃に書かれたと思われる「ニンフに魅せられて」という小品では、丘の上のヴィジョンの魅力と危険が示される。このスケッチでも主人公は、「丘」の労働者と同じように一日の仕事を終えて丘を登ってくる。しかし彼は、フォーンとニンフのかわりに、女の姿をちらりとみる。彼は夢中で彼女を追いかけて川に落ち、水中で女の裸体に一瞬触れるが、溺死寸前で危うく川から這い上がる。彼はさらに彼女を追って丘を駆け登るが見失い、悄然と丘を下る。主人公は自らフォーンの役割を演じて水死の危険を犯しながらニンフのような女性を追いかけたわけだが、幸か不幸か彼は彼女を捕まえることができず、丘を下って女のことは忘れてしまう。フォークナーは「ニンフに魅せられて」では、丘の上にとどまってヴィジョンに魅せられて戻れなくなるよりも、日常生活に戻って大地に生きる方を主人公に選ばせている。

「ニンフに魅せられて」の主人公は、「ブラック・ミュージック」(一九三四)の主人公ウィルフレッド・ミドガルストンの運命をかろうじて避けたといえる。ミドガルストンはある晩、得体の知れないものによって山中でフォーンに変えられたあと、平凡で勤勉な製図工としての日常生活に戻れなくなり、浮浪者としてリンカンの町に住みつく。「ブラック・ミュージック」の語り手は、ミドガルストンのことを「幸運のお気に入り」と呼び、そのフォーンへの変身は「神格化」であって、彼は「失われた大地を超え、測り知れない空のなか」へと飛び立ったのだと語る。[5]しかしミドガルストンは町で浮浪者としての生活に満足し、一晩のフォーンへの変身の記憶に生きている。「ニンフに魅せられて」の主人公と違い、彼はいわば丘の上でフォーンとニンフの夢を見続けることを選んだといえよう。

「ブラック・ミュージック」の主人公ミドガルストンの経験は、「カルカソンヌ」（一九三一）の主人公の経験と比較する必要があるだろう。「カルカソンヌ」の主人公は名前がないが、ミドガルストンとよく似たところがある。[6]ミドガルストンと同じように彼は浮浪者で、リンカンの酒場の屋根裏部屋にタール紙にくるまって寝ている。ただし「カルカソンヌ」の主人公は、ミドガルストンのように酒を飲みながらフォーンへ変身した一夜の体験を語るのではない。彼は孤独で詩人としての自分を意識し、馬で「**丘を駆け上がり、さらに空高く**」（CS　八九九）上昇することを夢見ている。フォーンとニンフのヴィジョンはここには出てこない。丘で古代ギリシャ的世界の幻視体験に満足するのではなく、「カルカソンヌ」の主人公はさらに空のなかへ昇る。彼の挑戦は、自分のヴィジョンを言葉で表現する詩人の挑戦を示すものといえる。彼は「ニンフに魅せられて」や「丘」の主人公のように、大地へ戻る方を選ばなかった。彼はたとえ理想追求に失敗し、「巨大な暗黒と沈黙のなかの消えゆく星」(CS 九〇〇)となろうとも、空を駆ける方を選ぶ。

このように人は丘の上で、フォーンとニンフのヴィジョンをあきらめて日常生活の大地に戻るか、ヴィジョンに魅せられて丘の上にとどまるか、丘よりさらに空へ駆けて飛ぶか選択しなくてはならない。空と大地の接点である丘は、詩人にとって重要な霊感の場となる。そこで彼は、大地の生命力と空をめざす詩的野心の均衡を、フォーンとニンフの踊りに見いだせるかも知れない。しかしフォーンとニンフの永遠のヴィジョンは、「ニンフに魅せられて」が示唆するように、水死に至る危険性を秘めている。よって次に、大地ではなく空と水の中間にあるフォークナーの丘を検討してみよう。

一九二一年フォークナーは、元の恋人ですでに人妻となっていたエステル・オールダム・フランクリンに献呈する『春のまぼろし』という詩集を編んだ。そのなかの「世界対道化師――ノクターン」という詩では、ピエロが空と海の中間にある山の上に座っている。彼の頭上には星空があり、眼下には「目の見えない鳥のように/言葉の翼を羽ばたかせている声が沸き立つ絶壁」(一八―一九)がある。「目の見えない鳥」のような「言葉の翼」をもった声の海には鳥のイメージがあるが、すでにみた「野鴨」の詩で「無益になることのない高邁な望み」を探求する野鴨に比べてこの鳥は弱々しい。しかも声が飛んでいこうとする空にまたたく星は、「潰えた夢」(一六)を抱く「声なき巡礼」(一六)である。大地と空の対比では、空が人の絶望の場であるときには、反対に大地が積極的な価値を持っていた。しかし水と空の対比では、水面は空虚な空で生まれる絶望をひきとる入れ物でしかない。星は寄る辺ない無能な言葉であり、「沈黙の澄んだ車軸の輻に沿って海のなかへシューッと鋭い音をたてて入り込む」(二〇)。海は人の無意識を暗示し、そこから人は欲望を言語化して意識にのぼらせるが、言葉は欲望実現のための有効な手段とならず、空に向かった欲求不満の夢はまた海のなかへ戻る。『メーデー』の主人公ギャルウィン卿は、現実の女性が自分の理想にあわないことに絶望して入水自殺する。一方「世界対道化師――ノクターン」の主人公のピエロは「海の上の暗闇に突き出た絶壁」(二七)であり、ギャルウィン卿のように溺死はしないが、空と海の間の丘のような場所で麻痺状態に陥っている。

麻痺の感覚はこの詩では壁のイメージでさらに強まっている。ピエロは「凍えながら暗闇のなかの壁に腰を下ろして」(二五)いて、「壁の上で気絶しそうになって落ちるのを」(二六―二七)待っている。そして壁の上で彼は、「自分の顔を鏡のなかに」(二六)見るのだろうか、といぶかる。ピエロが見る鏡(glass)はガラスコップとも読める。その鏡兼ガラスコップは、丘に座るピエロを取り囲む暗い空と海面であり、人間が内部世界の欲求不満の夢のなかに閉じこめられた状態を示唆する。

「世界対道化師――ノクターン」ではさらにピエロとコロンビーヌの踊りがあるが、それは丘の上のフォーンとニンフの踊りの陰画のようである。コロンビーヌは、フォーンならぬピエロがきりきり舞いしているところに紙の薔薇と切断された手首を投げつける。大地と空ではなく、海と空が主なこの詩では、ピエロとコロンビーヌの踊りには死の匂いがする。

もっとも水のイメージは、大地と空の対照が中心の「丘」のなかにもある。丘の上の空に吹く風は、主人公に「水面」(*EPP* 九〇)を思いださせる。大地が日常性や肉体であり、空が人がめざす理想、希望、意志の世界を表すとすれば、水は無意識につながる。フォークナーの丘で人は空、大地、水の三つに同時に直面する。丘のフォーンとニンフのヴィジョンに関して作者がどこか曖昧で、全面支持の態度を打ち出さないのは、その幻想が至福の理想とばかりは限らず、ナルシシスティックな袋小路の世界になる恐れもあるからだ。

しかし「カルカソンヌ」においてフォークナーは、空、大地、水の三つのイメージをより包括的に、また肯定的に利用することに成功している。ここで主人公は空へ駆け昇り、自分の死体が「海の無風状態の庭のなか」(in the windless gardens of the sea)(CS 八九九)に横たわっているのを幻視する。水死体は空と水の文脈のなかにあり、フォークナーの他の主人公たちのナルシシスティックな水辺の死を思い起こさせるが、主人公がさらに空をゆくと彼は「暗く悲劇的な姿をした大地、つまり彼の母」(the dark and tragic figure of the Earth, his mother)(CS 九〇〇)を見いだす。彼は空とその反映の海という悪循環を超え、生と死を司る大地との出会いを果たす。「カルカソンヌ」においてフォークナーは、言語による自己の内的世界の探求が、普遍的な人間の生と死についての探求につながる可能性を示唆した。確かに言葉は暗い宇宙のなかで迷子になり、馬を駆る詩人が「消えゆく星」(CS 九〇〇)になる恐れはある。しかし自我を意識下まで追求を続ければ、再び自分が生まれでた母なる大地という生命を把握し、同時に死という他者と出会うかも知れない。

空、大地、水からなるフォークナーの原風景は、西洋文学の伝統にのっとって構成されたありふれたイメージの集合、と言えなくはない。[7] しかしフォークナーは、丘を中心にこれらの場所の象徴性を再確認し、自己のヴィジョンの基本的枠組みを作った。そして彼は、空と大地と水の間の丘というイメージを、小説で幾通りにも変化させて利用している。たとえば『サンクチュアリ』でホレス・ベンボウは、肥沃な大地である新興地の住まいから家出し、「丘でしばし身を横たえることさえできれば」(一一六)大丈夫だと考える。しかし彼は、フォーンとニンフの踊りという古典的な幻影を見るかわりに、丘の上の荒れ果てた屋敷で密造酒造りたちと酒を飲んで酔っぱらう。一方、ホレスが丘に立って大地ではなく水面を眼下に眺めたかったとすれば、彼は確かに小説の冒頭、丘の下にある泉で自分の姿を映し見る。しかしその水面には自分の姿と共に、それに重なるギャングのポパイの姿が映る。ホレスは「世界対道化師——ノクターン」のピエロのように、自分の内部世界にこもりたがる。しかし彼が自分の姿を眺めたとき、それは自分の内に強姦者ポパイとの親近性を見いだす悪夢と化す。

『サンクチュアリ』ではフォークナーは、おもに水と丘のイメージを用いて自己閉鎖的世界を暗示したが、『八月の光』では空、大地、水、丘のイメージを使い、それらが持つ意味の可能性を十分に展開している。登場人物の一人ハイタワーは、空と大地、および空と水双方の中間点にとどまりたい人間である。彼は大地の原始の力を感じさせる森を恐れている。しかし最後に重傷を負った彼が大地との絆が薄れていくのを感じたとき、彼は対極にある空に助けを求めることができない。「天空全体は、今まで生きた者すべての、途方に暮れ見返られることのない声が、冷たく恐ろしい星たちの合間で迷い子のように泣き叫ぶのに満ちていた」(五四三)。ハイタワーは元は牧師でありながら、無益な言葉で満ちているようにしかみえない天に向かって祈ることができない。彼はリーナの出産に立ち会ったあと大地の生命力と和解するが、第二〇章の最後では南北戦争時の祖父の騎兵隊の夢に再び戻ってゆく。彼は「荒々しいラッパとサーベルのぶつかる音と馬の蹄の消えゆく轟音」（五四四）を聞いている。

ハイタワーは大地にも空にも向かいたくはなく、丘の上にとどまって幻想を永遠に眺めていたい。彼は丘という「高い塔」（Hightower）で、黄昏時にギリシャ神話のフォーンではなくて南北戦争の騎兵隊の夢を見ることが生き甲斐である。現実を避け、自らが紡ぐ夢を夢見るハイタワーは、『春のまぼろし』の「世界対道化師――ノクターン」で、壁の上で鏡またはガラスコップに映る自分の姿を見るピエロに似ている。事実ハイタワーは、自らを「金魚鉢のなかの魚」（五三九）と認識している。丘の上の幻想は、空と水の間で人が見るナルシシスティックな夢に化す恐れが多分にある。

しかしフォークナーは『八月の光』で、もう一人の登場人物バイロン・バンチを実際丘の上に立たせ、ハイタワーとは違う選択肢があることを示している。第一八章でバイロンは騾馬に乗ってジェファソンを去り、丘にたどり着く。彼はリーナへの愛と決別しようとしており、丘に登る彼の行為は自然の重力に逆らって自分の意志を貫く彼の心境を反映する。しかし丘のてっぺんでバイロンは「虚無のなかへと登っていき」（四六七）そうな気がする。語り手はさらに、頂上でバイロンがみる空は「海」のようだと述べている。丘の上で彼は、虚無の海のなかに溺死する誘惑を感じている。一方バイロンはこのときちょうど『緑の大枝』第一〇篇の男のように、「非情な大地のあの二つの逃れようもない地平線に挟まれて、血に促され、彼が永遠にたどらねばならない、恐ろしくも退屈な距離」（四六八）を見る。彼は、詩のなかのようにフォーンとニンフのヴィジョンを見ることはなかった。フォーンとニンフの踊りではなく、リーナの愛人であったルーカスが彼女のもとから逃げ出すのを遠くに認め、バイロンはやにわに引き返して大地へ、リーナへの愛に苦しめられる地上の生活へ戻っていく。彼は丘の上や空よりも大地を選んだ。

バイロンは地上へ戻り、リーナと旅を続ける。現実的なリーナは丘の上で瞑想に耽ったりしない。彼女は丘を、下りにさしかかる荷馬車にのっけてもらうのに最適の場としか考えていない。小説の最後でまだリーナへの想いを遂げられずにいるバイロンの姿は喜劇的なピエロだが、「ブラック・ミュージック」の主人公のように「幸運のお気に入り」でない限り、丘の上にとどまり続けることはできない。丘で夢を見続けるハイタワーには最終的な救いは訪れない。フォークナーの丘は初期においてすでに、芸術家がみるヴィジョン、言語表現、行動の意義が集約する場であった。だが『八月の光』にみられるように、フォークナーは次第にこれらの概念性に満ちたイメージを現実の、しかも劇的な展開を持った小説へと展開することに成功する。

二

フォークナーの原風景では大地や空や丘が、正反対の概念を各々のイメージのなかに内包しながら、対照的に構成されている。第二節ではその原風景のなかにいるペルソナ的登場人物について考えよう。フォークナーの初期の作品に顕著なペルソナとして、飛行士、フォーン、ピエロ、さらに操り人形が挙げられるが、彼らも原風景を動きまわるなかでやはり相反した意味を一身に担わされている。たとえば飛行士は、地上の作家の羨望を受ける勇敢な行動者だが、一方で芸術的言語表現によって身体の限界を超えようとする作家の象徴ともなる。ただ飛行士については第二章や第四章で論じる機会があるので、ここではフォーンと操り人形という対照を中心に論じ、両者の中間点としてのピエロ的人物の、その後の小説での展開を示唆したい。

「丘」を発表した一九二二年、フォークナーは同じくミシシッピ大学週間新聞に「書物と物事――ジョゼフ・ハーゲスハイマー」という題で書評記事を書いた。そのなかで彼は、ハーゲスハイマーの登場人物たちは「作者の強迫的欲求に応えて、優雅でしかし無意味な姿態をとる操り人形」(*EPP* 一〇一)だと批判している。しかし「操り人形」としての人間のイメージは、「強迫的欲求」(compulsion)という単語同様、フォークナー自身の作品にしばしばみられる。ハーゲスハイマーの作品を批判する過程でフォークナーは、彼自身の人間観の一端をのぞかせている。

ジョゼフ・ブロットナーは、フォークナーの操り人形はコンラッド・エイケンの詩の影響によると考えているし、[8] 人間を操り人形視することは、特別変わった発想ではない。しかしフォークナーが人間を操り人形、もしくは人形にたとえる例は彼の主要な小説にたびたびあり、見過ごすわけにはいかない。『響きと怒り』でクエンティン・コンプソンは、すべての人間は「おがくずを詰めこんだ人形にすぎない」(一七五)という父の意見を踏襲する。『死の床に横たわりて』ではダール・バンドレンが、やはりおがくずを詰めた人形というイメージで人間を考え、それを操り人形と結びつけている。「操り糸に結びつけられた手もなく昔の強迫的欲求がこだまする。夕暮れに我々は人形の命なき振る舞い、すさまじい態度に落ち込む。キャッシュは足を折り、おがくずが流れ出している」(二〇七)。『アブサロム、アブサロム!』では、ジュディス・サトペンが恋人の手紙をクウェンティンの祖母に渡した事情が語られるとき、操り人形のイメージが使われる。人々は「糸のついた腕や足を動かそうとし、またそうしなければならないのだけれど、同じ糸が他人の腕や足すべてにつながっていて皆それを動かそうとしてなぜそうなのか、操り糸がお互いのじゃまになるということ以外は何もわかっていない」(二〇〇—二〇二)。

小品「丘」では、主人公が丘に登っていく動作が「気まぐれな神によって催眠術をかけられ、一つところで操り人形のような不毛な活動を」(*EPP* 九〇)しているようにみえる。丘はしばしば、人間は強迫的欲求に操られる操り人形だ、と人が認識する場所となる。彼らを操る人形師は

「丘」では「気まぐれな神」だが、それは限りある生を生きる人間をつき動かす生命力そのものかもしれない。『アブサロム、アブサロム！』のサトペンは荘園建設にとりつかれ、『村』のミンク・スノープスは、貧乏白人の誇りをすさまじい怒りと復讐の執念のなかに込める。分別を超えた衝動につき動かされて行動するこれらの人物は、まさに操り人形的である。しかしクウェンティン・コンプソンのように、妹の愛欲をコントロールして南部父権制を守ろうとする理想主義者も執念にとらわれている。理念や秩序、定義を求め、身体や行動よりも言葉や観念にこだわる彼もやはり操り人形である。

原始的な生命力であれ抽象的な理想であれ、その強迫的欲求に動かされる人々は、分別を超えて突き進む強烈さによって偉大さを獲得することがある。サトペンやミンクはその執念によって、倫理的判断とは別に、読者に畏怖の感情すら引き起こす。『八月の光』のバイロンは滑稽だが、読者は彼にある種の敬意を抱く。フォークナーは、書くという衝動に駆られた自分を空へ駆け昇る者のイメージで描く傾向があるが、空を選ぶにせよ大地を選ぶにせよ、作家と普通の人間は共に卑小さと偉大さの可能性が同居している操り人形である。

もっともフォークナーは、操り人形という人間観を持つ一方、自由度の強いフォーン像を人間の理想として考えてもいる。マイケル・ミルゲイトは、一九二〇年代の二流の詩人たちにとってフォーンは常套手段として使われていたことを指摘しているが、フォークナーにとって、古代ギリシャの神性と動物的生命力を合わせ持ったフォーンは、空と大地の中間点の丘にふさわしかったのであろう。[9] 時間のなかにおかれた操り人形と違い、丘の上のフォーンは一瞬かいま見られる永遠の相にいる。そして操り人形的人間が性欲のような原始の力や、反対に自然を支配したいという理念に駆られて猛進するのに対し、フォーンは生の歓喜を享受しつつ古典的な静穏さをたたえている。フォークナーはフォーンとニンフの踊りのなかに、混沌とした生命力と秩序の葛藤を和解させた人間の理想を込めている。

しかしながらフォーンがそれ自体で完結して満ち足りた理想とみなされるとき、フォーンにあこがれる芸術家との間には緊張が生じる。『ニューオリンズ・スケッチ』のなかの「ナザレより」でフォークナーは、フォーンを思わせるデヴィドという青年について書いている。ここにはフォーンという語は見あたらないが、放浪を続けるデヴィドは「神々のように美しく」(一〇二)「永遠の、大地そのものに属し」(一〇三)、彼が空を見上げると太陽が彼を「祝福するかのように」(一一〇)照り輝いている。空からも大地からも祝福されるデヴィドは無邪気なフォーン的人物といえる。[10] 彼は丘に言及し、感じたままを紙に書く。デヴィドに出会った語り手もやはり作家であるが、語り手は、デヴィドの文章の文法や句読点がでたらめであるにもかかわらずそこに真の詩人魂を見いだし、彼の自然との調和をうらやむ。デヴィドのように感じたままを文章に綴るだけというのは、書くことを意識的に選択した作家には許されない。フォーンであるデヴィドの存在の確かさ、文章の決まり事に無頓着な彼の声の現前性に対し、作家としてのフォークナーには書き言葉しかない。キーツが、「奔放なエクスタシー」[11]に酔うフォーン的人物を美的な動かぬフォルムのなかに閉じこめた「ギリシャの古甕」にあこがれるように、フォークナーは彼のフォーンを芸術品として定着する仕事にかからねばならない。作家は、表象作用を意識しないことで強烈な存在感を持つフォーンとは違う。世紀末芸術に親しんでいたフォークナーは、雑誌『イエローブック』でフォーンが水面鏡に映る自分をのぞき込む挿し絵などにも接したであろうが[12]、作家が理想として追求するフォーンが自意識の病にとりつかれれば、その奔放性を失ってしまう。

フォークナーのピエロは、図式的にいえば、フォーンと操り人形の中間的イメージとして両者の特色を合わせ持ち、実際の人間により近いと考えることができる。もちろんフォークナーがフランス象徴主義やT・S・エリオットに影響されてピエロを用いたことは、詩集『春のまぼろし』や最初の小説『兵士の報酬』をみれば明らかである。ロバート・ストーレイは、ピエロがフランス象徴主義詩人の間で多義にわたっていたことを詳述しているが[13]、象徴詩のなかでピエロはしばしば人間の抑圧された性欲を表し、好色なフォーンと連想可能である。ヴェルレーヌの「道化

（ファントシュ）」という、コメディア・デラルテの登場人物たちを扱った詩を翻案し、またマラルメの「牧神の午後」の題名を使った詩を書いたフォークナーにとって、フォーンと操り人形とピエロを結びつけるのは容易なことであったろう。

『操り人形』（一九二〇）はフォークナーがミシシッピ大学の劇団のために書いた詩劇であるが、そのなかのピエロは、フォーンと操り人形を組み合わせたペルソナとして典型的な例である。[14] ただしこの詩劇のピエロは、フォーンと操り人形の負の側面ばかり引き受けている。彼は操り人形がもつ強迫的欲求の強さよりは衝動に踊らされる弱さを印象づけ、性の快楽を享受するフォーンであるよりはナルシシスティックな逃避者である。ピエロは途中で舞台から姿を消し、溺死したらしいと伝えられる。逃避主義でしかも自意識過剰というピエロの問題は、後の小説の主人公クウェンティン・コンプソンやホレス・ベンボウに通じる。しかしこの劇では、ピエロが様式化された人工的な登場人物であることが強調されている。

フォークナーが小説を書き始めると、ピエロというペルソナは彼の作品の表面から姿を消していく。ジュディス・センシバーは、ピエロはフォークナーの仮面であり、自分の苦悩をピエロの苦悩として演じたフォークナーは、小説を書く段階に至ってその仮面から自分を分離することに成功し、ピエロ的登場人物たちを操作する側についたのだと解釈する。[15] フォークナーが『春のまぼろし』に、彼の恋人エステルとの確執など私的な悩みを反映させ、最終的にピエロというペルソナを卒業したことは、センシバーの指摘するとおりであろう。しかしフォークナーはピエロというペルソナを最初から、センシバーが考えるよりもっと意識的に操作しているのではないか。センシバーは、フォークナーが自分の感情をピエロに代弁させ吐露した点を強調するが、フォークナーはむしろ人工的で様式化された形式を強調することで、フォーンと操り人形の性格を合わせ持ったピエロのジレンマを、表層のみで処理しようと試みている。フォークナーが『操り人形』で自ら描いたビアズレー風の挿し絵のように、複雑な人間の苦悩を単純で人工的な形式に閉じこめたい、という願望が初期のフォークナーの様式化された詩にはうかがえる。

フォークナーのピエロは必ずしも失敗ではなく、その絶望的と言うべき皮相さが魅力である。しかしその皮相さが真に効果を発揮するのは、たとえば『サンクチュアリ』のポパイが感情をなくして機械的に動く自動人形的な薄気味悪さをみせるときである。『春のまぼろし』や『操り人形』のように、現実の人間の悩みをペルソナに託すことで抽象化して距離をおくのと異なり、『サンクチュアリ』では人々の生きる世界が奥行きを失って二次元化した表層になる悪夢が描かれる。

『サンクチュアリ』がフォークナーの原風景やペルソナの負のイメージを効果的に利用したと

すれば、一九四〇年に出版された『村』は、円熟の域に達したフォークナーが、フォーンと操り人形のイメージの多様性を見事に生かした例である。なかでもフォークナーがフォーンと操り人形を最も大胆に応用したのは、アイク・スノープスと雌牛のエピソードである。知的障害者で雌牛に恋しているアイクは、論理的な思考の流れに沿ってスムースに行動することができない。硬貨を落としたことに気づき、それを探す彼の動作は逐一語られているが、そのぎこちない一連の動作はまさに操り人形である。しかし彼は雌牛に対する一途な情熱を持ち、それが不自然だという常識もない。禁止されてもなんとしてでも雌牛に近づこうとする姿は、強迫的欲求に駆られて突進する典型的なフォークナーの登場人物である。アイクの親戚の一人ランプ・スノープスは、アイクと雌牛の愛の現場を村人に覗き見させて金を取るというあくどいことを行う。しかしアイクが雌牛を連れ出して丘を歩き回る場面は非常に牧歌的である。知恵遅れの少年と雌牛は、初期のフォークナーの詩のフォーンとニンフのように丘で戯れる。フォークナーはアイクの不器用な動作を描写し続けるが、彼と雌牛が雨にあう前後の燦然と輝くような光景は、高揚した華麗な文体で語られる。[16] それが少年と雌牛の道行きであることを思えば、その語りのスタイルは疑似英雄詩に近い。それでもおおらかな語り口は、少年と雌牛の戯れを自然な営みであるように、または古代世界の神話的幻想であるかのように言祝いでもいる。

アイクと雌牛の恋は現実には長続きしない。ランプ・スノープスがアイクを見せ物化することによって村人が堕落することを憂えたラトリフは、雌牛を殺してアイクに食べさせるという処置をとる。ラトリフは、自分がアイクの唯一の幸福を破壊する権利を持たないことは承知しているが、それでも見せ物にされるアイクの人間としての尊厳と村人のモラルを守るために行動する。恋した雌牛を殺され、かわりに雌牛を型どったおもちゃの木偶を与えられたアイクは、うつろな目をして口からよだれを垂らして牛舎の片隅に座り込んでいる。丘で雌牛と戯れたフォーンとしての姿は消え、雌牛の木偶と同じように無表情なアイクは、糸の切れた操り人形のようである。アイクのなかにフォークナーは、フォーンと操り人形の両方の姿を認める。さらにピエロがコメディア・デラルテ初期では愚鈍な男の役割を担っていたことを考えると、知的障害者のアイクは、フォークナーの初期作品でフォーンと操り人形の中間的存在であったピエロの子孫である。ラトリフは自分の処置の正当性を主張せず、それでもそうしなければならなかったと感じており、結果として自分がアイクを不幸にした事実を認めている。フォーンと操り人形とピエロで表されたフォークナーの初期の人間観は、およそ二〇年の歳月を経て、個人の幸福と社会共同体の倫理にかかわる劇的状況のなかで展開される。

小説を書き始めるまでにフォークナーは、作家が生きる証として書く行為と、他の人々の行動に共通する、喪失への抵抗という基本的な考えを明らかにした。『アブサロム、アブサロム！』のジュディス・サトペンの行動を説明するコンプソン氏が言うように、人々を突き動かす強迫的欲求は「忘却ののっぺらぼうな面に消えぬ印を」(undying mark on the blank face of the oblivion 一〇二) をつけたいという人々の願いから発し、それは具体的行動でも言葉という表現行為でも同じである。よってフォークナーは言葉を生業としながら、生身の身体を常に意識している。

確かにフォークナーは最初、身体をできる限り記号に近いペルソナとして、表層で処理しようと試みた。そこには操り人形師として身体を操作、支配したい願望が見える。だが自分の基本的芸術観を原風景のなかで図式的に配置し、対照的な位置にペルソナを置いて、対立的な意味の組み合わせによる人間の状況の多様な可能性を試す過程で、フォークナーは明快な基本構造であるはずのものを次々と複雑化してしまう。そして彼はそこに生まれる矛盾を作品の活力として発展させていくことを、小説を書きながら次第に学んでいく。

第二章　『兵士の報酬』

——言語の表層から

フォークナーは、最初の小説『兵士の報酬』をニューオリンズで一九二五年二月頃から書き出し、彼の原稿によれば一九二五年五月に完成している。[1]彼は一九二四年一〇月に三年近く勤めたミシシッピ大学の郵便局長代理の職を辞し——職務怠慢でほとんど解雇に近かった——一一月にはニューオリンズを訪れた。彼はここでシャーウッド・アンダソンに会ったが、ニューオリンズからヨーロッパの旅に出る予定をしていたフォークナーの計画は遅れ、一二月にいったん故郷オックスフォードに戻る。しかし彼は一九二五年一月に再びニューオリンズを訪れて、その年七月にヨーロッパへ向けて船出するまでここに滞在した。ニューオリンズ滞在が長引いた理由の一つは、『兵士の報酬』を完成させて出版社に送るためであったが、この地でフォークナーはシャーウッド・アンダソンを中心とした芸術家たちと交流することができた。彼は一九二四年に詩集『大理石の牧神』を初めて出版したが、ニューオリンズ滞在中は当地の文芸雑誌『ダブル・ディーラー』や新聞『タイムズ・ピカユーン』に詩、スケッチ風散文や文芸批評を発表し、さまざまな分野の執筆活動に精を出している。[2]

ニューオリンズに来て出版の機会が増えたフォークナーは、作家という職業がより現実味を帯びてきたが、小説に手を染めた理由について彼はのちに、ニューオリンズで知遇を得たシャーウッド・アンダソンのような気楽な生活ができるのなら自分もそうしてみたいと思ったまでだ、と人を食ったような話をしている。[3] しかし自らを「挫折した詩人」[4]とみなしていたフォークナーは、小説を書くことによって一つの転機を迎えたはずである。フォークナーは『兵士の報酬』のなかで、エリオットやスウィンバーン、ハウスマンなど他の作家たちの文章を模倣し、[5]他方さまざまな比喩、地口、しゃれを用いている。また登場人物たちの異なる視点を次々と取り入れて、意識の流れとして、または断片的な声として表現している。この作品は新しい小説を模索するフォークナーの習作といえるが、詩ではなく小説という形でフォークナーは何を試み、自分の想像力をどのように発展させようとしたのか。

『兵士の報酬』では、第一次世界大戦で致命傷を負った飛行士ドナルド・メアンが、故郷の南部に帰ってくる。この瀕死の主人公に対してフォークナーがとる態度は、きわめて両義的である。

一方で彼はドナルドの傷を絶えず読者に意識させ、その痛みを何らかの形で共有してドナルドという人間の理解をめざす語りの必要性を感じさせる。しかし他方フォークナーはレトリックを駆使して言葉の表層の戯れにこだわり、傷ついたドナルドを無視するかのようである。[6] 第一章でみたような空と大地、フォーンと操り人形といった対立は、撃墜された飛行士ドナルドの経験に具体化されているが、その結果彼が被る喪失をどのように語るべきか、作者はまだ決断がついていない。

これまでフォークナーは、ヨーロッパの象徴主義詩や唯美主義、さらに国際派モダニズムのエリオットに影響されていた。しかしヨーロッパ出航前のニューオリンズで最初の小説を書くフォークナーは、アメリカの文学的想像力の一角をなすウォルト・ホイットマンやラルフ・ワルドー・エマソンも参考にして、喪失に直面する芸術家像を探ったのではないか。もちろんフォークナーは『兵士の報酬』で、ホイットマンやエマソンといった一見「アメリカのアダム」的な詩人たちに直接言及してはいない。[7] しかしホイットマンとエマソンの詩人観は身体性をめぐって対照的で、フォークナーにとって示唆に富む。以下第一節で、フォークナーの二つのペルソナ、すなわちフォーンと操り人形が、この小説で生身の人間ドナルドとして実現化される過程をたどり、フォークナーが瀕死の主人公を前に、レトリックを重視して言葉の表層に留まろうとする傾向を指摘する。次に第二節で、身体的な痛みと言葉の共鳴を重視するホイットマンの詩人観、さらに第三節で『経験』のエマソンの喪失感覚を検討し、喪失に対するフォークナーの基本姿勢に及ぼした彼らの隠れた影響を『兵士の報酬』のなかで考える。

一

ドナルド・メアンは第一次世界大戦の空中戦で重傷を負い、故郷の南部に帰ってくる。彼は額に深い傷を受け、ほとんど盲目に近く記憶喪失状態で、戦前の奔放な若者とは変わり果てた廃人同然の姿である。戦前のドナルドは帽子もかぶらずにほっつき歩き、彼の恋人であったエミーは、彼と一緒に池で泳ぎ、月明かりの下、丘のそばで愛し合ったことを覚えている。エミーによれば彼は「森で生きている方がいい」(一二五)のであり、ラテン語特別研究員のジャニュアリアス・ジョーンズは、ドナルドの写真を見ただけで彼のことを「フォーン」(六九)と呼ぶ。戦前のドナルドは、明らかにフォークナーのフォーン、しかも自然のなかで天衣無縫に生を謳歌する肯定的なフォーンである。それに比べて重傷を負ってほとんど自分の意志で動き回れず、オウムのように同じせりふを繰り返すだけの帰還兵士ドナルドは、糸も切れて打ち捨てられた操り人形である。小説の最後で記憶を取り戻したドナルドは、彼が属していた英国空軍のモットー、「艱難ヲ貫イテ星マデモ」(二九二)を思い出している。飛ぶことに命をかけて墜落した飛行士、しかも死を目前にして以前の自然児が壊れた操り人形のようになったドナルドは、フォークナーの初期の基本的ペルソナを一身に集めたような人物である。

第一章で、フォークナーのフォーンと操り人形の中間には、両者を兼ね備えたピエロ像があったことを述べた。ドナルドは直接ピエロにたとえられてはいない。しかしドナルドのフィアンセのセシリーは、浅はかで自己中心的で、『操り人形』でピエロが誘惑するナルシシストのヒロイン、マリエッタに似ている。彼女はまた、『春のまぼろし』の「世界対道化師――ノクターン」でピエロに残酷な仕打ちをするコロンビーヌにも近い。現在セシリーに翻弄されるのはサチュロス的なジョーンズだが、ドナルドは、『操り人形』の劇中ずっと舞台の袖で酔っぱらって寝ていたピエロであり、『操り人形』で活躍した「ピエロの影」がジョーンズとして『兵士の報酬』の舞台上を走り回っているとも考えられる。初期のフォークナーのピエロは希望を実現できず、欲求不満のまま麻痺状態に陥る傾向があった。『兵士の報酬』のドナルドも、現在記憶喪失でほとんど話すこともできない状態にある。戦前の天真爛漫な若者と、用済みの操り人形のような負傷兵のイメージの落差はあまりに大きい。ドナルドの額のざっくり開いた傷跡は、戦前と戦後のドナルドの落差であり、彼が体験した残酷な生の説明が求められる。しかし記憶を失ったドナルドは何一つ語ることができない。ドナルドの沈黙を前にして登場人物たちは当惑するが、それは作者フォークナーの当惑でもある。ペルソナや原風景の対照的な配置による効果を中心とした初期作品を超えて、フォークナーはドナルドの運命とその意味を時間のなかで語ることを要請されている。

フォークナーは、それまでメタファー的想像力中心であったのに対し、最初の小説でメトニミーの側面、つまり事件の顛末を語って物語の秩序を完成させる、ということを問われている。しかしこの小説でドナルドの周囲にいる人々は、彼が失った記憶を取り戻して自分の身に起こったことを語れるように手助けする努力を意識的、または無意識的に避けている。そして作者は隠喩や直喩、他のさまざまな文学作品のほのめかしというレトリックを駆使してドナルドの沈黙を埋めようとする。フォークナーは、言葉が経験や意思の伝達手段であるよりも地口やしゃれ、修辞法といった言葉の独自性を発揮することで、小説をどこまで構成できるか試している。それはまるで、ドナルドの経験した喪失は言葉で語ることは不可能であり、読者には代わりに言葉の表層の戯れを提供しよう、というかのようである。

『兵士の報酬』の登場人物たちは、お互いの性格が合致するようにみえなくても、彼らの描写に用いられる共通の隠喩や直喩によって関係づけられ、ひとまとめにされることが多い。たとえば良家の子女セシリーとメアン家の女中エミーはドナルドをめぐってライバル関係にあるが、同じ比喩が彼女らに使われる。セシリーはほっそりとしていてエミーはがっしりした体格であるにもかかわらず、二人ともギリシャ神話の足の早いアタランタにたとえられている。彼女らはまた、フォーンであるドナルドに対しニンフである。セシリーはジョーンズによれば、ニンフとも近い「木の精」（七七）であるが、ジョージ・ファーは裸の彼女を「細い水たまり」（二一二、二四二）のようだ、として水に結びつける。エミーは昔、ドナルドと水浴をしているし、現在もバケツや洗濯や皿洗いなど常に水のイメージがつきまとう。彼女たちは外観も性格も環境も全く違っているのに、ニンフにまつわるイメージで共通項にいれられる。一方男性陣では、好色なジョーンズはサチュロスとの連想が強く、フォーンのドナルドと結びつけられる。ジョーンズの目は「黄色く好色で山羊のように罪深い」（六七）。しかし彼の目は「蛇のよう」（二一九）でもあって、やはり「蛇のような目」（一八）をしているギリガンに結びつけられる。そしてギリガンは、第一章冒頭で古い劇からの一節と称して引用されるマーキュリーのように、ドナルドの世話を引き受ける。彼はジュピターの使いであるマーキュリーさながら、ドナルドを「月桂樹を被ったジュピター」（六〇）といわれる彼の父メアン牧師の元へ送り届ける。メアン親子をのぞいては赤の他人である彼らは、作者が展開するギリシャまたはローマ神話の登場人物のイメージによってお互い結びつけられる。

『兵士の報酬』の登場人物たちはさらに名前によっても規定される。ジャニュアリアス・ジョーンズという名前は、一月に捨てられた孤児（五六）という特異性と平凡な無名の一般人、というちぐはぐな結合が頭韻によって結ばれ、しかも山羊座との連想を生む。『八月の光』のジョー・クリスマスの場合は反対に、ジョーという平凡な名前に孤児となった季節のクリスマスという特異な姓がつけられているが、ジョーンズの場合も、クリスマスほどでなくとも孤児の命名の冷酷な滑稽さが感じられる。マーガレット・パワーズがギリガンの求婚を軽くかわそうとして、「ギリガンという名前の男と結婚なんてできないわ」（三〇五）というのも、案外本音が混じっているのかも知れない。この小説では、言葉の表層は人物と同様に筋を動かす力がある。

この作品の行為（アクション）も、筋を展開させる大きなものよりも繰り返しが目立つささいな動作が多い。手をかざして日を遮る動作がギリガンとジョーンズに共通してみられ、またタバコやパイプをふかす動作が幾人かに共通する。それらは同じ動作をする人々を共通項でくくり、時間の経過を伴うメトニミーとしての行為であるよりはメタファーに近い。よって頻繁に繰り返される動作、たとえば喫煙について、タバコやパイプを男性の性的イメージと捉え、それらをふかす男女の動作を一種の欲求不満状態と解釈することもできる。しかし『兵士の報酬』の些細な動作はもともと、人々の気まぐれで反復的などたばた喜劇風アクションとしてあり、その意味について読者が深く考えることを最終的に回避してしまう。因果関係や愛憎関係による区分けばかりでなく、言葉の音やイメージや反復動作が登場人物たちを時にくくり、時に分かつ因子として機能し、仮の共通項に重要な意味を見いだしたがる読者を翻弄する。

このようにフォークナーは、ドナルドの耐え難い沈黙に対してレトリックでまず対抗する。彼はドナルドの心の奥に分け入ることを拒否し、彼の周りの人々をレトリックで瞬間瞬間にあれこれと結びつける手さばきを披露し、言葉のパフォーマンスを小説の可能性の一つとして追求する。さらに読者は、登場人物たちのどたばた喜劇的な動作を距離を置いて楽しむことを要請されている。ジョーンズは好色で時に冷酷で、自意識が強くインテリで、後の『サンクチュアリ』のポパイや、場合によってはホレス・ベンボウとも比較しうるが[8]、この小説では彼の複雑な性格は、極力背景に押しやられている。バケツにつまずいて水を被ったり、エミーを追いかけて眼前でドアをぴしゃりと閉められて怪我をしたり、セシリーにまんまと閉じこめられたり、フォーンと操り人形を示すドナルドが動けない状態にあって、ジョーンズは彼のかわりに喜劇性の強いピエロとして振る舞う。

しかしながら、言語と行為の表層にとどまっていようとするフォークナーの計画はあちこちでほころびをみせる。『兵士の報酬』第一章冒頭に登場するギリガンは確かに、饒舌なレトリックでドナルドの沈黙を埋めようと決心したフォークナーの使いであるかのように、ぺらぺらとしゃべりまくる。彼は冗談を言い、途方もない議論をふっかけ、列車のなかでさまざまな騒動を起こして、しかもまんまと追手の警官から逃れる。彼は神出鬼没のマーキュリーのように知恵があり、柔軟で、トリックスターの役目を果たしている。しかし彼のトリックスター的能力は、第一章後半で重傷のドナルドに出会って衝撃を受けるとすぐに消えてしまう。彼がドナルドを手助けしながら駅から出てきたとき、語り手は「たおやかな死のような夕暮れ」(三五)について語り、「ぎこちないカーキ色の服」(三五)を着たギリガンが、すでにトリックスターでない普通の若者になってしまっていることを示唆する。

ギリガンは、ドナルドとマーガレットに出会うことで死と愛に同時に直面し、第二章以降すっかりきまじめな性格を表す。彼はジョーンズと弁舌で太刀打ちできず、誰にも悪戯を仕掛けない。第一章ではあれほど機敏な動きをした彼が、ふとっちょのジョーンズととっくみあいをして見事に逃げられる。彼はドナルドの世話をし、本を読んでやる。まるですでに書かれた言葉を繰り返すほか、ドナルドの沈黙を埋める手だてがないかのように。フォークナーの言語戦略の第一の実行者であったはずのギリガンは、早くに作者の思惑をはずれて戦力外になってしまう。さらにギリガンと共にドナルドを故郷に連れ帰る役割を引き受けたマーガレットも、似たような道をたどる。彼女はもともとおしゃべりではなく、言葉に不信感を抱いているが、語り手によればビアズレーのモデルとして最もふさわしい女性として登場していた。彼女の顔は青白く、唇は「赤い傷」(三二)、「柘榴の花」(一〇六、一六一)のようで、黒いドレスを着ている。しかし危険でものうげなファム・ファタル的外観にもかかわらず、彼女はドナルドに同情を寄せる有能な看護人であり、彼の父メアン牧師にも細やかな気遣いをみせる。また言葉に絶望している戦争未亡人という設定ではあるが、普通の若い女としてセシリーに対抗心を抱き、ダンスパーティで彼女をしり目に帰還兵士たちの注目をさらってしまう。ギリガンもマーガレットも、彼らに与えられたイメージを超え、彼ら自身の人間性を発揮する。

最初に与えられる印象とは違い、読者は彼らがドナルドの記憶回復の手助けをし、彼が空中戦で負傷したいきさつを語れるようにすると期待する。しかしいったんドナルドを故郷に送り届けると、彼らはドナルドの過ごす最後の時間について迷い始める。ドナルドが記憶を回復して自分の現状を知り、経験を語ることが幸福なのか、何も思い出さないまま死ぬのがよいのか、彼らは判断しかねる。二人は、セシリーが婚約者としてドナルドのそばにいれば彼の記憶を回復させる助けになる、と主張する。しかしギリガンはドナルドの乳母だったキャリーが彼に会いたがるのを阻止するし、マーガレットはエミーにドナルドとの結婚を打診しながら、彼女に断られると簡単に引き下がってしまう。廃人同然のドナルドをこわがるセシリーより、愛情豊かな乳母のキャリーやエミーの方がドナルドにとって良いことは明らかだが、お互い相手の知恵に敬意を表しているギリガンとマーガレットは、どちらもそのことに思い至らない。

ギリガンとマーガレットがドナルドの処遇について歯切れが悪いのは、彼らが言葉に信頼を置いていないためである。ギリガンは第一章で冗談やからかい、軍隊内の隠語などを連発し、社会に対して抱く疎外感を普通の言葉で直接表現できるとは思っていない。マーガレットは戦地へ行く直前にあわただしく結婚した夫を本当に愛しているか得心できず、離婚を申し入れる手紙を書くが、それを読まないうちに彼女の夫は戦死する。さらに彼の戦死を知らせる通知の無味乾燥性にも彼女は傷つく。ギリガンやマーガレットは自分たちの言語体験に照らし、ドナルドが記憶を回復して語るための手助けを無意識のうちに控えてしまう。彼らのためらいは、この作品を言葉の表層で成立させようと試みた作者自身の語ることへのためらい、言葉のコミュニケーション能力への不信感に通じる。

しかし登場人物や作者のためらいにもかかわらず、ドナルドは最後に空中戦の記憶を取り戻し、「そういうことだったんだ」(二九四)とつぶやいて死ぬ。空中戦の実際は語り手が描写し、ドナルドは最後の一言を話しただけで、なぜフォーンであった彼が壊れた操り人形のようになったたかについての具体的な説明はない。しかし空中戦の記憶がよみがえるなかでドナルドはその戦いを生き直し、経験と語りが同時進行になった状態で結びの言葉を話すと同時に死ぬ。しかもドナルドの父メアン牧師は、彼の最後の言葉を聞くことができた。愛する者の戦死を紙切れ一枚でしか知らされなかったマーガレットやバーネイ夫人に比べると、メアン牧師は死にゆく本人から話の終わり、終焉の感覚を告げ与えられる。たとえその話が実際は全く不十分であっても、語り手と聞き手となった二人の間で話が完結し伝達された、という儀式の達成感がある。

ドナルドの語りはある意味で幸運である。彼は最後の一言のみを話して生きることと語ることを同時に終えることができた。しかし残された者たちは話を聞き終えても生き続ける。生きている者にとって物語の終わりの感覚、秩序達成の意識は一瞬の幻である。ジョーンズはエミーと寝ることに成功しながら欲求不満は解消されず、セシリーとジョージは結婚直後からうまく行かず、ギリガンはマーガレットと再会できるかどうかもおぼつかない。時間のなかにある彼らにとって、行動することと語ることのずれは常につきまとい、彼らの世界観は絶えず微調整を続けなければならない。フォークナーはドナルドの傷に促されて遂に時間のなかの語りの世界に足を踏み入れたが、彼の語りは始まったばかりである。ギリガンは、人のはかなさを暗示する土埃のなか、明日に向かって丘から町へと戻る。ギリガンのように地上へ戻る人々の生と彼らが被る喪失をどう語るか、フォークナーはさらに模索しなければならない。

二

マイケル・ミルゲイトは、フォークナーが『兵士の報酬』を書くにあたって影響を受けた作品として普通よく言及されるフレーザーの『金枝篇』やエリオットの『荒地』(一九二二)の他に、ホイットマンの「ライラックがこのまえ庭に咲いていたとき」(一八六五)や「果てしなく揺れ動くゆりかごから」(一八五九、タイトル通りでは一八七一)を示唆している。[9] フォークナーは一九二〇年一月に「ライラック」という題の詩で、撃ち落とされた飛行士達がパーティに集う女達をよそに戦時中の回想に耽る様を描いているが、[10] この詩の負傷した飛行士は『兵士の報酬』のドナルドを髣髴とさせる。フォークナーの「ライラック」は、ほぼ同じ内容が一九三三年出版の彼の詩集『緑の大枝』第一篇になっているが、この詩に出てくるライラックの花は、夏の午後のティーパーティの背景にある。それはホイットマンのたくましい生命力を示す花であるよりは、ものうげで「淡いライラック色の空」(一〇)につながり、疲弊して回想的である。その意味でフォークナーの「ライラック」の詩は、むしろT・S・エリオットの一九一七年出版の『プルーフロックとその他の観察』詩集の「J・アルフレッド・プルーフロックの恋歌」に出てくる上流階級の女たちや「婦人の肖像」で女性が話しながらもてあそぶライラックの花を意識して書かれた可能性の方が強い。しかしミルゲイトは、「ライラックがこのまえ庭に咲いていたとき」や「果てしなく揺れ動くゆりかごから」の「音楽的な往復便」(二二)のテクニックを、フォークナーも『兵士の報酬』で時折聞こえる鳥の鳴き声に利用したのかも知れないと考える。[11] ホイットマンの影響についてミルゲイトはそれ以上の証拠を挙げているわけではなく、あくまでも示唆にとどまっている。確かにエリオットやハウスマンほどの明らかな影響をホイットマンは『兵士の報酬』に残していない。しかし彼の詩の痕跡をこの小説中に見つけることはできる。

ジョーンズがセシリーに、ハヤブサがどのようにして愛を交わすかを話す場面は次の通りである。「彼らは非常に高い空で抱擁し、嘴と嘴をかみ合わせたままで急降下する。耐え難いほどのエクスタシーだ。我々人間はどうかというと、汗だらけになるのに、ありとあらゆるばかげた体位をとらなくてはならないのさ」(二二七)。ミシェル・グレセーは『魅惑』と題したフォークナー批評書のなかでこの箇所をひき、ハヤブサ(falcon)とフォークナー(Faulkner)という名前の綴りの類似や、空高く飛ぶという行為から、フォークナーがハヤブサに自分の理想を見ていたであろうと指摘している。[12] (クラウス・テーヴェライトは『男性幻想』で、ハヤブサは伝統的に男の支配の象徴であり、ハヤブサが墜落していく先はメドゥーサで表象される女性的なものである、という説を紹介している。[13] 『兵士の報酬』のハヤブサは、後に述べるジョージ・ファーのゴルゴン幻想と対照することができる）。

ハヤブサが魅惑というフォークナー特有の芸術的表象をなす、とグレセーがいうのは的を得ているが、クレアンス・ブルックスも指摘しているように、空中で愛を交わすハヤブサのイメージそのものは、フォークナーがホイットマンから得たものであろう。[14]『草の葉』のなかの「鷲の戯れ」は、空中で交わる鷲のつがいを歌っている。「空高く、激しい愛の接触、／しっかと鉤爪をからめた、すさまじく旋回する生きた車輪、／四つの羽ばたく翼、二つの嘴、ひしとつかみ合って渦巻くひとつの塊、／宙返り、回転し、寄り添いあって輪を作り、真下へ落ちてゆく、／・・・／じっと動かず空中で静かな均衡を保ち、それから離れる、からんだ爪は解き放たれ、／傾斜しながら、ゆっくりと確実な翼を広げ、再び上へ彼らは向かう、それぞれ別の飛翔へ、／彼女は彼女の、彼は彼の追い求めるところへと。」（三一一〇）

ホイットマンの鷲のイメージは性愛のエクスタシーを、死と隣り合わせでの落下という肉体の限界に挑む行為として表現する。しかもその一瞬の交わりの後、二羽の鷲はまた別々に空中へ飛翔するという自由さがある。『兵士の報酬』のジョーンズも、急降下中の肉体と精神の没我状態と、その後の自我のすばやい回復が可能なハヤブサにあこがれている。フォークナーは、『兵士の報酬』執筆前後に片思いを募らせていったヘレン・ベアードに捧げる詩集『ヘレン――ある求愛』を一九二六年六月に完成させたが[15]、この詩集の第十三篇にはハヤブサではなく鷹が、ホイットマンの鷲と似た孤独な姿で描かれている。またフォークナーが一九二六年初期に書いてやはりヘレンに捧げた小品『メーデー』では、主人公の騎士ギャルウィン卿がイーリア王女の空を駈ける馬車に乗り、彼女とキスしながら上空から急降下する場面がある。フォークナーにとって精神の高揚は空高く飛ぶことで示され、墜落は失意、挫折という傾向があるが、このように空からの急降下を性愛のエクスタシーとする例もある。もちろん没我のエクスタシーの官能性とプラトン的イデーへのあこがれは、ホイットマンを出すまでもなくキーツらロマン派詩人にも見られる。しかし夜歌うナイチンゲールでもなく、空に舞い上がる霊のような雲雀でもなく、それ自身の意志力と身体的たくましさを感じさせる鷲に反応する点で、フォークナーはやはりホイットマンの影響があったと考えられる。

とはいえフォークナーは、ハヤブサにあこがれる人間にはそのような鮮やかな愛のパフォーマンスができないことを、ジョーンズにはっきり意識させている。空中のハヤブサの交わりが示す理想と、現実の人間のぶざまな肉体の対比は、一九三五年に出版された『標識塔』に極まる。この『標識塔』という作品自体、初期のフォークナーの基本的イメージ群であるフォーン、空への飛翔と墜落、溺死、ピエロなどのパロディだが、ハヤブサの交尾のパロディはそのなかでも強烈である。ラヴァーンは愛人の飛行士シューマンが操縦する飛行機から最初のパラシュートジャンプを演じなければならない直前、彼と飛行機のなかで性交をする。彼女は最初のジャンプを前に死の恐怖を感じており、無理矢理シューマンとのセックスのエクスタシーを得ようとする。その行為のためシューマンはほとんど操縦不能に陥るが、軽飛行機が危うくバランスを取り戻すなか、ラヴァーンはパラシュート降下する。この飛行中のセックスのエピソードは、ジョーンズのハヤブサの交尾の夢をラヴァーンとシューマンが実現させたものである。しかし彼らは人間であるが故に、狭い飛行機のなかでジョーンズの言う「ありとあらゆるばかげた体位」(二二七)をとらねばならない。『標識塔』は金のために死と隣り合わせの危険な飛行を続ける飛行士と、彼らを大空の勇者として羨望のまなざしを向ける地上の新聞記者の対比が、たとえば初期の詩「野鴨」のパロディとなっている。一方『兵士の報酬』のハヤブサは廃人同様のドナルドと対比されて、人間の理想と現実の落差の厳しさと皮肉を印象づける。

ホイットマンの鷲は、人間の理想と肉体の限界を同時に意識させるイメージとしてフォークナーのなかで定着した。では同じホイットマンでも、生と死、愛と記憶に関する詩人の役割を自覚させる「ライラックがこのまえ庭に咲いていたとき」のツグミや、「果てしなく揺れ動くゆりかごから」のモノマネドリを、フォークナーはどの程度意識していたのであろうか。

ミルゲイトが指摘するように、『兵士の報酬』にはツグミやモノマネドリの鳴き声への言及がしばしばあるが、ホイットマンの詩におけるような重要な意味をそのまま『兵士の報酬』のツグミやモノマネドリに課すことには無理がある。しかしマーガレットに恋しているギリガンにとって、彼ら二人だけの散歩中に聞こえるこれらの鳥の鳴き声は悩ましげに聞こえる。「またあのいまいましいモノマネドリだ。聞こえるかい？何を歌うことがあるんだろう？」（二八三）。彼ら二人が森でドナルドの症状を案じ、マーガレットが死んだ夫とのいきさつを語った夕暮れにはツグミが鳴く。彼女が町から去った直後、絶望するギリガンは、やはり夕闇が迫る森のなかでツグミの声を聞く。セシリーへの恋情にジョージ・ファーが夜悶々としているときにも、モノマネドリがマグノリアの木から飛び出す。ツグミやモノマネドリの鳴き声はこの小説で夕暮れまたは夜、性愛と死についての会話の背景になることが多い。

「ライラックがこのまえ庭に咲いていたとき」の詩では、西の夜空に現れてリンカンの死の予兆となった金星、沼のツグミの声、死者に手向けられるライラックの花が三位一体となって繰り返し歌われる。「果てしなく揺れ動くゆりかごから」では、ライラックが咲く春にはつがいであったモノマネドリの雌がいなくなり、残された雄が九月の夜に鳴きさえずる。『兵士の報酬』の春から初夏に設定された時期、性と死の強調、夕暮れや夜と鳥の声の結びつきはホイットマンの詩とも共通し、また故郷へ帰る列車に乗った瀕死の帰還兵ドナルドは、「ライラックがこのまえ庭に咲いていたとき」で列車に乗せられて故郷へ向かうリンカンの棺と連想可能である。[16] さらにドナルドの死とマーガレットとの別離を経験したギリガンが夕闇にツグミの鳴き声を聞くとき、それは彼の魂の割り符となるほどは意識されないにしても、ギリガンが黒人教会から響く歌声を聞き、再び生の営みへと戻っていく結末を方向づける要素の一つとして働く。「果てしなく揺れ動くゆりかごから」で詩人はモノマネドリに共鳴してすべてを聞き、吸収し、記憶をよみがえらせ、自分の役割は愛と死を歌うことだと悟ったが、それは『兵士の報酬』を通じて言語の表層に留まろうとしていたフォークナーが遂に観念し、作家の役割と自覚したことと共通する。

『兵士の報酬』でフォークナーはエリオットを模倣してもいるが、彼はエリオットよりむしろ、身体が精神と同じくらい重要で、心の痛みも身体の痛みとして感じるようなホイットマンの感覚により近い自分を発見したと思われる。[17]「震える喉」（「ゆりかご」九五）や「血を流す喉」（「ライラックが」一二三）で歌う鳥の「音楽的な往復便」が行っているのは生と死、記憶と喪失という異空間の行き来である。ホイットマンのツグミやモノマネドリは、鷲に劣らずダイナミックな力を持ち、身体性を備えしかも生と死の境を超えうる「デーモン」（「ゆりかご」一四四）となる。[18]

フォークナーがデーモン的な詩人や死を内包する身体に惹かれていたことは、パロディに近い形で『兵士の報酬』のジョージ・ファーの奇怪なゴルゴン幻想に見ることができる。ジョージはセシリーへの性的欲望に悶々として、ある晩彼女の家の近くに潜み、地面に寝ころんで夜空を見上げている。このとき彼は自分が海の底に沈み、木々ならぬ海草が水面へ黒々と固まりながら伸びているような錯覚に陥る。さらに彼は自分が腹這いになって上の水面からのぞき込み、水底の「彼のゴルゴンの髪」(his gorgon's hair 二三六)が黒々と伸びているのを見る。すなわち天空が水面となり、海底のような大地に横たわる自分をもう一人の自分が空の上からのぞき込んでいる。この幻想は唐突だが、ジョージの溺死体は「カルカソンヌ」の主人公が思い浮かべる海底の自分の溺死体にも似る。空から水底の溺死体の自分をゴルゴンとして眺めるジョージは、「カルカソンヌ」の主人公のように、海底の死体となった自分を残して一瞬、空に駆け昇ったのかも知れない。芸術家は自らのなかのおぞましきものを越えて、永遠の生を言語で表象しようとする。「カルカソンヌ」の主人公がそのような芸術家の理想を示すとすれば、『兵士の報酬』の男たちは実際には空に昇りきれない。テーヴェライトが述べるように、ジョーンズがあこがれるハヤブサは失墜して、性欲という強迫的欲求に縛られたジョージはゴルゴンとなる。

ジャン＝ピエール・ヴェルナンによれば、ゴルゴン(メドゥーサ)は混乱、恐怖、降下を表し、ディオニュソスと同じく憑依者(ただしディオニュソスのように上昇するのではなく下降する)

として、デモーニッシュな力を持つ。[19] フォークナーにとってメドゥーサは、上昇するハヤブサ等と対照されて重要なイメージの一対を構成する。『八月の光』の終末近くでジョー・クリスマスが去勢され、その血がロケットのように空へ向かってほとばしるのは、パロディの危険性をはらんではいるが、「カルカソンヌ」と同じく、身体への執着と同時に昇華への願望を示す。またジョアンナ・バーデンはほとんど頭部を切断されて殺されるが、その現場からは火災が起こり、黄色い煙が空へたちのぼる（五七）。『八月の光』ではメドゥーサのようにおぞましきものの切断があり、それによって社会や個人のなかで抑圧されていたものが逆に顕になる。そして抑圧されていたものは天まで駆け昇るエネルギーを持つ。フォークナーの原風景の大地と空は対照的だが、空へ昇る者を駆り立てる力は、実は大地から生まれ、芸術家はその両界を制御できなければならない。ホイットマンの鷲やツグミやモノマネドリは、生死の境界を越えるデーモン的詩人としてそのお手本となる。

三

ホイットマンが、魂の割り符のように刻まれた痛みを言葉で表現する点でフォークナーに影響を与えたとすれば、エマソンの影響は何だろうか。『兵士の報酬』で、フォークナーのエマソンへの反発とこだわりは、ホイットマンの影響よりさらに微妙な形で現れている。ホイットマンはもちろん、エマソンについても、フォークナーは影響を受けたと述べたことはない。[20] しかしフォークナーの二番目の小説『蚊』（一九二七）で、登場人物の一人であるジュリアス・カウフマンはエマソンに言及している。ジュリアスはエマソンを「《熱意も俗悪さもない》最も健康的なアメリカの側面」（二四二）であるアメリカ文学の長老、まじめな知識人、としてステレオタイプ化する。そして彼はもう一人の登場人物である作家のドーソン・フェアチャイルドが「エマソンやローウェルやその他教育の模範のような連中の幽霊の絶えざる監視」（二四二）から抜け出せずにいる、と批判する。

フェアチャイルドはニューオリンズ滞在中にフォークナーが交際したシャーウッド・アンダソンをモデルにしており、ジュリアスの意見はエマソンについて述べているというよりも、むしろフォークナー自身のアンダソン批判である。しかしジュリアスはこのとき、フェアチャイルドと比べてエマソンのような人物は、アメリカ的反応だと確信するものだけを描写すべきだ、というような制限を自分の才能が受ける必要を認めなかった点を評価している。『アメリカの学者』でアメリカ的な芸術家を熱く要請したエマソンであるが、アメリカを超える普遍的要素ゆえに彼を認めるジュリアスの発言は、当時南部やアメリカよりもヨーロッパやインターナショナル志向であったフォークナーの芸術家観をかいま見させる。

一方、エマソンについてのジュリアスの前半のおざなりで否定的な評価は、メルヴィルやホーソンの復権の陰でエマソンの冷遇が始まった一九二〇年代の雰囲気を反映しているといえよう。しかしハロルド・ブルーム流にいえば、アメリカ文学の反エマソンの流れもエマソンに対抗することで培われている。[21] フォークナーはエマソンの理想と真っ向から対立するような視線を『サンクチュアリ』で追求しているが、すでに最初の小説『兵士の報酬』で見ることの崇高性は否定され、身体を無視したエマソン流の視覚はパロディ化されている。

ジョージ・ファーは先に述べた溺死体のゴルゴン幻想の直後、「身体を失い」、彼の視覚は「濃紺の宇宙のなかにつるされた身体のない眼のよう」（vision were a bodiless Eye suspended in dark-blue space 二三八）になる。大文字のEで始まるこの眼はまるでエマソンの『自然』のなかの有名な「透明な眼球」（transparent eyeball）[22] だが、『兵士の報酬』の語り手はそのような眼球の欠点を指摘する。「その眼は、なかにはいる容器も閉じる蓋もないので、見ることをやめてしまった」（二三八）。エマソンは「私は無だ。私はすべてを見る」（二四）と歓喜するのに、眼球だけになったように感じるジョージは、瞼も眼窩もない「思考を失った眼」（二三八）の不便さ故に見ることをやめてしまう。しかもジョージはずっとセシリーへの性的欲望に悩まされていて、身体のない眼になっても決してその強迫的欲求から解放されない。ジョージの眼の幻想は、自らの身体を「私ではない」(二二一)と拒否するエマソンの透明な眼球のパロディとなる。いやさらに、自らをゴルゴンと空間に浮かぶ眼球の両方の幻で見たジョージは、芸術家のパロディそのものである。

見ることは『兵士の報酬』で決して崇高な芸術的行為ではない。メアン牧師は薔薇やその他の花を愛する審美眼を備えているが、息子ドナルドが瀕死の状態であることが見抜けない。ドナルドは眼が見えなくなっている。ジョーンズは牧師よりはるかに人の心が読めるが、その黄色い眼は好色で覗き見を好む。フォークナーにとって視覚は身体を伴っており、見る者と見られる者の間の緊張をもたらす。しかしエマソンは、透明な眼球のイメージによって身体性を見えにくくし、他者との境界を曖昧にしてしまう。彼のエッセイ『自己信頼』では、自己と他者が直観によって「存在感覚」(一五六)を共有すれば、眼とその対象物の間の距離や境界はなくなる。「視差」(一五六)なしに見ることができれば、自己は狭い自意識を超え、宇宙と限りなく同一化するとエマソンは考える。しかし『兵士の報酬』では、誰一人としてそのような喜悦を伴う視覚は得られない。わずかに小説の最後で、黒人教会の歌声を聞くギリガンとメアン牧師は、みすぼらしい教会が美しく変容する瞬間に立ち会う。しかし黒人たちの匂いがする場所で歌声を聞き、足下の土埃を感じるときの経験は、視覚重視のエマソンより聴覚、臭覚、視覚、触覚がすべて動員されるホイットマンにより近い。

視覚偏重のエマソンにフォークナーは異議を唱え、身体感覚を指摘するが、フォークナーとエマソンの身体意識の違いは、彼らの喪失感覚をめぐってより深刻になる。フォークナーをホイットマンに近づけるのは、喪失を身体で捉えようとする彼らに共通する感覚である。ひるがえってエマソンの喪失感の欠如は、フォークナーにとって密かな脅威となる。『経験』でエマソンは、息子ワルドーを失った悲しみについて触れている。「私は美しい地所を失ったかのようだった。それだけだった」(二五六)。エマソンはすでに最初の妻エレンと兄弟、特にチャールズの死に衝撃を受けているが、息子に死なれた悲しみをこのようにしか表現できないエマソンの苦しみは、鋭い喪失感覚の欠如から来る。愛するものを失った悲しみを体の痛みや傷として記憶することは、少なくとも連帯の慰めがある。しかし喪失の痛みを直接感じない喪失感にはどう対処すればよいのか? フォークナーは『兵士の報酬』でドナルドの額に深い傷を負わせ、それを登場人物たちが各々抱く喪失感のいわば「割り符」とした。人々は常に彼の額の傷を意識している。しかしエマソンの悲哀は「傷跡を残さない」(二五六)。

『響きと怒り』でコンプソン氏は、キャディの処女喪失は自然なことで、そのショックもそのうち消滅するとクウェンティンに言う。クウェンティンは、そのような喪失感の喪失よりは自殺を選ぶ。クウェンティンにとって、喪失感覚の喪失は喪失そのものよりも残酷である。『野生の棕櫚／エルサレムよ、もし我汝を忘れなば』のハリー・ウィルボーンは自分の中絶手術失敗で恋人のシャーロットを死なせ、監獄行きとなる。そこで彼は自殺よりも、生き続けて自分の体をシャーロットへの悲嘆の証とする方を選ぶ、と宣言する。身体は喪失を記憶する頼りになる。

しかしながら、フォークナーの身体性への信頼は必ずしも全幅のものではない。デモーニッシュな身体を暗示するジョージ・ファーのゴルゴン幻想もパロディとして読める。『野生の棕櫚／エルサレムよ、もし我汝を忘れなば』の結末の悲壮なまでの身体性重視は、その直前の、ハリーの自慰行為と読める曖昧な文章と対比されなければならない。[23] シャーロットを失った悲痛を身体で覚えているという決心を述べる文章中に、「パーム」（椰子、手のひら）とひっかけて読者が必ずしも気づかない自慰行為を暗示する文を忍び込ませるとはどういうことなのか。[24] 身体の喪失感覚に賭けながら、それを表明する文の表層でセクシャルなパロディを同時に試みるフォークナーの言語は、決して身体にその主導権を譲り渡すつもりはない。

『兵士の報酬』でフォークナーは、言語の表層にとどまって洗練された遊戯感覚の小説を書くことをめざしながら時間の中へ、身体へと引き寄せられていった。身体で受けとめる喪失感を語る術を見つけなければならない、という要求が最初の小説に存在する。しかしエマソンが『経験』

のなかで喪失感覚の喪失を指摘し、人はリアリティに達することはないと言い放ちながら、他方知ることは「尊い娯楽」(二七三)である、という遊戯性を織り込んだ認識を示しているのはフォークナーに無縁ではない。『経験』でエマソンは、自然は「覗かれるのが嫌い」であり、人は自然の「道化で遊び仲間」(二五九)として演技しなければならないことに同意する。「道化で遊び仲間」という演技者を自覚して人生を表層と認めた点で、エマソンのプレイ(演技・遊戯)感覚は『兵士の報酬』でフォークナーが表層にとどまろうとしたプレイ(演技・遊戯)感覚と一脈通じるところがある。

エマソンのこのエッセイをフォークナーが意識していた証拠はない。サーカスの曲馬師の平衡感覚やスケート滑りの表層感覚を強調する(二六一)エマソンに、フォークナーは思い至らなかったかもしれない。しかし、我々はオリジナルなものを知ることはなく、あるのは痕跡だけだ——その傷すらエマソンはないというのだが——と言う『経験』の脱構築的な考え方は、エマソンの言語に最初から織り込まれているのではないか。ハロルド・ブルームはエマソンはあくまでも言語の世界にいてモノそのものの世界には向かわないと述べる。しかしブルームはエマソンの場合、それがデリダ的な痕跡としての言語の強調になるのではなく、ロゴセントリックな声を讃えることになる、という。[25] ブルームの主張は、多くの批評家がエマソンの臆面なき自己肯定の言語に潜む矛盾に注目していることでも裏付けられる。スティーヴン・ホィッチャーのように、エマソンが『自然』の自己信頼の強烈さから次第に成長して『経験』の成熟に至るのを評価する批評家や、クウェンティン・アンダソンのように初期の彼の自信のなかにアメリカの傲慢さを読みとる者もあるが[26]、リチャード・ポワリエやB・L・パッカー、R・A・ヨーダーらは自己肯定の強い奔放な文章をあえて続けるときのエマソンの言語を問う。[27]高揚を誘いつつもあまりに大胆で楽観的なエマソンの文章は、どこまでが直接的な彼の声なのかわからない。B・L・パッカーが指摘するように、エマソンが好む作家の権威やデーモン性は、講演時の声の現前性と違い、書き言葉を通しては直接は伝わらない。[28]書き言葉の限界を意識したまま飛躍するアフォリズムに近い言葉を書き次ぐエマソンに対し、読者の側も、原存在、権威の保証を要求しないというプレイ感覚がなければエマソンを読み進めることはできない。

フォークナーはホイットマンのように、喪失を身体に刻むことで原初の存在を確認することを望んでいる。しかし彼は言葉の戯れにも抜群の感覚を持つ。フォークナーは見ることから身体性を除外するエマソンには拒否反応を示すが、エマソンの『経験』のように、喪失の悲哀から実在に至る知恵を信じず、表層に留まる選択は、恐れつつも理解するはずである。『響きと怒り』で、キャディの処女喪失にこだわるクウェンティンの言語が自己増殖し、崩壊現象を起こすのは、最初の小説がドナルドの額の傷を見据えつつ、言葉の表層から出発するのと無縁ではない。

一般にアメリカの楽観的作家の代表のようにいわれるエマソンやホイットマンと南部の歴史にとらわれたフォークナーの、言語に対する潜在的不安は案外近い。ホイットマンのカタログ的な単語の奔流も、即物的な物への信仰のようでいて言葉であるということに自覚的である。ホイットマンの延々と続く言葉は、「一匹の静かな辛抱強い蜘蛛」の詩では宇宙に繰り出される蜘蛛の糸のイメージで捉えられている。それはフォークナーの『アブサロム、アブサロム！』でやはり言語の比喩として用いられる蜘蛛の糸ほど「か細い弱い糸」（二〇二）ではないが、巨大な宇宙空間のなかの頼りなさを意識する点では同じである。身体と言語を詩人としてどう捉えるか、明確な態度表明をしたエマソンとホイットマンについて、最初の小説に着手したフォークナーが間接的ながらもふれざるを得なかったのは当然であったのかも知れない。『兵士の報酬』以後、エマソンとホイットマンの影響はますます確認しがたくなるが、フォークナーが作家として本格的に出発するにあたり、彼らはフォークナーが自らの方向性を定める上で有益な示唆を与えたのである。

第三章　『蚊』
――芸術家、ジェンダー、市場

『兵士の報酬』に続くフォークナーの第二作目の小説『蚊』は、長い間さして注目されることがなかった。クレアンス・ブルックスはこの作品にみられる他の作家たちの影響を丁寧に解説しながらも、これは読者にとって労多くして報われることの少ない作品だと述べている。[1] しかし一九八〇年代後半から一九九〇年代にかけて、フェミニズムやジェンダー論の活発化と共に、この小説中の芸術家とジェンダーのかかわりが批評家の関心を引きつけるようになり、[2] ブルックスの判断とは逆に実り多い議論が行われるようになった。

フォークナーのジェンダーやセクシュアリティへの関心は、『蚊』が初めてというわけではない。すでに『兵士の報酬』で、ジャニュアリアス・ジョーンズは両性具有を思わせる人物であるし、少年のような体型の女性と豊満な女性の対比もセシリーとエミーにある。しかしジェンダーやセクシュアリティの曖昧性や女性についての議論が、芸術家との関連で正面切って登場するのは『蚊』においてである。

『蚊』のジェンダー論でリサ・レイドーは、芸術家を触発するミューズというロマンティシズム伝統の女性観が二〇世紀に入って簡単に受け入れられなくなったなかで、フォークナーはミューズを追う男性芸術家ではなく、女性性を合わせ持った両性具有の作家として成長する、と論じる。[3] ただしレイドーやフラン・ミシェルが指摘するように、フォークナーの時代は男性の女性化をゆゆしき事態として社会に警告を発しており、フォークナーは自らの男性性を声高に主張しなければならない圧力を感じていた。[4] レイドーやミシェルは、フォークナーが自分の言語に流動性や曖昧といった女性性を見いだして作家として成長したにもかかわらず、社会に対して自らの男らしさを弁護し、『蚊』のなかで登場人物たちに女性蔑視の発言を盛んに繰り返させている事実に不満を表明している。

彼女らは、デボラ・クラークが主に『響きと怒り』以降に見いだしたフォークナーの言語の女性性の萌芽を、すでに『蚊』に見いだしている。しかしフォークナーが初期に空、大地、水の間で飛ぶことにあこがれる、またはニンフを追いかける主人公を書くとき、それは常に男を想定している。フォークナーが理想とする芸術家像はこれまでずっと男性イメージであった。フェミニスト批評家による『蚊』のジェンダー論は大変刺激的で本論文もその恩恵を被っているが、ミシェルやレイドーのように、フォークナーが『蚊』で創造行為の女性的特徴を大いに活用したと強調するのは、彼の、少なくともこの時期における女性性理解を過大評価することになるのではないか。

この小説では男女二項対立は、芸術家が対立するさまざまなものとの関係を示す比喩として用いられる。フォークナーがこの小説で女性の言動に多大な関心を寄せているのは事実だが、その関心はむしろ、男性芸術家のジェンダーアイデンティティの不安を反映している。一九二〇年代の女性の急激な変化を前にして、女性性との対比で規定されていた男性性が問い直され、男性を前提にしていた芸術家像の見直しも当然必要となる。さらに作家と読者の関係も、この小説では男女二項対立のイメージでとらえられるが、登場人物たちに男性芸術家であることへの執着があるにもかかわらず、作家と読者のジェンダーアイデンティティは場合によって入れ替わる。作家が読者に対して男であったり女であったりするのだ。そこには職業作家として本格的にデビューしたばかりのフォークナーの、市場に対する困惑がみられる。この論考では、『蚊』にみられる芸術家のジェンダーアイデンティティの混乱を、作家の文学的想像力の資質に限らず、作家と市場との関係も視野に入れて検討する。

『蚊』の執筆はフォークナーのヨーロッパ旅行後に始まった。[5] ミンローズ・C・グウィンが指摘しているように、パリに約4ヶ月滞在したフォークナーは、ホモセクシュアルやレズビアン文化が花開き、また才能ある女達が活躍したこの都会の雰囲気をそれなりに感じたであろう。[6] ミシシッピの保守的ピューリタン的な環境に育ったフォークナーは、すでにニューオリンズで性的に寛容で異国情緒あふれた文化に接しているが、パリはさらにコスモポリタンな都会である。ごく若い頃に世紀末芸術の影響を受けていたフォークナーは、パリ滞在中オスカー・ワイルドの墓に詣でており、男女間のセクシュアリティの横断についてこの地でより自由に考えられたはずである。フォークナーがパリで書いていた小説『エルマー』を遂に完成させられなかったのは、語りの技術の未熟のせいだけではない。[7] 手に入らぬ女性の代償に絵を描く画家エルマーには限界がある。ちょうどパンシア・R・ブロートンが指摘したような、[8] 性的欲求不満を芸術的創造に昇華させる男の肖像だけでは、たとえそこに風刺の目を向けても芸術家の可能性を探求し尽くせないことにフォークナーは気づいたであろう。

初期のフォークナーにとって、パリは芸術家の聖なる巡礼の地である。しかし皮肉なことにフォークナーはフランスで、最初の小説を出版したボニ&リヴライト社から送られてきた『兵士の報酬』の原稿料の前金の小切手をなかなか現金化できない、というトラブルにあう。おかげで彼の帰国の船の予約は遅れ、慎ましい滞在生活は厳しさを増した。フォークナーは、故郷への手紙でリヴライトをののしるだけですませたが、生活するのに出版社からの金に頼らなければならないという作家の不安定な地位を、彼は芸術の都でまず味わったことになる。[9] ブロートンは、フォークナーが作家として成熟するきっかけを、性的欲求不満の昇華としての創作からの脱却に見ている。[10] しかし作品を書くことによって生計を立てる、という職業作家の現実や社会との関わりを自覚したときから、フォークナーの作家意識は鋭く発展していくのではないか。初期のフォークナーが影響を受けた芸術至上主義は、名誉ある孤立を掲げながらも近代大衆社会を強く意識していた。フォークナーも芸術家として市場社会と直面しなければならない。

フォークナーはヨーロッパから一九二五年一二月に帰国した後、一九二六年二月には再びニューオリンズを訪れ、同年夏ミシシッピ州パスカグーラでの休暇中に、ニューオリンズを背景にした『蚊』を執筆する。この年の一月、ヘレン・ベアードに自らの挿し絵入りの物語『メーデー』を献呈したフォークナーは、パスカグーラでまだ彼女に恋していて、恋人への想いから創作するというエルマー的心境から抜け切れていない。しかし一九二六年二月には彼の最初の小説『兵士の報酬』が出版されている。もちろんフォークナーはすでに詩集『大理石の牧神』（一九二四）を出し、ニューオリンズで雑誌や新聞に作品を発表するという経験を積んでいる。だが『大理石の牧神』の出版は、友人であり彼の文学指南役を自認していたフィル・ストーンの全面的支援によって実現したもので、商業ベースにのるにはほど遠い。[11] それに比べると『兵士の報酬』は、モダンライブラリーシリーズを起こし、フロイトの『精神分析入門』やエリオットの『荒地』、セオドア・ドライサーの小説などを大胆に出版して有名になっていたボニ&リヴライト社から出版されており、この出版はフォークナーにとって非常に重要な出来事であったといえる。『蚊』が出版段階で、性描写が露骨だと思われる箇所を中心に数カ所が削除されてフォークナーを失望させたことに比べると、第一作の『兵士の報酬』は順調に出版されて批評もまずまずで、新人作家としては良いスタートであった。[12] この出版社の『兵士の報酬』の装丁も無難であり、フォークナーがそれに不満を漏らした様子はない。しかし彼は今までウィリアム・モリスのように自分で装丁も行って、自らの詩集を恋人や知人に贈っていた。フォークナーは、商業出版社から本を出すことで作家としての意味を新たに考えたはずである。

『蚊』は、ニューオリンズの金持ちの未亡人に招待された芸術家たちがヨットパーティ上で芸術談義を繰り広げる話である。そこでは芸術家が作品を世に出すこと、また芸術作品に限らず、一般にモノを商品として売り出すことや広告についての芸術家たちの議論がある。作品が市場にのるということは、想いがかなわぬ恋人の代替物もしくは彼女への捧げものとしての作品、という私的な創造とは別の、また特定の読者のための手仕事的な作品とは違う、大衆社会での創作観を必要とする。『蚊』は再び片想いの相手ヘレンへの献辞を掲げているが、契約によって第二作目もボニ&リヴライト社にまず原稿を送ることになっていたフォークナーは[13]、出版社、さらにその向こうに一般読者を意識せざるをえない。

パリが独り立ちを始める作家にとり不安とあこがれに満ちた都会であったとすれば、帰国後舞い戻ったニューオリンズはフォークナーにとって、シャーウッド・アンダソンを始めその仲間たちを風刺的に描写した友人スプラトリングのスケッチ集に序文を書くほど、対等に芸術家集団を観察できる土地であった。フォークナーはヨーロッパへ行く前すでに「ニューオリンズ」という散文でこの町の「娼婦」(『ニューオリンズ・スケッチ』四九)のような魅力についてわかっているふうな態度をとっているが、ニューオリンズは娼婦の町ばかりでなく、物資の集積流通の拠点として「コーヒーや樹脂の匂い」(『蚊』四七)のする港でもある。パリから戻り、また最初の小説を出版して、フォークナーは初めて官能性と市場経済性が芸術家集団と同時存在するこの町の意味を探り、芸術家とジェンダー、セクシュアリティ、さらに市場の問題を関連させて小説のなかで考えることができた。

モダニズムは、市場経済が芸術にもたらす危険を娼婦のイメージでしばしば自らに警告してきた。ヘミングウェイもフィッツジェラルドも、金のために商業雑誌に投稿することを娼婦の行為にたとえている。[14] フォークナーは出版第二作目の小説を書きだしたばかりであるが、一九二五年から一九二六年にかけて彼は、今後多方面の出版社に投稿するもとになる短編を書きついでいた。[15] 商業雑誌への投稿で収入を期待する以上、フォークナーも市場経済体制に組み込まれる娼婦について考えないわけにはいかない。『蚊』での芸術家のジェンダーアイデンティティの動揺は、単に作家の想像力の質ばかりでなく、作家と市場の関係もジェンダーやセクシュアリティのイメージで追求することで、より振幅が大きくなっている。

以下第一節で、彫刻家ゴードンと作家フェアチャイルドを比較しながら、彼らの男性芸術家像を見ていく。第二節では、男性優位を主張するにも関わらず彼らのジェンダーアイデンティティの不安が強い理由を、芸術家と市場の関係に探る。さらに第三節では芸術至上主義と市場の関係、及びダンディズムにふれ、これらに対するフォークナーの両義的態度をみる。

一

しばしば「鷹のようだ」と表現される彫刻家ゴードンは、尊大で芸術的野心が強く、俗世間の人間と交わりたがらない。すでに見たように、フォークナーの詩で鷹のように空高く飛ぶことは詩人の理想である。またゴードンは「銀色のフォーンの顔」(一五二)に似ている。しかし彼はフォークナーの詩のフォーンと違い、ニンフのようなパトリシアに強く惹かれていても一緒に踊ろうとせず、性の快楽を拒否する。彼はたくましい肉体を持ち、あごひげをたくわえて服装にも頓着せず、いわゆる「男性的」な資質をふんだんに与えられている。彼は水面に映る自分の姿を眺めるが、フォークナーの初期の詩のピエロのようにそれをみながら自分の無力さを嘆くのではなく、芸術家の理想像をそこに投影させる強力なナルシシストである。

ゴードンが水面の自分を見ながら考えるのは、ゲッセマネのキリストやイスラム教の天使イスラフェルである。どちらのイメージにも選ばれし者としてのゴードンの誇りが反映されているが、特にイスラフェルはアラーの神の天使として男性イメージが強い。エドガー・アラン・ポーの詩「イスラフェル」では、イスラフェルは天の星を感嘆させる音楽を奏でる。フォークナーの初期の詩では、空の星は言語についての欲求不満を表すことが多いが、イスラフェルの音楽は完璧に星たちを満足させる。このような天上の芸術家イスラフェルに対し、地上の詩人ポーは羨望のまなざしを向け、地上の制約を嘆いている。『蚊』で言葉と行動の乖離を嘆く小説家フェアチャイルドも地上派である。しかしゴードンが自分をなぞらえるのは、地上のポーではなくイスラフェルの方である。

このイスラフェルに対し、ゴードンがもう一方で思い浮かべるゲッセマネのキリストには、受苦の連想が強い。もっとも言い伝えによれば、イスラフェルも一度は火のなかで消滅してその後アラーにより復活するので[16]、ゴードンはいずれにせよ民衆のための受難者としての芸術家を想定していることになる。しかしポーの詩の天上の奏者に比べると、ゲッセマネのキリストは他人のすべての罪を一身に背負う犠牲者のイメージが強く、その受動性は女性的ともみなされる。フラン・ミシェルは、「髪に星の冠を頂いた」（四七―四八）ゴードンの水面の影に、聖母マリアとの連想を指摘する[17]。「ヨハネの黙示録」十二章一節は確かに、キリストを生んだ聖母マリアらしき女性が星の冠をつけていることが述べられている。さらにゴードンは水面を眺めながら、ゲッセマネのキリストのイメージに続いて「快楽なしに受胎し苦痛なしに産む女の穏やかで悲劇的な肉体」（四八）と述べ、処女懐妊の聖母マリアと一人で創造する男性芸術家の類似をほのめかしている。芸術家は芸術を受胎して産む母体であり、しかもゴードンはそこから生まれるキリストと自らを同一視する。

この場面でゴードンは芸術家の女性性に最も近づき、しかもそれとの同一化を危うく免れている。ゴードンの星の冠は、星を魅了するイスラフェルとの連想から、聖母マリアよりも男性芸術家賛歌と解釈することもできる。またキリストのイメージは「純粋な、しかし決して硬直してはいない、いやいや、筋肉を持たぬ、のたくるような肥沃で汚いところ」（四八）から浮かび上がる。それは混沌とした肥沃な生命体という女性的イメージだが、そこからキリストというフォルムを形作るのは男性芸術家のゴードンである。ゴードンは創造時の女性的な生命力を認めても、常に男性の意志的な形成力をそこに課す。

芸術創造における女性性を認めながら、あくまでも男性的芸術家であることに自信たっぷりなゴードンに対し、フェアチャイルドの芸術家像はもう少し複雑である。彼は、女性は「生殖器官」(二四一)に収斂すると述べる。彼は女性を芸術的創造の世界から締め出して生殖のなかに閉じこめ、芸術は男性のものだと主張する。しかしその主張は、彼自身に多大な緊張を強いることになる。

フェアチャイルドは、男性が性行為をしながらそれを観察するもう一人の自分がいた場合の滑稽さを想像している(一八五)。フェアチャイルドの友人のジュリアスは、フェアチャイルドは作家として人生を観察する「速記者」(五一)であり、「宦官」(一三一)だと述べている。生への参加とその観察、という分裂によって、男性芸術家のセクシュアリティの奔放さは危機に陥る。フェアチャイルドは創造行為を「暗い双子」(二五一)との葛藤としてとらえ、さらに女とかかわらず男一人で生む「倒錯」(三二〇)だという。ただしその倒錯がシャルトルの大聖堂やリア王を生み出す偉大さを持つという理由で、彼はそれを正当化する。

ゴードンは、創造行為に女性的なものを認めながら、男性的な意志を強調する。それに対しフェアチャイルドは、創造行為から女性性を閉め出して芸術を男性の占有としたい。ただし彼は、男女のヘテロセクシュアルな関係が健全なあるべき生の姿と信じているので、男性芸術家は女のために創作すると主張する。男性芸術家の創造は一種の倒錯かもしれないが、それが異性を引きつけるための行為であればヘテロセクシュアルなバランスがとれる。しかしグラマラスな体を見せつける昔の女たちのかわりに中性的な女性が増えて、彼は戸惑っている。性を感じさせない女たちの前では、男性芸術家は女の性的魅力に惹かれて創作するという口実さえ無効となって、「暗い双子」との格闘はますますホモセクシュアル、またはオートエロティックな倒錯にみえる。それでも「オハイオ川流域育ちの男らしさ」(二〇九)にこだわるフェアチャイルドは、男性性を誇示するしか作家のアイデンティティを示せない。よって彼は常に男性の友人を伴い、酒ときわどい会話で男性性を証明しながら、男性というジェンダーの責任ですべての倒錯を引き受ける不安を内心抱えることとなる。

男らしさにそれぞれこだわるゴードンやフェアチャイルドに比べると、『蚊』の女性はジェンダーやセクシュアリティの禁忌から一見自由であるものが多い。エヴァ・ワイズマンは結婚歴があるがジェニーにレズビアン的関心を寄せる。彼女は詩人で男たちと対等に議論し、ののしり、一人だけ男性群に混じってボートをこぐ。若いパトリシアとジェニーは同じ一つのベッドに入ってお互いの裸体に興味を示し、男たちを手玉に取る。フェアチャイルドやトリヴァーにはタブーである同性間の性的感情が、女性たちの間ではあっさり認められる。さらにパットは早朝に湖で水着も着けずに泳ぎ、ジェニーはドレスを通して体の曲線美を見せつける。

女性たち、特にパトリシアとジェニーの自由な振る舞いに対し、ゴードンの禁欲性やフェアチャイルドの仲間内の安全圏に引っ込んだ男性性の誇示、さらに思いこみばかり強くてジェニーを誘惑できないトリヴァーのお上品ぶりなどは、風刺の対象となっている。しかし男たちに向けられた強烈な皮肉にもかかわらず、結局問題は男性芸術家がどうあるべきかに立ち返り、自由を楽しみ禁忌を無視するパットとジェニーの力には限界がある。

ジェニーは男と戯れ、女たちの接近も拒まず、セクシュアリティの誇示を楽しんでいる。しかし彼女の生き方はフェアチャイルドの差別発言、すなわち女は身体の要求に必要なだけの知性しか備えていないが、それで充分生を楽しむのだ、という指摘にちょうど当てはまる。男性陣の芸術的苦悩とは無縁の彼女の落ちつきぶりは見事だが、自分にとっての快、不快ですべてが決まる彼女の自己中心性は明らかである。またパットとジェニーが、悪態をつく言葉を子供の宝物のように交換し、しかも二人が共にそれをまちがって使うのは、無邪気でもあるが、言葉の使い手としての未熟さを示すことにもなる。確かにヨットパーティには女性詩人エヴァ・ワイズマンもいる。女性の原型イヴにちなむ名前とワイズマンという男性を示す姓をもつ彼女はヨット上で唯一分別があり、パーティのホステスのモーリエ夫人にも気遣いをみせる。しかし二つのジェンダーの肯定的で有効な組み合わせが試されているかのようなエヴァは、ヨットパーティ後はかき消すように姿を消し、エピローグには登場せず、言及もされない。

一方、パットにはジェニーのあからさまな女性性とは違った生の活力が示されているが、それも見かけほど強力ではない。船の賄い係のデヴィドは、ヨーロッパの山に登り、眼下の空を舞う鷹とそのさらに下界の湖を眺めた話をしてパットを感激させる。この話は、フォークナーの空と水と丘の心象風景のバリエーションだが、そこから急に駆け落ちを思いついて陸地に上がった二人は大地の厳しさを思い知らされる。[18] フォークナーの原風景で大地は女性的だが、パットとデヴィドが歩く湿地帯も太古の原始世界を連想させる点でやはり母性を連想させる。しかしそこでは同時に「長老のような木々」(一七一)が強調され、それは無軌道な彼女の行動を罰する父権のようである。パットは暑さと砂埃と蚊の襲撃に音を上げてデヴィドに介抱され、結局ヨットに戻る。しかしまたパットはこの駆け落ち直前、早朝もやがかかって視界の悪い湖で一人気ままに泳ぐ。しかし彼女は、ヨットから遠くへ迷いでてしまわぬよう絶えず注意しなければならない。不透明な水と大気のなか、裸で泳ぐ彼女は子宮のなかの胎児のようだが、「ナウシカ」号の船体を確認して安心するパットにとって、船体は母性と言うより頼れるたくましい男根的存在になっている。湿地帯でと同様、基本的に彼女が頼るのは母性ではなく父性のほうである。彼女は父親を「ハンク」(二五六)と呼び捨てにし、兄と一緒にイェール大に行くつもりだが、父にうるさくせがんでようやく余計者として兄について行くしかない。彼女はその横柄さにもかかわらず、ジェニーが無断外泊に怒る父をあっさりなだめてしまうのに比べて、はるかに父権社会構造のなかに封じ込められている。彼女は彼女の代理母というべき同じ名前のパット伯母を小馬鹿にしているが、モーリエ夫人に対して特別優位に立っているわけではない。彼女自身予感しているように、結婚して子供を生むだけの人生が彼女を待ちかまえている恐れは十分にある。

ゴードンにとって、彼の若い女性のトルソーと違って生身のパットの生命力は脅威であった。しかしパットは父権社会のなかに収まり、しかも金の力による階級社会に従属している。ゴードンが造った女性のトルソーを買いたいと主張し、断られると彼に汚い言葉を浴びせる(それも使い方をまちがって)パットは、お仕置きを受ける子供のように彼にお尻をぶたれる。プロローグでパットはゴードンの視線を平然と受けとめる強さを持つが、結局ゴードンは彼女を子供あつかいして父権的権威を行使できる。

芸術家ゴードンは自分の芸術作品を守り、わがままな有閑階級の小娘をぶつ。一方フェアチャイルドはアル・ジャクソンのほら話でパットをいたく楽しませる。ジェニーの話のなかにちらりと登場するフォークナーという男は、自分のことを「嘘をつくのが仕事」(一四五)と説明しているが、フェアチャイルドはこのほら話がパットに有効である点で、小説家として基本的に合格ということであろう。しかもパットが、その話のなかにでてくる金がどうなったかと妙に金銭にこだわりをみせるのに対し、その話は「またいつか」(一八一)とかわして話の荒唐無稽さを楽しむフェアチャイルドは、物語り手としての面目躍如である。

エヴァ・ワイズマンはエピローグに登場せず、ジェニーは生に充足した女性として敬して(軽蔑して)遠ざけられ、パットは父権社会のなかで管理が可能である。さらに芸術家を庇護したがるモーリエ夫人は、ゴードンの洞察力によって芸術作品化される。ジュディス・B・ウィッテンバーグは、芸術家のパトロンを自認し、ヨットでは客をグレープフルーツ責めにする肥満体のモーリエ夫人を滑稽な「恐ろしい母」[19]と位置づけている。芸術家たちを食べさせ厚遇しながら自分の思い通りにしたい夫人は、確かに困った母性を発揮する。しかしゴードンはモーリエ夫人の悲劇を見抜き、それを作品化することによって彼女を統御する。ミシェルはこの小説に断首される女のイメージが多いことを指摘しているが[20]、なかでもゴードンによるモーリエ夫人の頭部像制作は、男性的芸術の勝利を示す。芸術家の精神的経済的独立を脅かす金満家のモーリエ夫人は、メドゥーサの首のようにはねられ芸術作品化されることで、女性による支配、さらに金の誘惑による芸術的堕落をもたらす恐怖でなくなる。

モーリエ夫人がヨットパーティの終わりに疲労困憊し意気消沈しているのに対し、芸術家集団の男性たちは傍若無人に振る舞い、自分たちの精神的自由を守ったと考えている。しかし『蚊』は、男性芸術家のヒステリックな勝利宣言であるにはあまりに混沌としたエピローグを持つ。次節では、この作品の男性芸術家の不安を、現実の女性との権力争いではなく、市場との関係に探ってみよう。

二

フォークナーがたいそう気に入っていた詩的短編「カルカソンヌ」は、『蚊』とほぼ同時期に書かれた、と推測されている。[21] この作品で、詩人である浮浪者が厄介になっている酒場はウィドリントン夫人所有だが、彼女の名前は最初モーリエ夫人となっていた。スタンダード石油を代表するウィドリントン夫人という女性が金持ちとして芸術家と対比される「カルカソンヌ」の構図は、『蚊』と同じである。『蚊』のエピローグでパンを握ったまま横たわり、ネズミに嗅ぎまわられる路上の浮浪者は、「カルカソンヌ」でネズミが走り回る音を聞く主人公に少し似ている。[22] しかし小説では、行き倒れの浮浪者が天駆ける幻想を見たとは書かれていない。

「カルカソンヌ」の乞食詩人は、空を馬で駆ける幻想とともに溺死体となっている自分を想像しているが、むしろその溺死願望のほうが『蚊』に増幅されて現れている。この小説のプロローグに登場するジャクソン広場のジャクソン将軍の騎馬像さえ、「水槽」(四九)のような広場のなかにある。エアーズ大佐がヨットから落ちたり、パットがフェアチャイルドやエアーズ大佐を懲らしめて水中に沈めるのを始め、デヴィドも不注意なパットのおかげで危うく溺れそうになる。ジェニーはマンデビルの男の溺死体の話をし、トリヴァーもボートから落ちてずぶぬれになる。フェアチャイルドとゴードンは互いに相手が溺死したと勘違いして湖の捜索に加わる。彼らはエピローグでニューオリンズの町へ繰り出すが、フェアチャイルドは泥酔し、ゴードンは売春宿へ行ってしまう。泥酔も売春宿行きも、自分の意識を一時的に無意識または性欲に埋没させ、溺死する行為である。湖の溺死体捜索でお互い鉢合わせして相手の溺死情報がでたらめだったことがわかった二人は、溺死のパロディを最後まで続けている。『蚊』では、男性優位が主張されるにもかかわらず男の溺死イメージが強く、芸術家の存在不安を表している。それは、「カルカソンヌ」では暗示的にしか展開されなかった芸術と市場の問題が、この小説では最後まで執拗につきまとうからではないか。以下、ヨット上で行われる芸術と市場に関する議論から、溺死の強迫観念の原因を探ってみよう。

　この作品に登場する芸術家たちは、市場に対し一般に警戒心を抱いている。詩人のマーク・フロストはヨット上でエヴァの詩が朗読されたとき、[23]それが良い詩だと認める。ただし彼は、それが出版されたことが良くないと言う。まれにしか詩を発表せず、自分はニューオリンズで一番優秀な詩人だと主張するマークの意見は、皮肉にとらえられるべきであろう。しかしセオドアがただ面白いからとパイプ造りに熱中しているのに、エアーズ大佐はそれを売り出すことだけに関心を寄せるように、芸術家または職人が作り出す作品とそれを市場に出すことのずれは、歴然としてある。エヴァが書いた詩ということになっているフォークナーの詩も、この時点ではまだ出版されていない。まだ出版の当てのない詩をこのような形で小説のなかにすべりこませ、さらに登場人物の詩人に、出版された詩は良くない、といわせるフォークナーは、市場に認められない詩人の屈折した心境をのぞかせている。またエヴァは、芸術が「車やストッキング製造と同じように」(一八三)大衆の消費に頼らざるを得ないことに不満を述べている。芸術作品が市場での大量消費に依存しているなかで、芸術家は気まぐれな大衆社会に不信感を抱かざるを得ない。

　ゴードンの彫刻は、市場を拒否する芸術家のジレンマを表している。彼のアトリエにある若い女性の大理石像とモーリエ夫人の頭部の粘土像は、「処女」という意外な共通性を持つ。大理石像では生命の「処女性」(一一)が強調されている。モーリエ夫人の頭部像を見たフェアチャイルドは、モーリエ夫人のなかでまだ死にきれずにいるのは「処女」(三二六)だ、と気づく。愛のない結婚をした彼女は真の意味で処女性を失うことがなく、自分の人生に何かが欠けていた、という喪失感が彼女の体内から強烈に発散している。大理石像の表す処女性が、その失われぬ純粋性と生命力によって価値を保つとすれば、モーリエ夫人の処女性は失われなかったことの悲劇である。ゴードンはこの二作品によって処女性の相反する相を捉えた。しかしこれらの作品は、市場に抗する彼の芸術の魅力と共に潜在的弱点を示してもいる。手足も顔もない女性の大理石のトルソーは処女で「純粋」(三二八)である。ゴードンはそれが他人の手に渡ったり、勝手な解釈を施されて「不純」(三二八)になる可能性を許したくない。ゴードンは、芸術のことが本当はわかっていないモーリエ夫人に、そのトルソーは彼の女性の理想を表しているとあえて断言している。芸術家がそのようにあくまで自分の作品の意味の絶対性にこだわれば、作品を流通過程にのせることはできない。事実ゴードンは、パットにも他の誰にもその像を売り渡すつもりはない。だが作者が他人の解釈を拒否して自分の意味に固執する作品は、モーリエ夫人の失われなかった処女性の悲劇を免れるだろうか。作品は生身の人間とは違い、大理石像が表現する生命力は時間がたっても変わらないかも知れない。しかし手足や顔という表現手段を持たない像は、最初から喪失の象徴でもある。さらに芸術家の理想の状態を「心の受難週間」（二三九）と規定したフェアチャイルドの受容の精神に従えば、作者の明確な意図を表現する芸術作品も、鑑賞者各人の解釈を許容する柔軟さがあるべきではないか。

一方ゴードンよりは世慣れたフェアチャイルドは、作家が作品を市場で売ることを合理化しようと試みる。彼は人が何かを意識して立派に成し遂げるならば、「生きること」であれ「良い芝刈り機を作ること」（一八二）であれ、それは芸術なのだ、という。また膠工場に勤める労働者は、工場で嗅ぐ牛の蹄の独特の匂いがどこか気に入っていなければその職に就いていないのであって、作家が自分の心の奥を探求する倒錯とその労働者の倒錯は共通するのだ、とも言う。仕事を立派に成し遂げること、その仕事の独自性を愛していることが芸術家と労働者に共通する芸術性ならば、作家も労働者同様、創作によって生活の糧を得ることは堕落ではない。W・D・ハウェルズは、芸術品に値段をつけることをタブー視する一方で、作家の職業も普通の製造業に携わる労働者と変わらない、という主張を展開している。[24]ハウェルズの主張には芸術と生活の直結を求めるラスキンの影響があるが、ウォルター・ベン・マイケルズは、市場性を理解せずに芸術家と製造業者を生産性において同列に論じるハウエルズの矛盾を指摘している。[25]結論的にハウェルズに類似するフェアチャイルドも、創作行為と普通の労働者の労働生産行為の接点を探りながら、市場で行われるめまぐるしい交換については理解していない。

フェアチャイルドにとって市場は不可解である。彼は、芸術家が女性のために懸命に努力して創造した作品に彼女は興味を示さないと嘆くが、女性を一般読者に置き換えることもできる。市場での作品は、生産者である芸術家が判断する価値で認められず、交換価値で決まる。消費者である一般読者の意向によって、流行作家が大量生産及び消費されることも可能である。市場は消費するばかりでなく交換価値というものを生産する。フェアチャイルドは、女は「男の金を使いたがる物言う生殖器官である」(二四二) と述べているが、生産と消費が混じったこのグロテスクなイメージには、生産性と消費性が入り乱れる市場への彼の嫌悪感が反映されている。

実は作家も生産と消費を同時に行う。フェアチャイルドは芸術家の審美的などん欲さや創造力を、交尾中に相手の雄を食べてしまう雌蜘蛛にたとえている。この雌蜘蛛も生殖行為という生産をしながら捕食という消費もする気味悪い存在である。フェアチャイルドはこの比喩からも、作家が生産と消費を同時に行うことを知っているはずである。しかし彼はその問題に触れず、生産者と消費者が分化している単純な市場の例として売春を持ち出し、市場の芸術家のジレンマを「誠実な娼婦」という女性に変身させて切り抜けようとする。

フェアチャイルドは、もし自分がセックスで商売をしなければならなくなったら「善良で誠実な娼婦」（三二二）であることに誇りを持つ、という。フェアチャイルドはここで娼婦を例に、市場での作家の問題を考えている。「善良で誠実な」娼婦の意味は曖昧だが、報酬に見合った性行為を提供する誠実性と技量を持つ（?!）ということであろうか。売春は、生殖とは無縁な性行為であり、性の提供者と性欲の消費者は労働側と消費側で分離されている、とフェアチャイルドは見なす。売春が市場経済の交換価値の気まぐれを逃れるとは思われないが、フェアチャイルドは、娼婦に金が払われるとき、欲望の対象としての女性のセクシュアリティがもたらす快楽と共に労働行為と技術の対価が支払われるのだと考えている。それならば芸術家の作品も、一般人の娯楽という対象であるだけでなく、芸術家が良い仕事に励む仕事ぶりが評価される市場を期待してよいのではないか。フェアチャイルドは労働者の労働と芸術家の創作の芸術的共通点を主張したが、ここでは娼婦と芸術家の労働価値の共通点を主張する。

しかし売春が労働と報酬のメカニズムを越えて人間のアイデンティティ、モラルに関わるように、芸術家の創造は芸術家のアイデンティティ、精神に関わる問題である。市場の交換価値よりも、また労働価値よりも、芸術の絶対価値を重んじる職業芸術家は、その価値をどうやって守るのか?生産と消費を単純に分化し、労働価値と商品の必要価値が固定した非現実的な売春市場の幻想へ逃避することは何ら解決にならない。

フェアチャイルドが考える芸術家と市場の関係は硬直している。すなわちそれは、男性芸術家と彼が創作する作品価値を理解しない気まぐれな女性としての市場か、芸術家が自らを娼婦と見なして作品の労働価値に見合う報酬を男性消費者から得る市場かのどちらか二者択一である。ゴードンは、フェアチャイルドの第一番目の孤独な男性芸術家像に執着している。ゴードンの売春宿行きは、自らの芸術観を捨てて市場経済の環のなかに入れるか試す行為、もしくは第二番目の芸術家と市場の関係においてフェアチャイルドのいうような正当な対価を払う売春の存在がありうるか確かめてみる、というパロディ的な行為でしかない。フェアチャイルドは、作家も市場同様、生産と消費を同時に行うことを知っているはずである。しかし男女二項対立にこだわる彼は、生産と消費を同時に行う市場と芸術家の類似性を認めたくない。フォークナーが描写する「ナウシカ」号というヨットの船体は、女性的であると同時に男根の象徴ともなり、湖沿いの湿地帯も母性と父性が共存している。しかしフェアチャイルドはそのような共存を受け入れがたい。

ゴードンとフェアチャイルドの溺死願望は、市場と直面できない彼らの逃避願望である。世紀末芸術の典型的な悪夢の一つに、男が運命の女（ファム・ファタル）のニンフによって誘惑され溺死させられるというパターンがある。[26] このニンフによる誘惑と男の溺死には、近代大衆社会の市場への誘惑と、それにのった芸術家の破滅の恐怖を読み込むこともできる。[27]『蚊』に頻出する溺死モチーフは、それを暗示しているともいえるが、ゴードンとフェアチャイルドは警戒心が強く、市場という危険なニンフとまともに戯れるまでに至っていない。むしろ彼らは、初期のフォークナーの詩に見られるような、ナルシシスト的な芸術家像の海に逃げ込みたいのである。

三

フェアチャイルドが芸術家と労働者の共通点を強調するときに想定していたであろう、生活すなわち芸術というラスキンの思想は、ウィリアム・モリスを経てオスカー・ワイルドにまで受け継がれている。[28] しかし一九世紀末のワイルドにいたって、生きることが芸術ということは、ダンディズムという、人目を引き市場性をよく理解したスタイルになっている。ボードレールはダンディズムを「法の外の制度」[29]としているが、ジョルジョ・アガンベンの説明を借りれば、ボードレールは商品の生産価値を無視し、差異化による全く別の交換価値を体系化することでダンディズムを形成した。[30] ボードレールは詩人は売文家にならざるを得ず、すなわち売春婦だと認識していたが、[31] ますます強力になってくる市場経済のなかで、芸術のための芸術という差異化の特権を獲得する。さらに世紀末になるとワイルドは芸術至上主義の特異性を強調し、むしろ市場での彼の芸術作品の交換価値を高めることに成功している。ゴードンやフェアチャイルドの悩みは、芸術作品が市場の交換価値に従わされることにあるのに対し、ワイルドは市場の常識に沿わない芸術家を演出することで自らの市場価値をつり上げる。

フェアチャイルドがゴードンの若い女のトルソーについて語るときに用いる「フェティッシュ」(三二八)と言う言葉には、第一義的な呪物という意味のほか、フロイトが解釈するように、去勢の恐怖を抱く幼い男児が母親が持たないペニスの代理として執着するもの、という精神分析的フェティッシュと、[32]マルクスのいう市場経済の物神性としてのフェティッシュがある。ゴードンの処女のトルソーは、男性的であることを誇りにする彼にとってフロイト的なフェティッシュである。しかしこのトルソーがおのずと市場の物神性を帯びる事態もありうる。事実ゴードンがトルソーを売ることを拒否するとパットは次々に買値をつり上げて、なかなか手に入らないものの物神性が生じる。ゴードンの芸術家としての誇りと市場性は紙一重だが、彼はそのことに気づいていない。

フェアチャイルドやゴードンは、市場経済の物神性を逆手にとって自分たちの芸術に利用するという、芸術至上主義の曲芸的な側面に疎い。しかも彼らは見ることには熱心であるが見られることには慣れていない。フェアチャイルドは少年の頃、戸外の便所で隣に入った少女を仕切りの下から盗み見ようとして、そこに彼をのぞき見ようとしている少女の青い瞳を見いだしてショックを受ける。フェアチャイルドにとって、女性は見られる存在で男性は常に見る存在のはずだった。不格好で女にもてないと自認するフェアチャイルドも、身だしなみにかまわぬゴードンも、ダンディとしては失格である。

詩人のエヴァは一般市場の芸術の受け入れ方に不満を述べているが、それでも読者の気を引くような華やかな装丁の詩集を出版している。商品の宣伝方法に抜け目のないエアーズ大佐は、彼女の本の紺色とオレンジ色のアラベスク模様の装丁が斬新だと感心している。しかしフェアチャイルドや彼の友人のジュリアスは、市場が商品の中身はそっちのけで派手な広告や包装をする風潮を風刺するばかりである。彼らは自らもしくは自らの作品に、見られる存在としての魅力を持たせて市場で展示する、という意志は持ち合わせていない。

彼らに比べると、芸術家たちにあこがれているトリヴァーは見られることに敏感である。彼は服装に気を配り、ジェニーに対してとるべき態度、言うべきせりふをあらかじめ考える。ジェニーに言い寄る場面では、物陰から彼を見るパットの視線を直感で感じ取る。また彼はフェアチャイルドほど男女二項対立の維持に頑なではない。彼はヨット上で女性陣と男性陣の仲介役を務められる程度にジェンダーアイデンティティが曖昧である。婦人服業者として成功したトリヴァーには、生産と消費が絶えず入れ替わる市場のなかで男性性、女性性を越えて自分の芸術を生かしてゆく芸術家像としての可能性もあったはずである。実際ゲーリー・ハリントンは、骸骨化した自分と対話する独白が同じである点で、「カルカソンヌ」の主人公とトリヴァーが似通っていると指摘し、トリヴァー＝芸術家説を展開している。[33]

しかしトリヴァーは結局、芸術にあこがれる取り巻きとしての地位を越えることはない。彼はむしろ市場に挑戦するダンディズムが、あるべき手本として市場で認知され模倣されたときの滑稽さを示している。ワイルドのように大衆性に挑戦しながら、一方でそれに依存する市場の交換価値を利用して自分の芸術をアピールする場合、既存の芸術の権威に頼ることはできない。しかしトリヴァーは、市場公認の芸術家の権威やダンディの服装の標準に従うことで複製品の軽薄さ、小市民性をあらわにし、オリジナルのダンディズムそのものすら笑いの対象となる可能性を示し、その特権的地位を危うくしてしまう。

フォークナーは、若い頃からダンディズムと無縁ではなかった。ミシシッピ大学特別学生の頃には、気取った態度や服装で周囲の反発を買っている。また彼はカナダで英国空軍の訓練生として第一次世界大戦休戦を迎え、故郷に帰ってきたときには、その資格はなかったにもかかわらず士官の制服を着ていた。空軍士官の制服姿で杖に寄りかかる当時の彼の写真からは、どこか華やかで伊達な雰囲気が伝わってくる。[34] 確かに彼は服装に全く無頓着なときもあった。[35] マイケル・グリムウッドが指摘するように、フォークナーは故郷ミシシッピでダンディと浮浪者の両極端の仮装をすることによって中産階級の出身を否定し、審美主義者、または世捨て人としての芸術家を主張したのであろう。[36] しかし彼の挑戦的な姿勢は故郷だけに限られない。『蚊』を書く前の一九二五年パリ滞在時の写真では、[37] ダンディと浮浪者をつき混ぜたようなボヘミアン的な服装をしている。このときのフォークナーは、カメラに対し正面を向かず横向きのポーズを取っている。そこには市場を侮蔑し無視する意志を示す芸術家と、世間に顔を背ける挑戦的なポーズをよく意識したダンディズムの芸術家が、二重写しになっている。

『蚊』でフォークナーは、市場との関係を決めかねている芸術家たちの姿を描いている。この小説のなかで男女の力関係が常に揺れ動き、芸術家のジェンダーも一定でないのは、フォークナーが作家の創造の根源に男性性と女性性の両方を見ているためだけでなく、作家と市場の力関係を見定められずにいるからである。彼はゴードンやフェアチャイルドの市場観が硬直していることは知っているが、市場の交換価値操作を拒否する彼らの姿勢には共感を寄せている。「カルカソンヌ」の空を駆け昇る詩人に見られるように、フォークナーには、世俗に拘泥せずに芸術家として表現する使命を貫きたい、というロマン派的な希望がある。もちろん彼は地上で生きねばならないと覚悟しているが、市場は危険な誘惑である。この小説で頻繁に繰り返される溺死モチーフは、市場への隷属への恐れと、市場を離れて自らのナルシスティックな芸術の理想のなかに溺れたいという願望の両方を表している。

一方、芸術至上主義の洗礼を受けたフォークナーは、自らそれなりのダンディズムで世間に挑んでおり、世間との緊張関係ばかりでなく、ダンディズムが亜流であるときの滑稽さも承知している。ボードレールのダンディズムは反抗精神旺盛だが、ワイルドのダンディズムの末路、またエリオットのプルーフロックに見られるように、モダニズムがダンディズムに向ける皮肉な視点を経て、フォークナーはトリヴァーに道化以上の役割を与えられない。このような矛盾に満ちた点で、『蚊』は混乱した失敗作であるともいえる。しかし他方、ロマン主義から唯美主義、そしてモダニズムへと受け継がれる芸術家と大衆社会との関わり方に、フォークナーが初めてまともに取り組んだ作品として、『蚊』はそのジェンダーアイデンティティの揺れが今後の様々な可能性を示す作品になっている。

第四章　『埃にまみれた旗』
――ナルシシストと他者

一九二七年に『埃にまみれた旗』という題で書きあげられ、一九二九年にもとの原稿の約四分の一を削除して『サートリス』として出版されたフォークナーの三番目の小説は、南部の小さな町ジェファソンを舞台とし、フォークナーのいわゆるヨクナパトファ・サーガの発端をなす作品とされる（もっともヨクナパトファという郡名はまだこの小説にはなく、ヨコナ郡〔八六〕となっている）。フォークナーは一九五六年ジーン・スタインとのインタビューで、『サートリス』執筆によって「私の小さな切手のような故郷の土地」[1]が、一生かかっても書ききれないほどの豊かな材料を提供すると気づいた、という有名なせりふを述べている。『サートリス』冒頭にシャーウッド・アンダソンへの献辞を掲げるこの小説は、ニューオリンズでアンダソンがフォークナーに与えたとされる忠告、すなわち君は田舎出身なのだから君の知っている場所である田舎について書きなさい、という勧めに従って書かれたといえる。[2]

慣れ親しんだ故郷について書くということはしかし、フォークナーにとって決して簡単な作業ではない。初期のフォークナーは、象徴主義詩や世紀末芸術など、ヨーロッパ志向の芸術家像を形成することに余念がなかった。故郷南部について書くということは、南部と自分の関係を検証することでもある。フォークナーは『埃にまみれた旗』の構想と同じ頃、南部の貧農から次第にのし上がる男を主人公とする『父なるアブラハム』という作品を書き始めていたが、二五頁まで書いたその原稿を残して『埃にまみれた旗』執筆に集中していく。[3]『父なるアブラハム』が未完に終わり、フォークナーが『埃にまみれた旗』に専念していった理由は、旧家出身でまだ三〇歳に届かぬフォークナーには南部の貧農階級を十分に書く知識や経験が不足していたからだといわれる。しかしその選択は単に経験不足と言うよりも、フォークナーが作家としての声を確立するために自らに向き合うことを優先したためであろう。

確かにフォークナーが抱くヴィジョンの基本はすでに原風景としてイメージ化され、初期の詩や散文に登場する。さらに今まで二作の小説で、フォークナーは言語と身体や、芸術家と社会の関係を探っていた。しかしそれらは芸術家一般の問題として、彼個人からは一応切り離されている。だがフォークナーが作家として自分の声を持つためには、自分の内面の問題と、作家として外部に向かってヴィジョンを発展させながら語ることを結びつけねばならない。作家として語ることの権威は、他ならぬ自分が書かねばならない理由を自らに明確にしなければ出てこない。同じ南部でも、貧農ではなく自分と似通った境遇の主人公を扱うことによって、彼はまず自分の足元を見つめ直す必要があった。『埃にまみれた旗』執筆についてフォークナーは後に、自分が今書こうとするものが「個人的なものでなければならない」と気づいた、と書いている。[4]『埃にまみれた旗』では『兵士の報酬』に続いて再び、墜落した飛行士の帰郷というモチーフが使われる。そこで主人公が戻る家には南北戦争で活躍した曾祖父の思い出があり、町の銀行の持ち主である祖父がいて、フォークナー自身の家系に似ている。『兵士の報酬』の語り手がしばしば「非個人的な」(impersonal) という形容詞を用いて、個性や人間くささが希薄であることを強調するのに比べると、『埃にまみれた旗』は南北戦争にも第一次大戦にも参戦しなかったフォークナーの屈折した思いがより身近に感じられる。

もっとも『埃にまみれた旗』で作者が自分の私的世界に向かい合う決心をしたとしても、この作品は技巧的な文体の『兵士の報酬』よりも伝統的な語りに近く、一般読者を想定している。フォークナーが第一次世界大戦からの帰還兵を扱うのは、一つにはそれが読者の気を引きやすい題材だからである。しかもこの小説には、南北戦争の追憶に浸る南部の旧家の人々、というもう一つの大衆好みのテーマがある。フォークナーは『風と共に去りぬ』(一九三六)のような南部ロマンスを書く気はないが、彼が作品の出版を強く望んでいたことは、出版社からの大幅な改変要求をのんだことからも伺える。彼は自分の内面を見つめる私的作業も、他者の目にさらして耐え得る物語のなかで行おうとする。

第一次世界大戦後一〇年近くの歳月が流れ、ガートルード・スタインのいう「失われた世代」が有名になるが、同じ「失われた」者でも『武器よさらば』(一九二九)のように、実際の戦争体験をもとにした作品であると読者がみなすヘミングウェイの場合と違い、フォークナーは戦争に参加していない。ヘミングウェイは自らの戦争体験をそのまま書いたわけではないが、イタリア政府から勲章をもらった戦争体験者であるという事実は、彼が市場に歓迎される一つの要素である。フォークナーは作者の戦争体験という保証なしに帰還兵士の苦悩を書く。行動すべきであった原体験がない、最初から失われた状態で出発する言語を、彼は読者に認めさせられるだろうか。もちろんスティーヴン・クレインのように実戦経験なしに優れた戦争小説を書くことは可能だが、フォークナーは自分が戦争に参加していない事実にたいそう敏感である。第一次世界大戦中カナダの英国空軍に入隊したフォークナーは、実際に空を飛んだこともなかったと推測されているが、飛行訓練や、時には実戦参加の経験があるような印象を長い間人に与えていた。[5] 彼の故郷の南部社会は基本的に男性に行動を期待しており、作家を必ずしも信用しない。『埃にまみれた旗』でフォークナーは、原体験をもともと喪失していると感じる自己に立脚して言葉で喪失を語り、作家であること（オーサーシップ）の独自性を確立しなければならない。

『埃にまみれた旗』は二人の帰還兵士ベイヤード・サートリス三世とホレス・ベンボウが中心となるが、双子の兄弟を空中戦で失った飛行士ベイヤードと、芸術家気取りの弁護士ホレスはどちらも、行動する側にいなかった作者の投影像としての側面を持つ。その二人をつなぐのはホレスの妹ナーシッサで、ベイヤードと結婚する彼女はその名の通り、二人の男たちそれぞれのナルシシズム的鏡という役割を果たしている。自らの喪失感覚を埋めるものとしてナルシシズムは重宝であり、ナーシッサは男たちの視線と言葉を受け止めて彼らの欲望を反映する。しかし彼女は次第に、身体を持った他者として現れる。フォークナーは、ナーシッサという鏡に映し出されたホレスとベイヤードに自己の分身を探ろうとして、他者である女性を見いだす。ナーシッサは『埃にまみれた旗』では、小説中の登場人物たちばかりか作者も掌握しきれないようなしたたかな身体性を暗示する。

この章では第一節で、ベイヤードとその家族を対比して彼の閉塞状態を明らかにする。第二節ではナーシッサがベイヤードやホレスに対して担う鏡像的役割を述べ、そこからずれた彼女の身体性を指摘する。第三節ではホレスとベイヤードのナルシシズムの破綻と、フォークナーの他者に対する意識開眼を探る。ベイヤードもホレスも、家族としてのナーシッサに他者を明らかに認めるまでには至らない。しかし彼らは自分たちの思うままにならない彼女を回避したあげく、他の女性、もしくは黒人に他者を見いだすきっかけをつかむ。南部回帰という自己へ戻る旅でフォークナーは、ナルシシズムの魅力及び危険性を明らかにし、他者との遭遇へと道を開いていく。『埃にまみれた旗』の主人公たちは、原初の自分の分身と合体するという実現不可能な欲望を抱え、その実現の遅延状態に留まっている。だが彼らは自分を映す鏡の奥にかすかに他者を認める。フォークナーは言語と視線の操作が錯綜したナルシシズムを検証するが、他者と向き合うことをまだためらっているように見える。しかし自己の内面から他者へ至るフォークナーの旅は、『埃にまみれた旗』での逡巡を経て『響きと怒り』に受け継がれる。

一

『兵士の報酬』で飛行士ドナルドは、空中戦とその結果の墜落を体験するが、自らの運命について考えることは記憶喪失によって免れている。しかし『埃にまみれた旗』でフォークナーは、双子の飛行士の一人に死を与え、生き残ったベイヤードに彼の兄弟の死と生き残ることとの意味を考えさせる。『埃にまみれた旗』には他にも、愛する人を失い、しかも自らのアイデンティティを行動で華々しく示すことができなかった人々がいる。ベイヤード三世の曾祖父で南北戦争で活躍したサートリス大佐の妹であるミス・ジェニー、祖父の老ベイヤード、曾祖父の従者であった黒人のフォールズらもその範疇に属する。老世代は老ベイヤード以外は多弁であるのに対し、ベイヤード三世は沈黙している。語りに対する彼らの態度は一様ではない。

ベイヤード三世は双子の兄弟ジョンの死が無意味であったと考えたくないが、彼の戦死が勇敢な行動の最中の理想の死とすると、生き残った自らの生がぶざまに思われる。死はジョンの飛行を完結させ永遠化するが、ベイヤードは時間のなかで変化し、老いてゆく。しかも彼がジョンの死を記憶しその悲しみを語ろうとしても、言語は死の衝撃や喪失の悲しみを完璧には表現できない。ミス・ジェニーの語りのように、彼の先祖の粗野な死が優雅な騎士道的な死に語り直されることもあるが、そのような言語による理想化は事実を変えてしまう。よってベイヤードは、ジョンの死を記憶し続けるために、常に自分の命を危険にさらす無鉄砲な行動にでる。彼は荒馬に乗り、運転する車のスピードを最大にして自分の身体を破壊すれすれに追いやり、自分の分身のようであった双子のオリジナルな喪失の衝撃を保とうとする。しかし命をかけた行動の瞬間は時の流れに埋もれ、危険だが致命的に至らない行動の繰り返しは兄弟の死のパロディにしかならない。

ベイヤードはこのように言葉よりも行動を好み、身体を信頼するが、一方で伝説として語り継がれるサートリス家の男たちの物語に強く惹かれている。ベンヤミンが言うように人生は死によって終焉の感覚を保証され、他人が結末に向かって物語ることができるようになる。[6]ベイヤードは、不毛な行動を繰り返すよりも物語の対象として語られ完結することを密かに夢見ている。よって彼は魅惑と反発を同時に感じながらミス・ジェニーの昔物語を聞くことになる。

ミス・ジェニーは南部貴婦人として当然、南北戦争に従軍することはなかった。戦時中の留守宅を守り、サートリス家の男たちの華やかな武勇伝を語るのが彼女のつとめであった。ミス・ジェニーは亡くなったサートリス家の男たちの話を繰り返し語ることで、時が記憶を浸食する恐れに対抗する。彼女は繰り返しによって時を味方につけ、彼女の話は時間と共に「葡萄酒のような芳醇な輝き」(一二)を獲得する。現実の死の痛みは言葉の魔術によって和らげられる。さらにベイヤード三世が弟を亡くした苦しみを自分だけの、誰とも共有できないものとして抱え込むのに対し、ミス・ジェニーは喪失の悲しみを聞き手と分かち合い、彼女の物語を一族ばかりでなく南部共同体の共有財産として伝説化していく。

サートリス家の男たちはミス・ジェニーをサートリス伝説の巫女とし、彼女は父権制を敷くサートリス家の男たちを神聖化、永遠化することを引き受ける。しかしその過程で力の逆転が起こり、最初男たちの行動を追って記録するはずだったミス・ジェニーは彼らに追いつき、追い越して、彼女のサートリス伝説は一家の男性たちの行動を予言し規定するものとなる。華麗だが無軌道で死に急ぐサートリス家の男の物語は印象的で、聞き手はその影響を受けざるを得ない。聞き手の男は、ミス・ジェニーが語ったサートリス家の男たちの運命に従って行動してしまう強迫観念をもつ。これはある意味では、行動を初めから否定されて語り手に甘んじることを余儀なくされた女性の、無益な誇りに満ちた男たちに対する無意識の復讐となる。

しかしミス・ジェニーの物語はまた、命を粗末にする男の遺族の嘆きをあらかじめ和らげるという防衛本能的な意図も持っている。サートリス家の男は宿命的に悲劇的な死を追い求めるという伝説は、その死を嘆く役回りの女にあらかじめ覚悟を迫る。もしミス・ジェニーがその物語によって双子の生き方に影響を与えた責任があるとすれば、彼女はまた、愛する者の死を弔う苦しみを常に引き受けてきた犠牲者でもある。

もっともミス・ジェニーは自分が犠牲者の役を演じることを拒否する。彼女はベイヤード三世らの身勝手さについて、ロマンティックなサートリス物語とは正反対の皮肉な意見をはき、現実的なものの見方ができることを披露する。彼女の英雄賛美的な昔語りと違い、現在のサートリス家の男たちに対する彼女の態度は実際的で、感傷性は排除されている。サートリス伝説にとらわれずに現実を直視し、それに対処できることがミス・ジェニーの誇りである。しかしこの誇りはサートリス家に対する彼女の忠誠心と表裏一体をなしている。彼女はロマンティックな物語と皮肉や警句、という二種類の言説によって精神の均衡を保っているが、この対照的なそれぞれの態度によって男たちを支え、現在に生きる南部貴婦人の理想となっている。

南部貴婦人の鏡であるミス・ジェニーは、ベイヤード三世にとって生き残った者の手本とはならない。帰還兵士ベイヤードは、語られることは望んでも語りたくない。とすれば彼にとって寡黙な祖父の老ベイヤードは、女であるミス・ジェニーや奴隷の身分であったフォールズの場合より参考になるはずである。老ベイヤードは、彼の父サートリス大佐が南北戦争で活躍したときには北軍の追跡をかわすのに多少の手伝いはしたものの、参戦するには幼すぎた。フォークナーは『征服されざる人々』(一九三八)のなかの「美女桜の香り」で、暴力に訴えるサートリス大佐とは違った種類の、若き日の老ベイヤードの勇気を描いている。しかし『埃にまみれた旗』での老ベイヤードは、ミス・ジェニーのようにすぐに自動車に乗ってみようという進取の気性も見えず、サートリス物語におとなしく耳を傾けるだけの老人にみえる。ベイヤード三世は、ミス・ジェニーはおろか、祖父の生き方は歯牙にもかけていない。

しかし老ベイヤードは、若いベイヤードよりはサートリス伝説から自由である。老ベイヤードはミス・ジェニーが腹を立てながら認めざるを得ないように、サートリス家の男であるのに心臓発作という自然死を迎える。サートリス物語の聞き手であり、古色蒼然とした遺品を管理する老ベイヤードは、ジョンの遺品を焼いてしまう孫のベイヤード三世に比べて体制順応派である。しかし彼は、孫たちのようにサートリス伝説通りには死ななかった。一族の男たちが危険な行動に身をさらして瞬間的な生死の決着を望むのに対し、彼は時間の長い流れのなかで死と向き合うことができる。老ベイヤードは最新知識を誇る医者が悪性ではないかと診断した顔のできものの治療を、医者でもない黒人のフォールズの自家製秘薬にゆだねる。その治療が有効かどうか一ヶ月経ないと判明しないが、老ベイヤードはその間待つだけの胆力を備えている。彼は聞き手としてサートリス物語の伝承に協力しながら、自分の人生がそれによって致命的な影響を受けることを拒む。

一方、サートリス家のもと奴隷であったフォールズ老人もミス・ジェニー同様、彼の主人であったサートリス大佐について繰り返し語る。しかし彼は年老いた黒人であるゆえに、昔のサートリスたちをロマンス化するミス・ジェニーと違い、物語を気ままに楽しむことが許される。彼は、南北戦争をなぜ戦ったのかと老ベイヤードに聞かれて「知るもんかい」（二二五）と人を食った答えをする。フォールズ自身も気づかぬその答えの痛烈な皮肉は、高齢のもと黒人奴隷の戯言として、笑いの対象にしかならない。サートリス家ゆかりの老人たちは、南部の封建的社会体制のなかで自分に与えられた役割を崩さずに、もしくはそれを利用して、語りと行動の矛盾を処理する。しかしベイヤード三世は体制に生きる老人世代の知恵を学ばなかったし、それに満足もできない。彼はナーシッサと結婚することによって一つの転機をはかろうとする。

ベイヤード三世は従順なナーシッサに理想の平安を求める一方で、彼女の性的な身体を察知している。ナーシッサは、南部女性の理想であることと彼女自身であることの間に大きな亀裂があるにもかかわらず、二つが漠然と彼女のなかで併存している。それは自分を直視したがらない彼女の故意の鈍感さにもよるが、ミス・ジェニーのあっぱれな現実認識が必ずしも彼女をサートリス伝説から自由にしないのに対し、ナーシッサの自己矛盾は、南部社会の伝統から微妙にずれた位置で彼女が保身するのに役立つ。ベイヤードは自己の理想を投影する鏡として受け身のナーシッサを必要とするが、同時に彼女の矛盾の不思議さに惹かれ、彼自身の言語と行動の間の行き詰まりの解決の糸口を彼女に探ろうとする。

二

ナーシッサの兄ホレスは、彼女をキーツの詩のギリシャ古甕上の汚れなき花嫁にたとえて、「陵辱されざる花嫁」（一六二）や「静謐なる者」（一五九）と呼んで理想化している。ベイヤードが惹かれるのは、このような清純、平安の象徴としてのナーシッサである。しかし彼は、彼女の静謐のイメージに魅惑されながら反発もしている。彼の先祖のベイヤードの無鉄砲な死はミス・ジェニーの語りで優雅に変身するが、ホレスの言葉もナーシッサを理想化しているのではないか。ベイヤードはナーシッサの平安を暴力的に壊そうと試みつつ、他方それが本物であることを願う。彼はジョンの最後の戦闘を彼女に語り聞かせ、彼女を乗せて車を猛速度で走らせ、彼女をオポッサム狩りにつれていってオポッサムが血を流す現場を見せる。サディスティックに彼女を痛めつけて彼女の平穏さをかき乱し、彼女の静謐を賛美する言葉の安直性を暴露したいが、同時にその静けさが本物で彼を救ってくれることを密かに望む。ナーシッサに対するベイヤードの暴力的行為は彼の求愛の代わりをなす。

一方ナーシッサもベイヤードに惹かれている。彼女の兄ホレスは官能的な人妻ベル・ミッチェルと不倫関係にあり、彼女はあのような「汚い」（一九二）女に言い寄る兄を嫌い始めている。彼が口にする妹への賛美の言葉は、彼の不倫によって神聖さが損なわれ、ナーシッサの純潔の保証が不安定になっている。彼女はベイヤードの暴力的関心に怖じけるが、ベイヤードが究極の静けさを求めていることに気づいている。さらに彼が眠っているまたは意識を失っているときの顔を、ナーシッサは陶然と見つめる。目を閉じた意識のない彼の顔に、彼女は彼女自身の理想の静寂を見ている。

実際のところ、彼らは二人とも自分の理想のイメージに恋するナルシシストである。彼らはそれぞれ相手を利用して、自分の理想の平穏のイメージを補強する。ナーシッサは兄の裏切りにあい、ベイヤードは生き残った自分に苦しんでいる。双子という分身を亡くした代わりとして、ベイヤードはナーシッサを獲得する。ナーシッサは一つには兄への面当てに、一つにはベイヤードが彼女に静寂を求めることに惹かれて彼と結婚する。さらに彼女はひょっとすると、ベイヤードよりも彼の双子のジョンに対する淡い恋心からベイヤードと結婚したのかもしれない。彼女は現実にジョンに恋していたわけではないが、ベイヤードよりも暖かみのあるジョンの方を好ましく思っていた。ベイヤードは彼女にジョンの最後を無理矢理語る。彼は兄弟の死のイメージを使って彼女に求愛し、兄を失いつつあるナーシッサはベイヤードの背後に彼の死んだ兄弟を感じている。死は彼らのそれぞれの分身への執着を通じて彼らを結びつける。

修業時代にフォークナーが書いた「ライラック」という詩は、第一次世界大戦中に撃ち落とされた飛行士の話で、詩のなかで飛行士は、幻の「白い女性」[7]を追って空へと飛び、上空から下界の湖の面に彼女の映像が映っているのを見る。「白い女性」は彼の理想の女性であると共に自己の反映でもある。『埃にまみれた旗』のナーシッサも白い服を着ていて、男達の理想とも彼らの自己の反映ともなる。兄のホレスはナーシッサの清純さを讃え、ベイヤードの双子の兄弟ジョン・

サートリスに詩人魂を見ているが、そのジョンは大戦中に撃ち落とされ、ナーシッサはベイヤードという「鷹の飛行の影をちらりと映す無風の池の水面」（一六〇）である。鷹やハヤブサはすでに見たとおり、フォークナーにとって理想の詩人の象徴である。ホレス、ベイヤード、ナーシッサは、死んだジョンを含めて、お互いのナルシシスティックな視線のなかにからめとられている。ホレスが作る吹きガラスの花瓶はナーシッサと名付けられ、子宮との連想が可能な「琥珀色の花瓶」（一六二）は工芸品に昇華されているが、一方でホレスはナーシッサが彼の「鳥かご」（一六二）ともなることに気づいている。彼らの世界の閉鎖性は、空と海で表されるフォークナー自身の閉鎖的内面世界のイメージにも似ている。ナルシシスティックで近親相姦的な世界のなかで、彼ら四人は初期のフォークナーの多くの主人公たちのように、溺死の恐れがある。

しかし男たちの共犯者であるはずのナーシッサは、やがて密やかな官能性を発揮して、それと知らずに彼らの自己閉鎖的世界に横穴をあけてしまう。ナーシッサは彼女への性的欲望をつづった匿名の手紙を何通も受け取っている。彼女はミス・ジェニーにそのことをうち明けるが、ミス・ジェニーの忠告に従って老ベイヤードに対策を立ててもらおうとはせず、受け取った手紙を自分の下着と一緒にしまっている。その行為は彼女自身の密かな性的欲望を感じさせるが、彼女はそれが自分の清純イメージに反するとは気づいていない。また兄のホレスは彼女の口にキスをし、ベイヤードが後に、ナーシッッサは彼女の「兄の恋人だったんだ」(三五五) と言うほどである。ナーシッッサの清純さ、平安のイメージは、ベイヤードが感づいたように完璧ではない。

ある夜ナーシッッサは自宅で窓のすぐ外に匿名の手紙の主バイロン・スノープスが潜んでいるとも知らず、就寝のために服を脱ぎ、窓から外を眺める。彼女に対する欲望で気が狂いそうな男と向き合っていると気づかず、彼女は窓ガラス越しに暗闇を見つめている。ナーシッッサはこのときバイロンの性欲を映す鏡であると共に、彼女自身のセクシュアリティを透明なガラス越しに発散している。ホレスが「ナーシッッサ」と名付けたガラス花瓶との連想ではナーシッッサは芸術的な理想に仕立てられているが、他から規制されない彼女自身の無意識が、このとき彼女の身体から暗闇に向かって流れ出ている。

ナーシッッサは、言葉によって与えられる自分のイメージと彼女の身体との間に乖離があってもそれに気づこうとしないし、たとえ気づいてもそれが人に知られない限り何ら痛痒を感じない。彼女は見られ、言葉によって飾られることに慣れている。ホレスのナーシッッサ賛美は、崇め奉られる高貴な自画像を見る満足感を彼女に与えるが、バイロンの手紙の一方的欲望の羅列も、彼と接触せず距離を保っている限り、彼女の優位を確認してくれる。彼女の身体は言語と関係なく存在し、言語と身体の隙間の曖昧性こそ彼女の存在領域となる。

『埃にまみれた旗』の男たちは、矛盾に満ちたナーシッサの前から逃亡する。バイロンは文字通り町から逃げ出す。兄のホレスはベル・ミッチェルと結婚してキンストンという町に移る。ベイヤードは家を出て放浪の後、シカゴで欠陥飛行機のテストパイロットを引き受け、その飛行で墜落死する。ナーシッサにジョンの代わりも究極的な平穏も見いだせなかった彼は、この事故でようやく分身の双子と同じ運命をたどる。ただベイヤードの場合、事故死した日にナーシッサに彼の子供が産まれ、彼は身代わりの赤ん坊という形で彼の喪失の印をナーシッサに残す。しかも息子はサートリス家伝来の命名法に従ってジョンと名付けられるはずであり、息子によってベイヤードは名実共に、先に失った双子のジョンとの合体という望みを果たせるはずであった。しかしナーシッサは、彼女の家名をとって息子をベンボウ・サートリスと名付ける。彼女は名前を変えることで、ベイヤードの喪失の証拠も息子の身体からずらしてしまう。

ミス・ジェニーは、サートリス家伝来の名前を変えたくらいで彼らの運命が変わると思っているのか、とナーシッサに問うが、ナーシッサは静かにピアノを弾いてその質問に答えない。小説はこの二人の女性の場面で終わり、室内の彼女たちを取り巻く黄昏時の描写はロマンティックな懐古調である。ミス・ジェニーはナーシッサがベイヤードに病的な関心があることを見抜き、また彼女が匿名の手紙をもらい続けることの奇妙さにも気づく鋭敏さを持っていた。しかし最後の場面でミス・ジェニーの関心はナーシッサから離れ、神の「駒」(三六九)にすぎないサートリス家の男たち、という物語化に向かう。時代に適応できる南部貴婦人の模範、という限界のあるミス・ジェニーは、ナーシッサの複雑さをそれ以上追っていこうとしない。南部の旧家の懐古調の場面でこの小説を終わらせた作者フォークナー自身、まだナーシッサの謎に踏み込んでゆく決心がついていない。

三

ベイヤードが行動を重んじるのに対し、ホレスは言葉を重んじ、ガラス工芸品造りに夢中になる点で、ベイヤードよりも見るからに芸術家タイプである。早くに母を亡くしたホレスにとって、ナーシッサは母代わりに彼の世話をしてくれる愛情深い妹である。彼にとって身内のナーシッサは、見知らぬ女性のように他者性を感じることもなく、性の誘惑の危険にさらされることもない、理想の平穏を表す。ナーシッサは彼のナルシシスティックな理想の分身となり、彼女の方も彼が讃える清純なイメージを享受している。二人はお互いの利益に従い暗黙の了解のもと、見るものと見られるものを演じている。

ホレスはナーシッサの他にも、プレイ中のテニス仲間の少女フランキーの下着を盗み見るなど、彼よりずっと年下の女性が相手のときは余裕を持って相手を見、言語で彼女らを操ることができる。しかし人妻のベルや彼女の姉ジョーンは、必ずしも受け身の役割にとどまっていてはくれない。ジョーンは最初からホレスが愛について語るのを拒絶し、性行為に直行する。ホレスはジョーンが「肉食獣だ」(二九二)と感じ、昔サーカスで虎の視線に射すくめられ、恐怖に駆られながらもそのピンクの舌に魅せられたことを思い出す。ホレスは見ることとの優越感に慣れているが、ジョーンは虎のように、またはメドゥーサのように彼を見返して彼の自由を奪ってしまう。ベルの場合も彼は相手を見くびりすぎていた。彼女と結婚後、彼は毎週ベルのために海老の詰まった箱を家まで運ばねばならない。道々海老の臭気に悩まされ、彼女が家のなかから見張っていると感じつつ、ホレスは無力である。性的魅力の強力なベルやジョーンの視線の前で、彼は見られる側の麻痺状態に陥ってしまう。

ホレスは、見る側が隠れた優位を楽しむのぞき見や、見る側と見られる側が暗黙に了解している視線のゲーム、さらにメドゥーサの前で射すくまれる弱者、という三様の異なった視線を経験する。それは密かにナーシッサに思いを寄せるバイロン・スノープスと似ている。ホレスは体面を繕っているが、ナーシッサを見つめるバイロンの場合は、その視線の欲望のグロテスクさが強調される。またホレスはナーシッサから性を消すことに熱心に言葉を使い、バイロンは彼の性的欲望を言葉に集中させるという違いはあるが、彼らはどちらも言語を通して自分の欲望を彼女に押しつけようとする。バイロンはナーシッサに手紙を送りつけ、彼女の一挙一動を熟知していると豪語する。しかしのぞき見る者の優位を知らせるはずのその手紙は、彼がいかにナーシッサに魅惑されて無力であるかを明らかにしてしまう。銀行の出納係にすぎない彼が名門の娘であるナーシッサの関心を引くはずもなく、ナーシッサが銀行に来て眼の前に立っても、彼は口もきけない。バイロンは自らの身体性を消し、言葉に頼って匿名の手紙を書くことでしか彼女に自分の存在を主張できない。

ホレスもバイロンも、視線と言語を操ることで相手の女性の優位に立てると考えている。しかし自ら仕掛けた視線のゲームでいつの間にか相手に見入り、その事実を相手に見届けられて立場が逆転してしまう。また彼らはゲームを自分の都合のいいように進めるために言語を使えると考えていたが、言葉は常に視線を操作できるほど強力ではない。単に言語とセクシュアルな視線のゲームと思われたものは、自分より強力であるかも知れぬ他者との権力ゲームである。

他者との対立で、言語は必ずしも他者の身体を支配することができないし、視線は両刃の剣である。それならば、手ごわい相手の存在をひとまず金銭という損得勘定で管理する方法がある。女性のセクシュアリティに立ち往生したホレスとバイロンは、共にその方法を採る。ベルは、再婚相手のホレスが彼女の期待ほど金持ちでなかったことに失望し、景気の良い新興地に移ってホレスが金儲けに精を出すよう要求する。ホレスはベルの被害意識をなだめるために、言われたとおり引っ越しする。一方ナーシッサの結婚話を聞いたバイロンは、彼女の結婚相手のサートリス家の銀行に勤めているが、彼女を失う腹いせに銀行の金を奪って逃走する。もともと彼は、ナーシッサに手紙を出すのに自分の筆跡を知られることを恐れて少年ヴァージル・ベアードに代筆させ、ヴァージルに対してその手紙はエア・ライフル注文に関するビジネスなのだ、と偽っていた。商用の手紙の言葉を装って、バイロンの性的欲望はナーシッサに伝達されていた。しかもこの代筆のために、バイロンは事情を察したヴァージルからゆすられる羽目になる。最も私的であるはずの性に関する事柄が商品取引として処理され、金銭貸借関係は、言葉や視線と同様、もしくはそれらに代わって、人間関係を規定する。

女性の身体性を扱いかねて金銭による精算を謀るのは、ホレスとバイロンばかりではない。作者自身もナーシッサについて、この小説の外でそのような説明を試みている。『埃にまみれた旗』の最後でミス・ジェニーはナーシッサの矛盾を追及する手前で立ち止まる。しかし『埃にまみれた旗』より四年後に出版された短編「女王ありき」（一九三三）では、未亡人のナーシッサは昔のバイロンからの猥褻な手紙を種に見知らぬ男にゆすられ、それを取り戻すためにゆすりの相手の男と寝る。[8]そしてナーシッサの話からその事実を知った九〇歳のミス・ジェニーは、衝撃を受

け て亡くなってしまう。「女王ありき」のナーシッサは、名前を守り手紙を取り返すために身を売る取引をしたことを、サートリス屋敷でミス・ジェニーに平然と話す。彼女は南部女性らしく自分の体面にこだわる様子を見せつつ、交換システムですべてを割り切る世界を受け入れて、ミス・ジェニーの旧世界秩序を破壊してしまう。

近代社会が南部に浸透し始めたこと、ナーシッサのしとやかさが仮のものであることは『埃にまみれた旗』ですでに暗示されている。よって「女王ありき」は、『埃にまみれた旗』で始まった旧南部の瓦解のとどめを刺している、ということもできる。しかし「女王ありき」のナーシッサは、金銭感覚ですべてを処理する平坦な人物になってしまっている。『埃にまみれた旗』の物憂い黄昏の結末には、彼女の不可解さがまだ解明されずに残っている。ナーシッサの身体は、ベイヤードやホレス、さらには初期のフォークナーの水面鏡に代表される自己閉鎖的世界を内側から崩してしまい、しかも彼女自身は言語と身体の間にとらえがたく存在する。彼女は、見られる者が見る者の意に添うばかりではなく、見る相手を見返して両者の間に権力をめぐる葛藤があることを示唆するが、彼女自身の意図は、見る者はおろか彼女自身に対しても明確にされない。

フォークナーは『埃にまみれた旗』の最後で語り手の視点とミス・ジェニーの視点を不分明にし、ナーシッサの曖昧さを追求することをやめてしまったが、他者に遭遇するフォークナーのとまどいはこの小説で、黒人に対するフォークナーの曖昧さにも現れている。サートリス家の黒人の使用人たちがほぼステレオタイプの黒人描写から抜け出せていないのに対し[9]、ベイヤード三世が出会う見知らぬ黒人たちはしばしば、独立した他者としての近寄りがたさを備えている。特に彼が自らの無謀運転で祖父の心臓発作死を引き起こした後、故郷から出奔する前に一晩の宿を借りた貧しい黒人一家は、ベイヤードに媚びず、自立している。彼らはホレスと寝るジョーンのような脅威的他者ではないが、ベイヤードとは異質な確固たる存在を持っている。ベイヤードは彼らの納屋でおんぼろの、「紛れもない黒人の臭いの染みついた」（三三二）キルトにくるまって寝る。はぐれ者と化したベイヤードは社会の底辺の黒人の位置に近く、臭気よりも寒気の方がこたえるなか、黒人差別は無効となる。しかしそれは南部の人種的境界を越えた行為、として称賛されるような類のものでもない。死んだ祖父を置き去りにし、自分と家族から逃げ出したベイヤードは、他者に対抗すべき彼の自我そのものが希薄になっている。故郷を出るための列車を待つ駅で白人用待合室にも黒人用待合室にも入らず外にいるベイヤードは、南部社会にも属さない無名の人間として他者を避けている。

『埃にまみれた旗』では、他者との出会いには恐怖でなければ麻痺感覚、または当惑や逃避がつきまとう。ベイヤードと黒人家族の出会いはそのなかではまだ現実的で、あるがままに受け止められている。しかしベイヤードがその前、人里離れた山間にすむマッカラム家を訪ねたときには、異質なものとの交わりには脅威が潜む。サートリス兄弟の友人であったマッカラム一家はベイヤードの無謀運転を何も知らず、彼を暖かく迎えてくれる。マッカラム家は賄い婦のマンディや下男の黒人たちを除いてすべて白人男性の一家で、狩猟中心の簡素な生活を送る家族共同体である。彼らは現実から逃げるベイヤードにひとときの平安を与えてくれる。しかし年老いた父親と、五五歳の長男を頭にまだ結婚する気配のない兄弟たちからなる一家は、質実剛健なたくましさはあるものの男ばかりで、家系が絶える不毛性を暗示している。不毛性はその家の雑種の子犬たちによってさらに複雑化する。マッカラム兄弟の長兄ジャクソンは、狩猟犬と狐を掛け合わせてあいのこの狐犬を生ませる実験に成功するが、生まれた雑種の子犬たちは皆目が見えず、鼻も利かず、声も立てずに群れているばかりである。同族性を示す一家は死を暗示し、一方雑種の狐犬も将来生き残れそうにない。ジャクソン・マッカラムは、狐と犬両方の利点を持った雑種を猟犬として育てて「狩猟ビジネスに革命をもたらす」(三一八)つもりがこういう結果になった。それは理想的な自給自足生活にあるべき山の住人が、町という他者と交流して交換経済に手を染めることの罰かもしれない。しかし男ばかりのマッカラム家で交配され飼育された狐犬の、「奇怪で矛盾して猥褻な」(三一九)グロテスクさは、閉鎖的な純血社会と雑種双方の将来性の無さを示す。

『埃にまみれた旗』で異種動物同士の掛け合わせそのものが呪われているわけではない。この小説には語り手による一ページ半に及ぶ騾馬賛歌がある（三六七―六八）。騾馬の忍耐力と我の強さを、語り手はユーモアを交えて最大限讃えている。ただこの騾馬賛歌と狐犬の群の奇怪さが同じ小説中に並立するところに、フォークナーの両義的な反応がある。二〇世紀前半のアメリカ社会は、黒人と白人の混血人種は死に絶えるというデマや、純粋白人種絶滅の危機、といった偏見に満ちた優生学的思想が盛んであった[10]。異種動物の掛け合わせの是非の話の裏でフォークナーは黒人という他者の存在を意識し、しかしその意識を抑圧している。

『埃にまみれた旗』で男たちは、ナーシッサにまともに他者を見ることを避けたが、ベイヤードは見知らぬ黒人家族と出会うことによって、またホレスは彼が性的関係を持つ女たちとの出会いによって、わずかに他者を経験する。他者との遭遇は、彼らにとって居心地の悪い、もしくは不気味な経験である。ベイヤードはサートリスやマッカラムという家族共同体から去ったが、自殺に等しい形で事故死する。自分が設計した飛行機で一攫千金を夢見る男のテストパイロットを引き受けるベイヤードは、ナルシシズムの破綻の総仕上げを資本主義市場に求める。一方ホレスはベルとの結婚で、彼女の金銭的被害補償の契約を背負い込んだも同然である。近代資本主義社会は旧南部のノスタルジアと同様、自己探求や他者の検証を中断する逃げ道を与えてくれる。しかしホレスには、視線のゲームに関してナーシッサから得た警告を今後『サンクチュアリ』で反芻する役割が与えられている。『埃にまみれた旗』と関係の深い『サンクチュアリ』では、自己と他者の葛藤は個人と社会の問題となって発展してゆく。

『埃にまみれた旗』のあいまいな懐古調の結末は、フォークナーが後に書いたように、彼が「失い、かつ惜しむことになるとすでに覚悟していた世界」[11]――それは、他者を注意深く排除した共同体である旧南部ロマンスの世界であると共に、彼自身の無意識の入り口の、ナーシッサのような女性がまだ漠然と自己の分身と錯覚される世界であるが――を去る前の、作者の最後のたゆたいである。しかしホレスの「ナーシッサ」という名のガラス花瓶、バイロンが窓越しに眺める室内のナーシッサ、外の闇を窓越しに眺めるナーシッサ等、『埃にまみれた旗』はガラスを通して内と外が逆転する可能性をしばしば示唆する。フォークナーは、自分のヴィジョンが行動と言語の狭間で停滞して自己閉鎖的になるのを免れるには、他者との接触が不可欠であることを再認識する。しかしそのためにベイヤードのように単に南部を去ることは無益であり、彼が採った方法は、ますます南部と自己へ沈潜することである。『響きと怒り』でフォークナーは、後に書いた序文で彼が示唆しているとおり（「自分が作った花瓶の」なかで永久に生きるわけにはいかないこと、たぶん花瓶を所有して私自身もベッドに横になってそれを眺めていられる方がいいだろうということをずっと知っていたのだと思う[12]」）、自己の根源へ遡ることによって内界と外界の反転の可能性を見いだそうとする。その可能性は、『埃にまみれた旗』の黄昏のなかからぼんやりと浮かび上がってきたものではないか。

『埃にまみれた旗』の最後でミス・ジェニーはナーシッサと共にサートリス屋敷のなかにいるが、この老貴婦人はナーシッサの曖昧さをそれ以上追求しない。古き良き南部の同族性ロマンスのなかに他者がいるとは誰も知りたくない。ナーシッサはミス・ジェニーの質問をはぐらかして窓の外の夕暮れの「静けさと平安」（三七〇）を見ている。自らの身体性を言葉にして主張しない限り、まだ古き夢を見続けることはできる。しかし『響きと怒り』で、言語と行為の一致を信じ、大胆に自分のセクシュアリティを明らかにして南部社会に反旗を翻したキャディ・コンプソンは、小説冒頭の少女時代、外にいて庭の梨の木から窓を通して屋敷のなかを覗き込む。彼女が見た室内の祖母の葬式は、旧世界の退去を告げるミス・ジェニーの死であったかもしれないのだ。

第五章『響きと怒り』

——贈与と交換をめぐって

一九三三年フォークナーは、ランダムハウス社とグラブホーン社によって出版予定の『響きと怒り』の限定版の序文を書くように頼まれた。[1]一九二九年出版された『響きと怒り』はほとんど売れなかったが、その後フォークナーは『死の床に横たわりて』（一九三〇）、『サンクチュアリ』（一九三一）、『八月の光』（一九三二）を出版し、短編集『これら十三篇』（一九三一）も発表して、大衆的人気は期待できないものの、小説家としての地位は確立していた。『響きと怒り』の限定出版の計画は流れてしまうが、序文を書くことを当初拒否していたフォークナーは思い直したようで、少なくとも二種類の序文原稿が残っている。ジェイムズ・G・ワトソンが述べているように、これらの序文ではフォークナー特有の自己劇化によって『響きと怒り』誕生が物語化されており、彼の序文に全面的に依拠して作品解釈をするわけにはいかない。[2]しかし小説家としてのアイデンティティを確立したフォークナーが、自己の最初の傑作といわれる小説をどうとらえているかを知る上で、序文はやはり貴重である。

ジェイムズ・B・メリウェザーによって学術誌『サザン・レビュー』『ミシシッピ・クォータリー』にそれぞれ掲載された二つの序文はどちらも、フォークナーが『響きと怒り』執筆を非常に私的な、内省的な作品と理解していたことを示している。『サザン・レビュー』では次のように書かれている。「ある日私は、すべての編集者の住所と本のリストと自分との間のドアを閉じたようだった。私は自分に、さあやっと書ける、と言った。やっと私は花瓶を自分のために作ることができる。古代ローマ人がベッド脇に置いて接吻してゆっくりと縁をすり減らしていったようなたぐいの花瓶を」[3]。『ミシシッピ・クォータリー』に掲載され、その後『フォークナー雑録』に納められた序文にも、ほぼ同じことが書かれた箇所がある。さらに一九九〇年にフィリップ・コーエンとドリーン・ファウラーは、「フォークナーの『響きと怒り』序文」という共著論文で、フォークナーの屋敷ロウアン・オークで新しく見つかった他の序文断片を発表し、『響きと怒り』がフォークナーの「無意識の表現、彼の最も深く抑圧された恐れや欲望の発話」[4]である、という見方を確認している。

このように『響きと怒り』の私的性格が強調されるなかで異色なのは、『ミシシッピ・クォータリー』掲載の序文で、彼が南部作家がおかれた状況について言及していることである。フォークナーによれば、南部作家は「たとえて言えば、一方の手に芸術家としての自分を、もう一方の手に環境をつかみ、爪をたてうなり声をあげる猫を麻袋のなかへ入れるみたいに押し込むのである」[5]。フォークナーと南部の関係は複雑である。両方の序文で出版に言及しているように、彼は常に読者を意識している。しかしフォークナーは、故郷南部が期待しがちな感傷的南部ロマンスを書く気はない。すでに述べたように、彼は修業時代にフランス象徴詩や世紀末芸術の影響を示し、また初期小説で第一次世界大戦のパイロットを主人公にして、南北戦争前の南部騎士道に対して現代性を掲げた。フォークナーは、彼に南部の特殊性を押しつけようとする環境の麻袋のなかでもがき抵抗する猫となる。

しかしこの南部の麻袋のイメージは、二つの序文で強調される私的かつ芸術的な花瓶のイメージと奇妙な共通性を持っている。すなわち麻袋も花瓶も、閉鎖性が強く触感的な境界がある入れ物である。それらの類似は、自己閉鎖的な境界に対するフォークナーの両義的な感情を表すが、また同時に、最も私的な内界と、個を規制する外界が思いがけぬ関連性を持つかもしれない、という彼の直感も示している。

初期のフォークナーの詩では、芸術家タイプの主人公は外界から安全に隔離され、彼自身が作った花瓶のような世界の内側にいて、そのなかで自らの投影像を眺めている。『操り人形』や『春のまぼろし』のピエロは、鏡のなかの自分を眺めるのが好きである。[6] 彼らは外界を遮断し、自らの審美眼にかなう世界のなかに閉じこもる。しかし小説を書く頃からフォークナーは、次第に閉ざされたナルシシスティックな世界に批判の目を向け始める。彼の私的世界も常に外界からの侵入の脅威にさらされており、外界や他者との関係を認識していなければ、彼の内界も彼が形作る言語世界も外界と対抗できない。『ミシシッピ・クォータリー』序文でフォークナーは次のように述べている。「私は花瓶を作ったが、思うに私は、そのなかで永久に生きるわけにはいかないこと、たぶん花瓶を所有して私自身もベッドに横になってそれを眺めていられる方がいいだろうということをずっと知っていたのだと思う[7]」。『響きと怒り』で自己へと沈潜するフォークナーの私的な探求は、他者との遭遇、外界との出会いを予感して行われる。

作家にとって最も身近な他者は読者である。フォークナーは序文で、出版の可能性を閉め出してこの小説を書いた喜びを強調している。しかし自己の内面を探求する彼のテクストは、紙の上に言語化される時点で自己と外界の境界面上に露出しているのであり、すでに読者を意識したものとならざるを得ない。『響きと怒り』は彼が自己の内部を遡りつめて外部に達し、作家の声を確立した作品である。

『響きと怒り』は内的独白が大半を占めるが、そこでは自己と他者の間の境界が多様な形で意識されている。コンプソン兄弟の内的独白には、規則や禁止、命令、交換がしばしば現れ、私的世界に侵入またはその世界を制限しようとする他者の意向を示している。権力は力によって相手の意志に関わりなく越境し、または自国内への他者の侵入を禁止する。それに対し交換は基本的に、双方が交渉によってお互い合意したところで行われる越境である。ただし交換もお互いの力関係によって影響を受けるのは当然であり、そのことは、交換の特殊な型である贈与を検討することでより明らかになろう。以下、第一節でベンジーのセクションを中心に、境界や交換についての基本的な概念、及び父権の崩壊の兆候を論じる。第二節ではクウェンティンの独白を中心に、交換と贈与、さらに贈与にまつわる権威について考える。第三節では、ジェイソン・セクションが商品交換市場と父権社会の間で揺れるどたばた喜劇を展開するのを見る。ジェイソンのどたばた喜劇に潜むジェンダーの混乱は、父権社会の崩壊や市場経済強化に伴う規範の乱れを示すもので、クウェンティン自身も漠然と経験していることである。最後に第四節でシーゴッグの説教を中心に、このような混沌とした世界で文学が果たしうる役割を論じる。シーゴッグのイースターの説教は、この小説全体を読み解く贈与と交換という概念に沿って解釈できるが、彼の説教は、フォークナーの芸術家としての姿勢の複雑さを示すものともなる。

一

小説の冒頭で白痴のベンジー・コンプソンは、ゴルフが何であるかも、その規則も知らないままに、フェンスの外からゴルファーたちのプレイを眺めている。「彼らは旗をとって、そして打った。そして彼らは旗を元に戻してテーブルのところに行き、彼が打ってそれからもう一人が打った」(三)。このようなわけのわからない文を読まされる読者は、この小説のゲームの規則を知らずに疎外された気分となる。ただし同時に読者は、混沌とした世界のまっただなかに放り込まれたともいえ、ベンジーのように、世界について何の知識も常識も与えられずそこに存在することの茫然自失を経験する。すなわち読者は最初から、これが白痴から見た世界として書かれている、ということこの小説の約束事を知らされずに混沌のなかにおり、疎外されかつ巻き込まれている、という外と内とを同時に経験する。

そのようななかで「キャディ」(三)という言葉は、読者にとって状況を把握する手がかりとなる最初の言葉である。キャディという言葉によって、今書かれているのがゴルフであり、規則を持ったゲームなのだ、という推測がたち、読者はしばし安心する。しかし「キャディ」は、ベンジーにとってはキャンダスという彼の姉の呼び名で、それが発せられるたびに彼はその最愛の姉が今、不在であることを意識する。常に彼を守ってくれた姉の不在は混沌と不安を引き起こす。

同音異義語の書き言葉「キャディ」は、読者にとっては理性的な意味のある世界を約束する。しかしベンジーは綴りの違いが理解できず、キャディという音から姉の不在、そして自分一人取り残された混沌状態に気づいて言葉にならないうめき声を上げる。「キャディ」という語は、書かれた文字の世界と話された言葉、さらにベンジーが発する言葉以前のうめき声の世界を結ぶ。

ベンジーの姉キャディは、彼が言いたいことを推察し、要約して他人に話してくれる仲介者であった。彼女がいないと彼は、危険に満ちた世界と直接接触しなくてはならない。一九二八年四月七日にベンジーは、ストーブの火口のふたに直接さわってやけどをする。彼の幼い頃には、キャディや黒人の守り役のヴァーシュが冬場、ベンジーに手をポケットのなかに入れるよう繰り返し注意していた。「でないと凍えてしまうよ」(五)。熱さであれ寒さであれ、ベンジーは彼を外界から守ってくれる皮膜を必要とする。クウェンティンはベンジーの鏡好きに言及して、鏡がベンジーにとって「葛藤が和らげられ鎮められ和解される間違いのない避難所」(一七〇)であることを見抜いている。[8] キャディの不在のときには鏡が、現実の世界をひとまず受け止めて映像化する緩衝剤の皮膜になってくれる。

コミュニケーションについても、通訳になってくれた姉がいないと、ベンジーは大きなうめき声を上げる以外に自分の感情を他人に伝えるすべを知らない。読者は、音ではなく書かれた文字を通してのみベンジーと接触するので、周りの人々を悩ませる彼の耳障りな声を直接聞かずにすむ。しかしベンジーは三歳程度の知能の持ち主ということになっていて、内的独白として書かれた彼の言語を理解するのは容易ではない。読者は推論を働かせ、自分の言語でコンプソン家の出来事を年代順に整理して語り直し、それをベンジーの混沌とした世界から区別しようとする。

　フォークナーは読者のこのような努力を奨励するかのように、出来事の年代を推定する手がかりをあちこちに提供する。しかしそれらは決して十分ではない。シェリル・レスターは、批評家たちがこの小説から意味を引き出したがるのを戒めて、「コミュニケーションに同一性という幻想を求めることの愚かしさと惨めさ[9]」を指摘している。実際、読者はコンプソン家年代記の再構成を試みるが、それが正しいのか間違っているのか、自分の解釈について確証が得られない。特にベンジー・セクションは、言語の不完全性、論理的思考の途絶、情報不足などにより読者の無力感は強まる。身体的に去勢されたベンジーと同様、読者は書かれた言語から意味を引き出すことができずに、意味の去勢状態におかれている。コンプソン家の出来事を分類し統合し、全体的な真実を保障してくれるような権威は、このテクストには存在しない。

　権威の消滅は、ベンジー・セクションで父権の崩壊という形でよく表される。ここでは禁止や罰の警告がしばしばな行われるのだが、それは実際には機能しない。ベンジーは大声を上げるたびに、お黙り、といわれる。少年クウェンティンは、川遊びで服を濡らしてしまった自分とキャディは父コンプソン氏に「鞭でぶたれるだろう」(一九)という。梨の木に登るキャディに対し、ヴァーシュも同様の警告をする。しかし罰の警告はたいがい警告だけで終わってしまい、禁止を無視した者は罰せられない。幼いジェイソンがキャディとクウェンティンの小川での喧嘩を言いつけても、コンプソン氏は叱らない。キャディが恋人を作って処女でなくなったときも、コンプソン氏はシニカルな意見を吐くだけで酒に溺れている。[10] 男の権威は弱っており、キャディの兄のクウェンティンは、妹が自分よりも早くセックスを体験してしまったことにショックを受け、挙げ句の果てに自殺する。キャディの娘のクウェンティンはコンプソン家で育てられることになり、叔父のジェイソンは父親代わりに威張り散らすが、結局娘のクウェンティンは、叔父が密かに横領していた彼女の養育費に当たる金を盗んで男と駆け落ちしてしまう。そしてベンジーは去勢されてしまうが、自分の身に何が起こったかも理解できない。コンプソン家の男たちは権威を保持できない。

ベンジー・セクションでは父の権威の崩壊が目立つが、一方で交換という試みが盛んに行われている。交換は、少なくとも交換を試みる両者の欲望を満足させるところに成り立つ点では平等である。コンプソン氏は、子供たちの祖母の葬式の間は子供たちをおとなしくさせておく必要があるので、自己主張の強い少女キャディが兄弟に命令する権利を認めてやる。キャディは、兄弟たちに対して父代わりの権威を振り回せるのがうれしいが、その権威を長くは保てない。ベンジーが蛍をほしがるので、彼女は黒人のフロニーに頼んでベンジーに蛍を持たせる代わりに、フロニーは彼女の言うことを聞かなくてもよい、と言わなければならない。交渉によって権威は譲渡されたり交換されたりする。しかし交換は、いつもうまくいくものではない。幼いジェイソンが小川での喧嘩を告げ口すると言うと、クウェンティンは、ジェイソンに弓矢を作ってやった恩義を思い出させて思いとどまらせようとする。しかしジェイソンは、もうその弓矢は壊れてしまった、と答えて、交換条件が成り立たないことを指摘する。四月七日現在でも、今のベンジーの守り役であるラスターは、拾ったゴルフボールを二五セント硬貨と交換しようとして失敗する。白人ゴルファーはラスターが差し出すゴルフボールをとっただけで、硬貨をくれずに去ってしまう。ジェイソンは、ラスターがほしがっているショーへの切符を五セント硬貨と交換しようと持ちかけて彼を焦らせたあげく、意地悪くその切符を火にくべてしまう。交換の企ては多いが、それが成功することは少ない。

家族のなかの父権は崩壊しつつあり、個人が他者と何かを交換する試みも困難が伴う。脆弱な境界によって外界と接するベンジーは、その混沌のなかで翻弄されている。次にクウェンティン・

セクションで、父権にこだわり贈与を好むクウェンティンと、交換へ向かおうとするキャディの対立を中心に、贈与と交換を検討しよう。彼らはそれぞれの言語観にこだわってお互いの境界を攻防するが、それは彼らの生き方、社会に対する態度全体にかかわっている。

二

クウェンティンの自殺は、父権の衰退と交換の概念の双方から考えることができる。彼の自殺は第一に、父がキャディの処女喪失を自然現象だとシニカルに受け入れることの拒否である。彼は妹の処女喪失を深刻に受け止め、それは自分と彼女の近親相姦だったという作り話によって、この事件を許されざる罪に変えたがる。彼は父のコンプソン氏が想像上の近親相姦の話に同意して、父親として秩序を守るために二人を永久追放する、と宣言してくれれば満足したであろう。父の裁定は処女性の価値を再認し、キャディは単なる堕落した女の一人ではなく、クウェンティンと共に社会の重大な掟に背いた共犯者となる。クウェンティンは大それた罪を招いた当事者として自分たちが社会から追放されることを夢見ている。そうなれば彼が密かに妹に対して抱いている近親相姦的な欲望も昇華される。しかしコンプソン氏は彼に協力してくれない。クウェンティンは権威ある南部社会の伝統を守るため、キャディと自分が地獄に堕ち「騒がしい世のなか」(一七七)から隔絶することを夢見て自殺するしかない。

しかし彼の地獄墜ち願望は、クウェンティンが南部社会の理想よりは個人的な世界の隔離を目指していることを明らかにする。地獄は彼をキャディと二人だけの世界に閉じこめて聖別化してくれるが、さらにクウェンティンは自分とキャディが「母その人」（一七三）である地下牢に深く閉じこめられることを想像する。彼は父権を維持するために自分を犠牲にすることをいとわないが、地獄での厳格な罰の予感には、子宮に戻りたいという彼の退行的願望が隠されている。

クウェンティンはこうして南部の父権社会を擁護しつつ、母の子宮のような私的世界も確保したがっている。彼が理想とする社会も彼個人の世界も境界が厳重に守られていることが特徴で、彼は条件次第で他者の越境を許すことになる交換には不信感を抱いている。[11] たとえば男女間の愛は、同等な交換ではあり得ない。クウェンティンの級友のジェラルドの例を見てわかるとおり、男は愛情なしに女と寝ることが自慢の種になるが、処女を失う未婚女性は軽蔑される。それに対してキャディは、愛ゆえにドールトン・エイムズと寝たことを後悔していない。愛のために男と寝るという主張は、クウェンティンが頼む南部の伝統的道徳観ばかりか、処女喪失は自然現象にすぎない、というコンプソン氏のシニカルな意見とも真っ向から対立する。彼女の行為は彼女の意志と言葉を実行したものであり、成り行き任せの自然現象とは違う。彼女は自分の意志で恋人を受け入れる。

キャディは、彼を愛しているという自分の言葉と行為が一致していること、言葉と行為が交換可能であることを真実の愛の証拠と考える。彼女は小川でクウェンティンの手を自分の喉元に当て、クウェンティンに「ドールトン・エイムズ」と言わせてそのたびに彼女の血圧が上昇する様子を触感としてクウェンティンに体験させる。彼女の身体は、恋人の名前だけで反応するほどに言葉と身体が同一化している。しかしこの事実は、必ずしもクウェンティンに彼女の愛の真実性を納得させない。ベンジーはゴルフの「キャディ」という声にも反応して泣き叫ぶ。それは姉を求めるベンジーの切実な訴えではあるが、ゴルフのキャディはキャディ・コンプソンではない。クウェンティンは「ドールトン・エイムズ」と繰り返しつぶやくことから出発して「ドールトン・シャツ」(九二)というシャツのブランド名にたどり着く。キャディはドールトン・シャツと聞いても血が上るのだろうか。南部社会の秩序を守ろうとするクウェンティンは、理想と現実がかけ離れていることを知りつつ、せめて彼の言葉の世界のなかで理想にしがみついていたい。言葉と身体、行為がお互い交換可能である、と考えるキャディは、外界との交流とその侵入に対してあまりに無防備であるようにクウェンティンには思われる。彼は近親相姦という作り話によってキャディの破られた処女膜を覆い、妹を彼の私的言語世界のなかに包み込みたい。

キャディはドールトン・エイムズへの献身的愛情によって、当然彼からも同等の愛を期待していたであろう。しかし彼が結果として彼女のもとから去っても、読者はキャディが不満を漏らすのを聞くことはない。キャディは自分の言葉と行為の交換可能性を重んじるが、ドールトン・エイムズに対して自分の愛と同等の愛の交換を求めてはいない。彼女は彼に対する愛を無償の贈与とすることができる。それに対してキャディが銀行員のハーバート・ヘッドと結婚するとき、彼女は明らかに彼と交換取引をしている。彼女はハーバートが節操のないいかさま師であると知っている。しかし彼女はコンプソン家の体面と経済的窮状を救うために結婚を受け入れる。ドールトン・エイムズとの恋で、言葉と行為の同一性、交換可能性を誇っていた彼女は、ここでは相手の要求との交換条件が整うだけで結婚を決めてしまう。父の経済的負担を減らし、南部女性の体面にこだわる母の意向に添うことにもなり、ハーバートにとって自分が魅力があり、結婚したいというならそれでよい。商品価値によって交換が行われるのが市場の常識であるので、キャディが市場での取引に慣れた銀行家と結婚したのは理にかなったことなのかも知れない。

クウェンティンにとってキャディの処女喪失は衝撃だが、彼女の結婚はそれにさらに追い打ちをかける。キャディの処女喪失のとき、クウェンティンは近親相姦の話をでっち上げ、言葉と行為の交換性に信頼を寄せる彼女の生き方に対し、現実とは独立した言葉の優位を示そうとした。クウェンティンは言葉のありかたの解釈をめぐって妹と争った、といってもよい。しかし一族の体面のために全く愛を感じていないハーバートと結婚するキャディは、自分の言葉と行為を一致させることの重要性をもはや信じていない。言葉とその指示対象が分裂し、見る人の欲望を誘うモノの価値が幅を利かせる市場で、キャディは自らを商品として取り引きすることを承認する。それを見たクウェンティンは、もはや近親相姦の話で彼女を誘惑することもあきらめ、ただ一緒に逃げよう、と訴えるしかない。

クウェンティンの自殺は、あるべき秩序や父権を守り切れぬコンプソン氏や南部社会に対する絶望であると共に、言葉と行為の交換という理想を主張し、それが否定されたときには商品交換市場に下ったキャディへの抗議でもある。彼は遺書を残して自殺し、言葉と行為の一致を主張したキャディに対して、遺書の言葉通りの自殺行為を成し遂げることの無意味さを皮肉に再確認する。キャディはドールトン・エイムズとの性体験について「私は彼のためにもう死んだし、また何度だって死ぬわ」(一五二)、という。妹よりも性体験が乏しいクウェンティンは、それに対抗するには実際に死ななければならない。彼は自殺する日にめかし込んで、結婚式に行くのか、と友人のシュリーヴにからかわれている。その後ジェラルドに突然殴りかかった彼は、反対に打ちのめされて血だらけになって気を失う。処女喪失の儀式は着飾って結婚式をあげ、血を流すことであるが、このときのクウェンティンはまるで女たらしのジェラルドのために処女を捨てた女たちの一人のようである。キャディが性体験で「死ぬ」ことは新たな生命の誕生の可能性があるが、クウェンティンは実際に死ぬしかない。

クウェンティンは自殺によって「帰謬法」(七六)を実地に証明する。言葉と行為を一致させることは、彼の自殺が証明するように無意味である。言葉と行為の一致を主張した挙げ句の果て、その一致があり得ない商品市場でキャディが妥協して自らの交換に応じるのは、クウェンティンには耐えられない。否定し抗議する以外にクウェンティンは交換とかかわりたくない。キャディは彼に父とベンジーの世話を頼み、ハーバード大学の学資を作るためにベンジーの土地を売ったのだから必ず大学を卒業するように、と彼を諭す。しかしクウェンティンは自殺によって彼女との約束を反故にしてしまう。ベンジーの土地を売ってハーバードに行ったこともちろん無駄になる。クウェンティンは自殺当日、黒人のディルシーなら「なんて罰当たりな無駄遣いだ」(九〇)というであろうと感じる。

クウェンティンは交換よりも贈与を好む[12]。贈与は一方通行であり、贈り物を与えることで彼は相手に意志や好意を押しつけることができる。彼の父もクウェンティンに祖父の時計を贈ることによって、祖父伝来の家父長権の継承を確認している。しかし相手の優位に立てる幻想を与える贈与は、交換にすぎないかもしれない。キャディがドールトン・エイムズとの間に愛を交換することを望みながら、結局それは愛を一方的に贈る贈与であった、とあきらめたのに対し、クウェンティンは自分の贈与が潜在的に交換の可能性があることに気づかない。または気づこうとしない。たとえばクリスマス休暇で大学から故郷へ戻る途中、列車が南部に入るとクウェンティンは、「クリスマスの贈り物」（八七）という遊びを線路脇の黒人に向かって仕掛け、彼に二五セント硬貨を与える。習慣に従って南部の黒人らしく振る舞える男に対し、クウェンティンは気前のよい白人の旦那の役を演じて満足している。クウェンティンは硬貨を贈与だと思っているが、黒人は白人の望み通り南部の古い習慣に従うことで褒美の金をもらえることを知っており、それは交換の一種である。また自殺当日、彼は見知らぬイタリア移民の少女に出会い、彼女に菓子パンを買い与える。それは彼の自然な親切行為のようだが、彼がその少女に幼いキャディの面影を重ね合わせていることは明らかである。その贈り物をきっかけに彼は、迷子になった彼女を家まで送り届ける頼りになる兄の役を買ってでる。しかしそれが思ったより厄介な仕事になってくると、クウェンティンは彼女に二五セント硬貨をやって逃げ出してしまう。その硬貨は彼がこれ以上、薄汚い格好の少女にキャディ幻想を抱けず、彼女を厄介払いしたいことへの補償金である。彼はあくまで贈り物のつもりでいるが、それは彼の無責任さを免れるための取引である。

クウェンティンは少女誘拐の疑いで逮捕されて告発されたとき、無罪放免のために金を払うように治安判事に言い渡される。キャディの処女喪失は金で補償できる性質のものではないが、クウェンティンがキャディに見立てたイタリア移民の少女誘拐という嫌疑を晴らすために、彼は少女の兄ジュリオに金を払う。それぞれの兄の傷ついた誇りは、共に父権社会の秩序擁護をめざしているが、誤解から生じた混乱は金銭取り引きによって解決する。しかも判事はクウェンティンに警官にも金を——それもイタリア系移民のジュリオよりもずっと高額の——払うように言い渡す。すべてを金で解決してしまう治安判事は、父の権威を象徴するはずの法も金に換算されて維持される茶番劇を明らかにして、クウェンティンの絶望をいや増す。

この事件の前、クウェンティンは仲間と一緒に泳ぎに行くことを拒否した少年に関心を示している。少年は友人たちと別れ、二股に枝分かれした木の枝もとに登り、「お母さん子」（一二二）とはやし立てられても押し黙っている。この子を見ているクウェンティンは、少年が座って動かない場所に自らの心理的位置を重ね合わせている。彼は少年の頃も、妹キャディのように梨の木を登りつめて窓の外から祖母の葬式を目撃するほど大胆ではなかった。今彼が見つめている少年のように、彼は木の枝もとにとどまり、すべての問題を家族のなかで解決しようとする。クウェンティンはキャディの処女喪失は彼との近親相姦だ、と彼女を説き伏せ、それを父に許されざる罪と宣言されて母そのものである地下牢にキャディと二人だけでとどまりたい。それがかなわぬならば、父に当てた遺書通りに自殺して、海中の洞窟に自分の遺骸が納まっていることを夢想するが、その洞窟もやはり母の子宮を連想させる。キャディはドールトン・エイムズにせよ、ハーバート・ヘッドにせよ、家族でない他人と関係するが、クウェンティンは家族の境界内に自らも彼女も閉じこめようとする。

このようにクウェンティンは自分の内界に閉じこもって交換を嫌うのだが、彼は上記の少年とその仲間の鱒釣りにからんだ交換話を興味深く聞いている。三人の少年は川の主のような大きな鱒を捕まえる可能性について話すうちに、その鱒を捕まえて手にする賞品の釣り竿を、何と交換するか議論し始める。クウェンティンは彼らの話の想像的発展について考える。「彼らはみんな一斉にしゃべりだして・・・非現実を可能性に、そしてたぶんありそうなことに変え、ついに紛れもない事実にしてしまった。欲望が言葉になるときに人がそうするように」（一一七）。クウェンティンは自分の近親相姦の話もそれと同じだと気づいているが、鱒釣りの話は言葉の遊戯性によって空想が加速する。二五年間も捕まっていない鱒を捕まえて二五ドルする釣り竿という賞品をもらい、それを換金して馬車を買い、と続く彼らの話は二五という数字を巡って発展する交換ゲームとなる。

交換を嫌い、言葉の独自の権威を重んじるクウェンティンが、少年たちの言語上の交換ゲームに興味を持つのは皮肉である。しかし言葉のみの権威を維持することができず、言葉と行為の一致にも意味を見いだせないクウェンティンは、自殺の直前、無秩序な言葉が交換を重ね、自己増殖する世界に入っていく。少年たちが数字を巡ってお互い脈絡のない話を連鎖的につないでいくやり方は、この小説全体のなかで珍しいわけではない。ベンジー・セクションでは、一つの言葉やイメージが異なった時空間の経験をつなぐのによく用いられていた。しかしベンジーの場合は、その言葉が呼び覚ます感覚、経験が契機となって同じ身体感覚を引き起こした別の場面がたぐり寄せられるのに対し、自殺直前のクウェンティンの場合は、言葉上の類似性への偏執的なこだわりがある。

クウェンティンは母がキャディの婚約者を紹介したときの言葉を覚えている。「**ハーヴァード。クウェンティンこちらハーバート。私のハーヴァード**［**大学生**］**の息子よ。ハーバートは一番上の兄さんになってくれるわ・・・**」(*Harvard. Quentin this is Herbert. My Harvard boy. Herbert will be a big brother...* 九三)。シニフィアンの音や綴りの微妙な違いはシニフィエの違いを表すが、シニフィアンの大まかな類似性がシニフィエの類似性につながったらどうなるのか？ドールトン・エイムズとドールトン・シャツの音の類似性にこだわったように、クウェンティンのなかで単語と単語の境界が崩れ始めている。二五年と二五ドルが同じ数字によって時間と金を結びつけるように、しばしば交換手段に使われる二五セント玉の「クォーター」と、クウェンティンが絶えず気にする一五分（「クォーター」）ごとに鳴る大学の鐘の音も、数の違いにかかわらず混同される危険をはらんでいる。いや、読者が混同するよう誘惑している、というべきか。父権社会の秩序が根本で荒廃しつつあるとき、言語の表面では同音異義語や綴りの似た語の同化や交換が無秩序に行われる。クウェンティンは、目の前の現象よりも彼の言葉が独自に構築する理想の世界を重んじたが、その世界の秩序が失われると言語は無制限に交換や自己増殖を始める。

三

ジェイソン・セクションでは金に細かいジェイソンの性格を表して、常に金銭が話題に上る。しかしジェイソンは一方でコンプソン家の名誉や父権にこだわっている。彼の人生はクウェンティンと同様キャディに影響され、父権社会の権威と交換市場経済の間で揺れ動いて混乱している。

彼は父の葬式に密かに帰ってきたキャディに頼まれ、コンプソン家で育てられている彼女の娘クウェンティンに一目会わせる約束をする。そのために彼女から一〇〇ドル受け取ったジェイソンは、馬車から文字通り、一目娘の姿をキャディに見せて走り去る、という意地悪いやり方をする。しかし、かって自らの言葉と行為の一致に誇りを抱いていたキャディが彼の仕打ちをなじると、彼は取引の言葉通り約束を守ったと主張する。そして彼女の名前を口にすることさえ禁止されているコンプソン屋敷で、自分がキャディのために冒した危険を強調する。

このようにジェイソンは、交換取引の条件は表面上守りながら相手を出し抜こうとし、一方で父権社会の威光を保持して、父権が強力に発揮され秩序が保たれた状態を好む。彼は自分が食事をするときに一家の女たちも一緒に食卓に着くことを要求し、姪のクウェンティンが学校をさぼって男と遊び歩き、コンプソン家の名を汚すことを禁止する。彼がこのように家長の権威を振り回したがるのは、彼が内心、父権の失墜を強く感じているからだ。ジェイソンは父コンプソン氏がキャディの処女喪失後深酒癖を強め、命を縮めていくのを目の当たりにしていた。またキャディがハーバートと別れたあと、娘と共に帰ってくるのを断じて許さなかったのは父でなく母であったことも知っている。しかし姉の不品行に対する彼の怒りは、クウェンティンのように父権社会の理想への偏執に変わるのではなく、彼女の離婚のせいで将来性ある職を失った、という金銭的損失に換算される。ジェイソンの被害者意識は、キャディが娘のために送ってくる養育費を彼が横領することを正当化する。彼が横領する金は、彼がキャディのために失った就職の補償金ということになる。

父権の衰退に対するジェイソンの危機感は、直接にはキャディではなくキャディの娘に向けられる。姉と同じく性的魅力を発揮し始めた姪に対して、ジェイソンは攻撃的な父権を振りかざす。

しかしそれは、彼自身の姪に対する密かな性的欲望を半ば発散し、また抑圧する動作でもある。コンプソン夫人は毎晩孫娘クウェンティンの部屋に外から鍵をかけ、彼女が夜遊びしないようにする。一方ジェイソンは同じ二階にある自分の部屋の金庫のなかに横領した金を隠している。クウェンティンの部屋の鍵をかけるのはコンプソン夫人だが、閉じこめられる彼女にも似て、ジェイソンに横領された金は彼の鍵で閉じこめられて管理されている。貯め込んだ金と抑圧され制御された性は、ジェイソンにとって等価である。ジェイソンが時々金をやるメンフィスの娼婦ロレインは、彼の言うことをよくきく「善良で誠実な娼婦」(一二三)だが、ジェイソンは金の力によってしか女性を支配する自信がない。

　父権を頂点とする封建的秩序と市場論理を状況に応じて都合よく利用するために、ジェイソンは母に傀儡の父権を見立てている。コンプソン夫人はしばしば夫よりも独裁的な父権を行使してきた。母に忠実な息子を演じるジェイソンは、彼女に尊大な父権を代行させながら、それを隠れ蓑にしてクウェンティンの養育費横領を成功させている。[13] さび付いた鍵束を身につけているコンプソン夫人は、いかにも古くさい父権の代理執行人である。しかしクウェンティンの部屋の異変が感じられたとき、ジェイソンは母から鍵を無理矢理奪い取って部屋をあける。このときジェイソンは母から父権の象徴である鍵を奪ったわけだが、抵抗する彼女の「色のさめた黒い化粧着のポケット」(二八一)に有無を言わせず手を伸ばす彼は、一種のレイプ行為をしたともいえる。金を奪われたかもしれないという非常事態に、南部淑女を規範通り尊重している暇はない。さらにジェイソンがその鍵でクウェンティンの部屋をあけるのは、クウェンティンをも象徴的にレイプする行為だが、部屋のなかはもぬけの殻である。しかもジェイソンが自分の部屋に隠した金庫はこじ開けられ、中の金がなくなっている。部屋に突入したジェイソンが、クウェンティンの部屋も自分の金庫も空っぽで呆然とする様子は、性的不能に陥ったに等しい。さらにいえば、姪のクウェンティンはジェイソンの金庫をこじ開けて、彼が大切に守り続けてきた金を奪うという強奪行為でジェイソンを逆にレイプした、ともいえる。父権社会がときに市場経済の論理とすり替わるジェイソン・セクションでは、性的役割を担った行為も男女間でしばしば逆転する。

クウェンティンは妹の処女を奪った男と対決しようとして気を失った。ジェイソンはサーカスの男と駆け落ちした姪のクウェンティンを追いかけて隣町まで行き、サーカスの一員である老人と口論になり、斧を振り回す老人の前で転んで後頭部を打って一瞬気を失う。コンプソン兄弟は、女性を守る父権に執着するわりには弱々しい。兄のクウェンティンにせよジェイソンにせよ、まるで彼らの方がレイプされるか弱い女性であるかのような事態がしばしば起こる。交換市場経済では金銭と性は交換可能だが、金権も同様に男性と女性の間で交換可能になる。金という権力を失った男が、今までの女性の弱い立場に逆転しておかれる可能性もある。兄のクウェンティンは、キャディがハーバートとの結婚によって商品交換市場に入って行くことに衝撃を受け、交換されえないものはない世界の無秩序性を予見し、その混沌のなかにいたくなくて自殺したともいえる。ジェイソンはその世界に残り、クウェンティンの章では暗示にとどまっていた男女の立場の交換が、どたばた喜劇となるまでを読者に見せてくれる。兄のクウェンティンという名が姪の女性の名となり、姪を隣町まで追いかけていったジェイソンが「あんたはあの娘の・・・兄さんかい?」(三一二)と尋ねられるなど、ジェイソン・セクションは父権の秩序を維持しようとしたクウェンティン・セクションそれ自体のパロディ、クウェンティンが見るのを拒否した道化芝居となる。

ジェイソンはさらに株式市場でも翻弄される。彼が綿花市場で手を出している株は乱高下し、その情報をすばやく得られないジェイソンは大損する。クウェンティンが言語の世界で単語の意味の横滑りや交換の一人歩きを止められないように、ジェイソンにはめまぐるしく変わる株価をコントロールする力はない。ジェイソンは自らの才覚で利潤が出せると思っているが、無数の人間の金銭欲に突き動かされる市場は、彼の考える合理性を軽く凌駕する。ジャン・ジョゼフ・グーが『言語の金使い』で示した分類に従えば、株価は代用貨幣の一種である。市場の売り手と買い手の思惑で変動しながら、ついには個人の操作に及ばぬところで暴走する株価は、クウェンティン・セクションで次々と意味を交換してゆく言語に似る。『響きと怒り』の世界で、グーのいう原器＝基準[14]としての絶対言語及び貨幣は、父権と同様消滅している。

四

キャディは自分のドールトン・エイムズに対する愛が真実であることを、言葉と行為の同一性で証明しようとした。しかしエイムズは彼女が期待したような形でそれに答えはしなかった。彼女のなかでは明瞭な愛の意味が、他人にあっても同じ意味を持つとは限らない。彼女はその後、結婚によって商品交換市場へ入る。フォークナーは作家として作品を読者に提示するが、キャディの恋愛と同じく、相手の読者が作者の期待通りに反応するとは限らない。キャディの結婚のように、作家は作品を単なる商品として本の市場で売らねばならないかもしれない。それならばフォークナーが『響きと怒り』を書くときに覚悟したように、出版市場に背を向けて自分の芸術の理想のために書くほうがよかろう。しかしクウェンティンが自分の私的言語の世界のなかだけで意味の理想を保とうとしたとき、彼の自己閉鎖的な言語の世界は勝手に増殖してそれ自体コントロール不能となり、彼は狂気と自殺へと追い込まれた。作家にとって、クウェンティンの運命を避け、しかも市場経済と父権社会の両方にとらわれて道化を演じるジェイソンにもならずにすむような方法があるだろうか。第四部にあるシーゴッグの説教は贈与と交換の一つのモデルであり、ここにフォークナーは、作者と読者のメッセージ交換の可能性について探っている。

一九二八年四月八日はイースターで、黒人教会でのシーゴッグの説教は当然、イエス・キリストの死と復活についてである。イエスは神から人間へ贈り物として与えられ、人間の罪のために十字架にかけられ、復活したのであり、人々はこのことを信じることで救われる。それは贈与と契約交換の物語である。救われる条件は、神はその一人子イエスを与えるほどにこの世を愛された、という無償の贈与を信じることである。クウェンティンは自殺当日、しばしばイエスに言及しているが、彼はイエスによる救いを信じることができない。彼はどのような貴重な贈与でも、いったん人間社会に与えられると交換の対象になってしまい、最初の意味が損なわれる、と考えているようだ。クウェンティンによればイエスは「小さな歯車の細かいチクタクいう音によってすり減らされてしまった」(七七)。時計によって刻まれる機械的な時間はどれも同じ交換可能な時間であり、イエスの死と復活という、永遠につながる特別な時の意味が無にされてしまう。クウェンティンの内的独白のなかでしばしば時間と金を指す単語が交換されていたのは、彼の絶望を証明するものである。クウェンティンは最後の審判の日に自分が救われるとは考えられない。

これに対し黒人教会の会衆はシーゴッグの呼びかけに応じ、彼らの間でキリストの死と復活を信じるコミュニケーションが成立する。シーゴッグの言葉が突然変わったとき、会衆の一人の女がその呼びかけに反応し、他の会衆がそれに呼応する。シーゴッグは自分の身体を突然大きな声に明け渡したかのようで、語り手と聞き手の間で声の響き合いがおこる。シーゴッグの身体が声そのものになって会衆に与えられ、語り手と聞き手が声を交換し、魂を共鳴させるうちに、シーゴッグは贈与と交換のお手本であるキリストの物語を会衆に信じさせることができる。

シーゴッグの説教と会衆の応答は基本的には、フォークナーにとって作者と読者の理想的関係を表している。イエス・キリストによる救いのメッセージは、説教中の贈与と交換という手段、すなわち説教者が自分の身体を声に明け渡し、会衆に与えられたその声と会衆の声との交換が成し遂げられることによって実践され、メッセージ共有が実現される。同様に、作家も自らを書くことに捧げ、その書かれたテクストが読者に与えられて両者の間で共有されることを望む。『響きと怒り』を書く時点まで読者からはかばかしい反応を得られなかったフォークナーにとって、シーゴッグの説教が会衆にもたらした確かな手応えと一体感は理想的である。[15]

しかしこのとき一つの声に変身してしまうシーゴッグの描写はかなりグロテスクである。「彼はまるでサキュバス［睡眠中の男と性交するといわれる魔女］のように彼の肉体に歯を立てて味をしめた声を、その身で養っているかのようだった」（二一九四）。シーゴッグの身体は同時に、怪物のような赤ん坊に授乳する母親と、女の悪魔によって性的に取り込まれている男との両方のイメージを提供する。男にも女にもなる彼の体はさらに、「静穏な、痛めつけられた十字架像」(一九四)にたとえられる。これらのイメージは、彼の説教のなかで聖母マリアが母としての愛情と気遣いを嬰児イエスに注ぐのと際だった対照をなしている。会衆に届く偉大な声のためにシーゴッグが犠牲にした身体は、説教中のイエス・キリストの受難と復活のパロディになる危険すら持っている。

シーゴッグの説教行為が含む両義性は、作家の書くという行為にも共通する。シーゴッグ同様、作家はある意味で、自らを書くことのために犠牲にする。自分の無意識にまで踏み込んで書くことは、たとえそこに書かれているのがフィクションであっても、他者である読者の前に自分の内側をさらけ出してしまうことになる。赤ん坊に授乳することも性交することも、他者と濃密な接触をもたらす。その接触で自己と他者との境界が破られれば、十字架のイメージの場合のように、死をもたらすかもしれない。作家は読者に彼の書いたものを与え、それが読者に感動を呼び起こして作者と読者の間にメッセージの交換、共有がなされることを夢見るが、そのような他者との接触は自己破壊の可能性のある悪夢にもなる。

フォークナーの小説で芸術家がキリストにたとえられるのは、これが初めてではない。彼の二番目の小説『蚊』で、彫刻家ゴードンは自分をキリストになぞらえていた。そのキリスト像はゴードンが水面に映す自らの姿と重なっており、ゴードンの芸術家としての理想には、クウェンティンと同じナルシシスト的溺死願望も同居している（処女性を印象づける若い女のトルソーを制作し、自分一人のものとしてしまっておきたいゴードンには、クウェンティンとの共通点が感じられる）。『蚊』で「嘘をつくのが仕事」（一四五）というフォークナーなる人物を登場させ、ジェニーに彼を「小柄な黒人みたいな人」（a little kind of black man 一四四）と呼ばせたフォークナーは、『響きと怒り』で芸術家のモデルをクウェンティンよりもむしろ小柄な黒人のシーゴッグに見ている。聖母マリアにもたとえられているゴードンと同様、シーゴッグの体もキリストとも聖母マリアとも結びつくが、そこにはゴードンのような英雄的、エリート的な思い入れはない。一九三三年に書いた序文でフォークナーは自らを、芸術作品を生む母であり、花瓶のなかにいる胎内の子であり、またその花瓶を外から眺めて接吻する男性としてもイメージしている。そこには『響きと怒り』出版から四年たって、内と外、男と女の転換のメタファーを楽しむ作者の余裕が感じられるが、シーゴッグ自身は性的アイデンティティも身体的アイデンティティも危険にさらされ、恐怖と滑稽さが崇高さと共存している。シーゴッグは、喪失の苦痛を身体に引き受けて表現する芸術家を理想とするフォークナーが、自らの理想に放ったパロディである。

フォークナーは神のオリジナルな贈与行為を模倣するシーゴッグを模倣する。さらに彼はシーゴッグを通して、創作に関する性的アイデンティティの混乱をなぞる。しかしフォークナーがこのように書くことに身を捧げても、シーゴッグのイエスの復活のように明確なメッセージを出せるとは限らない。作家は神のような全知の能力を持たず、権威も持っていない。フォークナーは芸術家をキリストにたとえるほどの不遜さはあるが、作品を市場に出す以上、それが神が人に与えたキリストのような純粋な贈り物でありえないと知っている。彼にできるのは、神の恩寵とそのメッセージの交換が人々の間に繰り返されうることを示し、そのようなメッセージの贈与と交換が彼と読者の間でもおこることを密かに期待するのみである。シーゴッグは自らの犠牲によって会衆との至福のメッセージを共有するが、フォークナーは自分にもそれができるとは確信できない。シーゴッグの説教では「声さえそこにはなくなり、彼らの心は言葉を使う必要もなく、お互いに詠唱の旋律で語り合っていた」(二九四)。シーゴッグが彼の身体を声に明け渡すように、フォークナーは自らをテクストに明け渡すが、声と違って書き言葉は、なくなることはない。それはまた、声に特有の物理的な響きやほかの声との共鳴をもたらさない。書き言葉は話し言葉と違い、読者に最終的に屈服してしまうことも融合してしまうこともなく、紙という境界上に自分の存在を主張する。

コンプソン家の地下室でラスターは、サーカスで見た鋸音楽に刺激され、ディルシーの槌を使って鋸で音楽を奏でようと苦労する。しかし彼の鋸は「生気に欠けたすばやさで止む、たった一つの緩慢なぶんという音」(二八七)を出すだけである。フォークナーは、もしこの小説が読者の心に響かないとすれば、ラスター同様自分もまだ音楽的な音を出すためのまともな道具を持っていないせいだ、といいたいのかもしれない。実際フォークナーは、白い紙の上に彼の文字を記すのに、ペンとタイプライターという、紙に刻み目をつけ、溝を穿つ道具しか持たない。

しかしフォークナーはその書き言葉の無骨なモノ性を評価しているはずである。紙上の書き言葉は作者と読者を分かち、かつ接触することを誘う境界面として働き、読者に様々な意味の可能性を提供するが、最終的に読者が作者を支配することは拒む。一九三三年の序文でフォークナーは、この小説を書くときの「まだ私の手もとでまっさらな紙が、犯されることなく確実に保っていてくれるあのエクスタシー、驚異に対する熱烈で喜ばしい信念と予感[16]」について語っている。紙に対するここでのフォークナーの官能的といっていいほどのこだわりは、自分の書くものが外界と接しながら分かたれていることを実感する上で重要だったのであろう。フォークナーは市場にこの作品をゆだねて読者とそれを交換し、自らも作品を外部から見る覚悟ができた。序文でこの小説を、接吻によって縁をすり減らす花瓶にたとえたフォークナーのフェティッシュな愛情は、眼に見え手で触れる境界面としての書き言葉を『響きと怒り』で確立した彼の自覚と自信を語っている。

第六章　『死の床に横たわりて』
――メドゥーサと馬

『死の床に横たわりて』は一九二九年、『響きと怒り』出版（一〇月七日）直後の一〇月二五日に書き始められ、同年一二月一一日に書き上げられた。短期間で書き上げられたこの作品はタイプ原稿も修正は少なく、一九三〇年一月一二日に完了して同年一〇月に出版された。[1] フォークナーは『死の床に横たわりて』に着手する前に、『サンクチュアリ』のオリジナル原稿を書き上げて一九二九年五月、出版社に送っていた。しかしそれはスキャンダラスな内容の故に出版不可能だ、と拒絶されている。エステル・オールダム・フランクリンとの結婚が現実的なものとなるなか、『サンクチュアリ』でまとまった収入を得るつもりであったフォークナーのもくろみは、はずれてしまった。『死の床に横たわりて』は、六月にエステルと結婚したフォークナーが、生活費を稼ぐためにボイラーハウスの夜勤をしている間に書いた作品である。

『死の床に横たわりて』の出来映えについて、フォークナーは一定の自信を示している。『サンクチュアリ』のモダンライブラリー版の序文（一九三二）でフォークナーは、『サンクチュアリ』オリジナル原稿の書き直しについて、「『響きと怒り』や『死の床に横たわりて』をひどく辱めるものにならないよう努力した[2]」と述べている。一九三三年の『響きと怒り』限定出版のために書いた序文原稿でも、彼は『死の床に横たわりて』について、「もし再び筆を執ることがないとしても、いざというときにそれにすべてを賭けられるような本を書く[3]」決心であったと述べ、この作品が芸術家として恥ずかしくない作品という認識を持っている。ただしこの序文のなかでフォークナーは、『響きと怒り』で感じたような「エクスタシー」（七〇九）はその後二度と戻らなかった、と嘆いている。彼によれば『死の床に横たわりて』は着手したときから結末がわかっていた。金儲けの意図があらかじめあった『サンクチュアリ』は別として、『死の床に横たわりて』は、フォークナーに『響きと怒り』のエクスタシーの不在を気づかせてくれた最初の作品である。

しかしエクスタシーが失われたという告白は、読者市場を認め、なおかつ芸術性を追求し続けるプロの作家としての自覚の表明ともなる。『響きと怒り』の序文で彼は、芸術家としてのイニシエーションは『響きと怒り』で終わったとにおわせ、『死の床に横たわりて』は「力業」（七〇九）ではあるが作家自身の統制の効いた定常の仕事、と位置づける。（もっとも『響きと怒り』序文は、限定出版の企画が流れて日の目を見なかったが。）『死の床に横たわりて』執筆状況は、唸りをあげる「ダイナモ」のそばで書くことが象徴するダイナミックな想像力と、ボイラーハウスでの夜勤という日常性のコントラストが、作家の保つ精神的均衡を効果的に説明する。[4]

確かにこの小説は、空と大地の葛藤など、これまでのフォークナーの重要なイメージを多様な形で展開しながらも、作者が大地を自分の領域と定めた覚悟を明らかにする。フォークナーがその後送られてきた『サンクチュアリ』ゲラ刷り原稿を修正する気になったのは、エステルとの結婚直前のせっぱ詰まった不安な気分から比べると、結婚後のフォークナーの精神に多少の余裕ができていたからであろう。だがそれと同時に、『死の床に横たわりて』で彼が到達した境地が、『サンクチュアリ』オリジナル版に突出した女性嫌悪の修正に役だったと考えられる。『死の床に横たわりて』でフォークナーはバンドレン一家の母親の遺体にこだわり、今まで忌避してきた女性性に歩み寄って、女性に芸術家の原点との類似を認める。その認識を経てフォークナーは、芸術家として社会と本格的に向き合う準備が整う。

『死の床に横たわりて』の作品解釈はさまざまで、苦難の旅を成し遂げる一家の感動的な物語として評価されたり、反対に、旅の隠れた目的がそれぞれバラバラな家族の不条理劇としてとらえられたりしてきた。[5] またフロイト的な精神分析の立場からアディを父権的、男根的母親として糾弾する解釈がある一方、フェミニズムの立場から母性、女性性の概念を再検討してアディを擁護する議論がある。[6] ポスト・コロニアリズムの立場に近いエリック・J・サンドキストは、『死の床に横たわりて』をフォークナーのモダニズムの代表作として、『八月の光』以降の人種差別的南部社会批判精神が顕著になる作品群と対比させようとする。[7] しかしジョン・T・マシューズやワーウィック・ワドリントンは、フォークナーの社会的関心はすでに『死の床に横たわりて』にも見られる、という立場をとっている。[8]

本論文も、『サンクチュアリ』の書き直しを別として、『死の床に横たわりて』がフォークナーのキャリアの前期のまとめに当たる作品、と解釈するが、ここでは特にフォークナーの初期作品との関係を中心に検討する。第一節ではこの小説の題名について、『父なるアブラハム』や「カルカソンヌ」と関連させて考える。第二節では『兵士の報酬』とも比較しながら、アディやダールが示唆する芸術家像、さらに今後のフォークナーの進路について考える。今までの作品群の流れを受けて、『死の床に横たわりて』がフォークナーの前期の創作活動をある意味で締めくくり、彼が『八月の光』以降、より社会性を広げてゆく過渡期的作品であることを明らかにしたい。

一

『死の床に横たわりて』とそれまでのフォークナー作品の関わりを考える上で一つの鍵となるのは、その題名である。フォークナーはこの小説を書く前に、すでにこのタイトルを別の短編に用いている。短編「死の床に横たわりて」は、フォークナーが一九二六年から二七年にかけて書いたといわれる作品『父なるアブラハム』の、フレム・スノープスがテキサスから連れ帰った斑馬を競売にかける話を新たに語り直したものである。[9]「死の床に横たわりて」は、一九二八年一一月に雑誌『スクリブナーズ』社に持ち込まれたが採用されず、フォークナーは同じ題名でもう一つのヴァージョンを書いているが、これも採用されていない。[10] 結局彼は一九二九年一〇月、題名が内容によりふさわしい小説『死の床に横たわりて』に着手した。短編のほうは、同じ題材をもとに「小百姓たち」というタイトルで一九三〇年八月に雑誌社に送られたが採用されず、後に「アリア・コン・アモーレ」という題で書き直され、それでも採用されず[11]、さらに「斑馬」という題名のもとに変更を加えて一九三一年六月、ようやく『スクリブナーズ』誌に掲載された。[12] この斑馬のエピソードは後に小説『村』（一九四〇）に組み入れられる。

『父なるアブラハム』や短編「死の床に横たわりて」の斑馬のエピソードは、小説『死の床に横たわりて』と直接の関係はない。[13] しかし小説のなかで、ジュエルの馬は二五年前フレム・スノープスがテキサスから連れてきた斑馬の子孫であると語られている。ジュエルがこの馬を買ったロン・クウィックの父親はその昔、他の農民達が皆買ったばかりの野生馬を取り逃がしてしまうなかで、ただ一人捕まえることに成功していた。斑馬を通して小説『死の床に横たわりて』と同名短編、さらに『父なるアブラハム』はつながる。

それでは馬とこの題名はどうつながるのか。小説『死の床に横たわりて』については、題名が『オデッセイ』のなかの、他の男に通じた妻クリュタイムネストラによって殺されたアガメムノンのせりふから採られた、という説明がなされている。[14] しかし小説で死んで横たわるのは、アガメムノンのように妻に不倫をされたあげく殺される夫ではなく、不倫をした妻アディなので、矛盾はある。さらにフォークナーがそれ以前に斑馬のエピソードをどういう理由で「死の床に横たわりて」と名付けたのかは不明である。短編「死の床に横たわりて」原稿の一つは、「判事」の甥である語り手が村人たちに会って斑馬の話を聞いた形をとるが、[15] この語り手が死の床に横たわって語っているわけではない。

〈死の床に横たわりて〉という題名の謎を解くには、斑馬が登場する『父なるアブラハム』より前に書かれた「カルカソンヌ」にまでさかのぼる必要があるだろう。「カルカソンヌ」の浮浪者詩人は、「**私は王の王だったが、女が、犬の目をした女が私の骨をたたき・・・**」(CS 八九八)と述べている。「**犬の目をした女**」というのは、フォークナーが『死の床に横たわりて』の題名の由来であるとした『オデッセイ』一〇章の引用箇所「私は死の床に横たわり、犬の目をした女は私が地獄に降りてゆくときに私の目を閉じようとはしてくれなかった」に重なり、彼がすでに「カルカソンヌ」を書いていたときから殺されたアガメムノンのせりふに関心があったことを伺わせる。

ブロットナーはフォークナーの伝記のなかで、小説『死の床に横たわりて』のダール・バンドレンと「カルカソンヌ」の主人公が詩的才能を持った狂人の一種、という点で似ていると述べている。[16] ブロットナーはそれ以上この二つの作品を関連づけようとしていない。しかし「カルカソンヌ」の主人公が、一方で海底に横たわる死体としての自分を想像しながら馬に乗って空を駆け昇っていく夢を見ていることに、もう少し注目しても良かろう。そこには『死の床に横たわりて』と共通する、横たわる死体と躍動感にあふれる馬の一対がある。屋根裏部屋でタール紙にくるまって横たわる「カルカソンヌ」の浮浪者詩人は、死にかけているかもしれない。もちろん、『死の床に横たわりて』で死んで横たわっているのはアディ・バンドレンであって、詩才の片鱗を見せるダールではない。またアディの死体を町へと引いていく間、馬に乗っているのはジュエルであってダールではない。しかもこの馬は空を駆けるわけではない。しかし『死の床に横たわりて』のアディは、常に言葉と行為の関係を突き詰めて考え、詩人との接点を持っていた。『死の床に横たわりて』という題名は、「カルカソンヌ」の主人公の詩人が屋根裏部屋に横たわりつつ、自分の溺死体と、馬に乗って自分が空を駆ける幻想を同時に見ている姿から連綿と続く想像力が生んだ、と考えられる。

フランス中世都市の面影をとどめる町の名を取った「カルカソンヌ」という題名や、ゴドフロア・ド・ブイヨン等中世の騎士の名への言及から判断すれば、馬に乗る浮浪者詩人は中世騎士物語の幻想を抱いていたであろう。しかし「カルカソンヌ」は、騎士物語であるよりはロマン主義的な芸術家の野心を語る寓話、さらには主人公が死をものともせず突き進んで大地の母と巡り会うという根源的な生と死の寓話となっている。しかもフォークナーの馬は、「カルカソンヌ」の後の土着的な物語『父なるアブラハム』を経ると、もっと性的な、より奔放な自由のイメージを獲得する。

短編「死の床に横たわりて」のもととなった『父なるアブラハム』は、ブロットナーによれば、フォークナーが「カルカソンヌ」を書き、『蚊』を書き上げた後、かねて考えていたこの計画に着手したものである。[17]『蚊』は第三章でみたように、ニューオリンズの芸術家集団が金持ちの未亡人のヨットに集う話だが、溺死が強迫観念のように彼らにとりつき、またエピローグでは「カルカソンヌ」の詩人を思わせる浮浪者の路上死が描かれていた。それに対して次に計画された

『父なるアブラハム』は設定が一変して、南部農村のどん欲と男の出世物語になるはずであった。『蚊』のように、作品中で芸術家が資本主義社会と対抗する姿は描かれないが、フレム・スノープスに代表される市場経済の侵入を作者がどれほど芸術作品化できるかがここでは問われている。その作品が未完に終わったことは、資本主義社会の新興勢力をテーマとする若き芸術家フォークナーの企ては、この時点で失敗だった、ということになる。しかしフォークナーは『父なるアブラハム』の斑馬のエピソードを、その後執念深く何度も語り直している。彼は疾走する馬にヨクナパトファ・サーガのなかで繰り返されるべき神話的要素の一つ、すなわち市場原理に対抗し、彼の想像力を鼓舞する核となる生命力を見たのであろう。『父なるアブラハム』は、「カルカソンヌ」の馬が中世の騎士物語の属性を離れ、地上にあっても世俗の力と対抗し、アメリカ南部農村の具体的で、しかもフォークナー独自の想像力に育まれた馬に変わる作品として重要である。

『父なるアブラハム』でフレム・スノープスはユーラ・ヴァーナーと結婚し、新婚旅行でテキサスに行く。ユーラは未婚のとき、村の男たちの人気の的であった。彼女はそのうちの一人によって妊娠してしまったので、彼女の親は彼女をフレムと結婚させて体面を取り繕う。よって一年後ユーラがテキサスから帰ったとき、少々大きすぎる赤ん坊を抱いていた。フレムがこの状況をどう考えていたかは全く語られないが、彼がユーラの性愛の後始末を、町へとのし上がる出世の機会として利用したのは事実である。『父なるアブラハム』では、フレムは彼女より遅れて、テキサスの男と斑馬の群を連れて戻ってくる。フレムが連れてきた奔放な野生馬の群は村の男たちを興奮させてしまうが、それはまるでユーラが発散していた性的魅力の代替物であるかのようだ。しかも、斑馬のエネルギーに加えて競売の異様な雰囲気に飲まれた男たちは馬を競り落とし、挙げ句の果て、逃げ出した馬の群に右往左往する羽目になる。『父なるアブラハム』では『村』ほどユーラの性的魅力は誇張されていない。それでもユーラの結婚によって抑圧された男たちの性的欲望と男たちのどん欲がもたらす混沌、そしてそのどん欲を圧倒する馬の生命力が、疾走する斑馬によって表現される。競売で金を費やすことによって男たちの欲求不満は一時的にはけ口を見いだすが、斑馬はつむじ風のように逃走して、農民たちが金を払ってそれらを自分の所有物とした事実を台無しにしてしまう。斑馬は人に怪我を負わせ建物を壊し、農民たちに損をさせ、フレムとユーラの結婚に象徴される交換取引をあざ笑う。斑馬は『父なるアブラハム』では「桃や梨やリンゴの花が咲く」(二二) 四月に連れてこられ、ユーラが発散する性的魅力と相まって豊かな性を連想させるが、怒涛のごとく逃げる馬の生命力は男たちの性欲すら凌駕する。

「カルカソンヌ」でも『蚊』でも、理想を抱く芸術家は市場の金の力に脅かされている。[18] 『父なるアブラハム』の馬の競売をもとにした短編に「死の床に横たわりて」という妙な題をつけたとき、作者は、「カルカソンヌ」の浮浪者詩人のように貧窮した瀕死の詩人として、斑馬の奔放な生命力を幻視していたのではないか。『父なるアブラハム』でフレム・スノープスは金儲け主義に徹して、のちにヨクナパトファ郡一体に広がるスノープス一族の長として君臨する。一方、経済的に無力な芸術家は、野生の幻想的で伝説的な馬のイメージを語ってスノープスに対抗する力を表現する。斑馬は破壊的で、市場制社会を打破する希望というには危険すぎる力を秘めているが、フォークナーは芸術的創造のためにそのようなデモーニッシュな力を必要とする。斑馬のエピソードのヴァージョンのひとつが、「アリア・コン・アモーレ」と題されているのは、ユーラの性愛を暗示するだけでなく、芸術家にとって斑馬のイメージがどれほど重要か示していると も解釈できる。

小説『死の床に横たわりて』では、斑馬の競売前後の事情は明らかではない。しかし村の男たちの話しぶりから、斑馬が伝説的な存在であることは窺える。テキサスから連れてこられた馬の子孫を、ジュエルは深夜四〇エーカーの土地を一人で開墾するという過酷なアルバイトで手に入れた。ヘラクレスのような英雄的な仕事がその馬を手に入れるには必要である。ここではユーラの結婚話や彼女の性的魅力については全く言及されていない。しかしジュエルが毎夜家を抜け出すことについて、兄弟のキャッシュとダールはてっきり彼が女と逢い引きしている、と考えて相手の女性の精力に感心している。性に関する彼らのほら話的なユーモアは、ユーラに関するものと共通し、ジュエルの馬は性的なものと結ばれ、さらには伝説的な斑馬の子孫として、小説のなかで特異な位置を占めている。

ただし『死の床に横たわりて』では、斑馬のエピソードに含まれる牧歌的な調子は長くは続かない。母の遺体を運ぶ旅では、『父なるアブラハム』の斑馬よりも生と死の修羅場をくぐり抜けてきた「カルカソンヌ」の馬のイメージが、ジュエルの馬のモデルとして前面に出る。ジュエルの馬は奔放な力強さ、自由の象徴であるが、同時にそれはジュエルにとって彼が独占したい、しかし独立するためにそこから彼が自由になるべき母アディの象徴でもある。ジュエルは馬を暴力的に、また性的対象のように愛しているが、隙あらばジュエルを蹴り上げようとする馬との関係は、彼にとって身体的な危険を伴う緊張したものとなる。またキャッシュは、洪水の川に飲まれたとき、ジュエルの馬に捕まって溺死を免れて濁流のなかから死人のような姿を現し、しかし川岸にあがったその馬に蹴られる。ジュエルの馬は、バンドレン家の息子たちを生へと導きながら死とも対面させる。「カルカソンヌ」の馬は浮浪者詩人に、まっぷたつに切られていながらそのまま駆け続けたという中世の馬を思い出させるが、『死の床に横たわりて』の斑馬もそのような生と死の両義性を引きずっている。

「カルカソンヌ」でも『死の床に横たわりて』でも、ギリシャ神話のメドゥーサの話は直接には出てこない。[19] しかし「カルカソンヌ」の詩人はすでに見たように、『オデッセイ』のアガメムノンの語りの一部を引用してこの作品とギリシャ神話の関連性をほのめかしている。アンリ・ジャンメールによれば、馬は死者を乗せていくものとして古代ギリシャの死者信仰に欠かせなかったという。[20] また浮浪者詩人が乗る馬は天馬ペガサスのように空を駆け昇るが、ペガサスは斬り殺されたメドゥーサから生まれた。[21] 詩人が幻視する海底の溺死体もメドゥーサの死体に類似する。言葉によって理想の高みに登り詰める「カルカソンヌ」の主人公は、おぞましい自らの身体をあとにする。

一方『死の床に横たわりて』では、息子たちは母の死体に悩まされる。アディが臨終を迎えたとき、遺骸の傍らに突っ伏して泣く娘デューイ・デルの「黒髪の広がり」(五〇)が描写されている。黒髪は若い女の豊かな生命力を示しているが、それは同時にメドゥーサのうごめく蛇の髪のような不気味さもある。メドゥーサ的な生と死の併存は、息を引き取ったアディと、密かに妊娠してしまったデューイ・デルという母娘で示されるが、息子たちは生と死の両方を含む身体のおぞましさからとりあえず逃亡する。ダールは母の腐乱死体を増水した川に流し、もしくは火事の火で燃やしてしまおうとする。遺体を遺言通り町まで運ぶことを主張するジュエルも、母の棺をのせた荷馬車ではなく馬に乗ってジェファソンへの旅に加わる。一人で馬に乗っている限り、ジュエルは母の棺から独立している。またアディの臨終に立ち会った末っ子のヴァルダマンは、その後納屋に直行し、ジュエルの馬にさわることで母の死の衝撃を和らげる。死んだ母の元から逃げ出し、活力あふれる馬に触れて一体化しようとするヴァルダマンの行為もジュエルと同様、母の代替物となる馬を示唆する。

アディとダール及びジュエルの関係は、「カルカソンヌ」の溺死体と天駆ける詩人や、身体と言語の対立の流れを汲んでいる。アディは言葉と行為の一致を熱望しているが、一方でそれが不可能に近いことを知っており、彼女の遺言を忠実に実行するジュエルと、言葉と行動の落差にもがくダールは、彼女の二面性をそれぞれ表している。ダールは母から愛されていないが、言葉と行動の乖離に悩まされている点でアディとよく似ている。彼は、母の遺言実行のために旅するはずの家族が、それぞれ密かなジェファソン行きの動機を持つことに気づいている。言葉と行動のずれに絶望した母の怨念に苦しみ、腐乱死体を消滅させようとするダールは、自分の溺死体を残して空を駆けたい詩人に近い。もっとも言葉に絶望したアディにとって、あくまでもアディの言葉に従って行動するジュエルこそ「救済」(一六八)であり、言葉本来の効力を復活させる英雄として空へ駆ける馬に乗るにふさわしいのかも知れない。

ジェファソンにアディが埋葬され、家族の隠れた動機を意識し続けるダールが精神病院送りとなった時点で、アディの遺言は一応遂行され、ジュエルの執念が勝ったように見える。しかし描写もされないアディの埋葬後、アンスはあっさりと新しいバンドレン夫人を紹介する。アディの遺言は本来、空虚な言葉に安住しているアンスに言葉と行為の一致の困難さを思い知らせる意図が込められていたのではなかったか？遺言実行の旅という名目のもと、アンスは入れ歯と新しい妻を手に入れ、長旅にさして痛痒を感じていない。旅の結果と比べ、身体と言語をめぐるアディの長年にわたる葛藤や、旅の間に負傷するキャッシュ、精神のバランスを崩すダールの犠牲はあまりに大きいようにみえる。「カルカソンヌ」の最後では、詩人は「暗く悲劇的な姿をした大地、つまり彼の母」（CS 九〇〇）に巡り会う。しかし『死の床に横たわりて』では、火と水の試練をくぐり抜けた息子たちは「アヒルのような」女性（二六〇）を新たな母として紹介され、精神病院送りとなったダールは笑いの発作を起こしている。死を賭した旅の果てに発見した蓄音機持参の凡庸な新しい母の登場で、この小説は「カルカソンヌ」のパロディとなる。

この小説は「カルカソンヌ」の結末ばかりでなく、『父なるアブラハム』の斑馬のエピソードも矮小化してしまう。『父なるアブラハム』の野生馬は、競売にかけられたにもかかわらず囲いから逃げ出して、フレムの商売に踊らされる百姓たちの愚かさをあざ笑う結末となった。そのなかでかろうじて一頭残った馬の子孫をジュエルは超人的な労働によって買い取るが、この斑馬は、飼い主ジュエルとほぼ対等な自由な立場を享受していた。しかし結局ジュエルの馬はジェファソンへの旅の途中に騾馬付き荷馬車との交換に使われ、再びスノープス一族の元に戻る。『父なるアブラハム』の斑馬はユーラの性的魅力を連想させ、百姓たちのどん欲からもフレムの冷徹な利益追求からも自由な存在であった。しかしその子孫である馬は『死の床に横たわりて』で交換市場のなかに戻ってくる。ジュエルはジェファソンへの旅の途中、馬の飼料のまぐさ一束すら他人の厚意に甘えず、代金を支払うと主張する。それは彼と斑馬の独立を確保するようだが、むしろ、馬を契約社会のなかに拘束してしまうことになる。「カルカソンヌ」の馬は詩人を空へと誘う想像力の駆動力であった。しかし『父なるアブラハム』の競売の場から怒涛のように逃げ出した斑馬の末裔のジュエルの馬は、交換経済の環のなかに返される。

このように『死の床に横たわりて』は、それまでのフォークナー作品でおなじみのイメージを用いていながら、それらが表していた意味をそのまま踏襲するのではなくてパロディになっている。さらに今までのフォークナーの空と大地の間の逡巡で、この小説は概して空から地上へ、身体性の受け入れ、世俗性の容認へ、という方向性を示している。アディは空虚な言葉が「細い線となってすばやく無害に昇ってゆく」(一七三)のを軽蔑する。彼女は、空へ昇る言葉よりも、

「恐ろしい血」（一七四）が流れる大地と共感する身体を信頼する。

フォークナーの主人公の地上への帰還はもちろん、ごく初期の「丘」にも示されている。また人一倍言葉に敏感でありながら大地の側に立つアディが抱く絶望は、初期の詩にも同種のものがある。しかしアディのように言葉に対する激しい抗議を公然と表明する者はなかった。しかも『死の床に横たわりて』で身近な鳥は、アディの死臭を嗅ぎつけて地上に降り立つハゲタカである。フォークナーは、サンドキストが指摘しているように、一九五六年ジーン・スタインとのインタビューで「何でも食べる」ハゲタカになりたいと答えている。[22] それは彼の初期作品のハヤブサや鷹へのあこがれと比べて意表をつく答えである。[23] 空へと昇るハヤブサではなく、地上へと降り立つハゲタカが強迫観念となるこの作品はやはり、一つの転換点といえる。これらのイメージの変化の意味を次節でさらに検討してみよう。

二

〈死の床に横たわりて〉というのは、フォークナーの前期の作品で理想を掲げて空を駆ける主人公が、現実には身体性に束縛されている状態を示す。「カルカソンヌ」の幻想はもちろんのこと、『兵士の報酬』では、帰還兵士ドナルドは第一次世界大戦の空中戦を経験した生ける屍のようである。平石貴樹氏は『メランコリック　デザイン——フォークナー初期作品の構造』で、フォークナーの初期作品にドナルドやアディのような、作者の視点に深く関わる「擬似死者」というべき不動の人物がしばしば登場することを指摘している（七二）。アディの死の意味は、壮大な野心を抱きながら死に向けて横たわる「私」の系譜を、「カルカソンヌ」から『兵士の報酬』、『死の床に横たわりて』とたどるなかで考えることができる。だが、今まで〈死の床に横たわる〉芸術家は概して男であり、息子であった。『死の床に横たわりて』で、女性で母であるアディが横たわることの意味は何であろうか。

第二章で論じたように、『兵士の報酬』は第一次世界大戦の負傷兵を扱ったフォークナーの詩「ライラック」を連想させ、リンカンの死を悼むホイットマンの「ライラックがこのまえ庭に咲いていたとき」と比較することも可能である。フォークナーに会う直前、シャーウッド・アンダソンはニューオリンズで『父なるアブラハム』と題するリンカン伝を書いていたが、フォークナーの『父なるアブラハム』という題がそれに触発されたとすれば、[24] リンカンへの彼の密かな関心は『兵士の報酬』にすでにある。南北戦争の北軍の総大将であったリンカンの葬列が、列車で中西部の故郷に帰るのに対し、第一次世界大戦の飛行士であったドナルドは、瀕死の重傷を負って列車で南部に帰る。フォークナーは、北部の英雄である父親的存在のリンカンを記憶する詩人の試みを意識しながら、自らを息子としてドナルドに同定し、南部にとってリンカンよりさらに強力な、敗北した悲劇的英雄の父祖よりも、第一次世界大戦世代を強調しようとした。

一方『死の床に横たわりて』は、故郷の田舎町へ帰るアディの棺の旅である。父親的存在としてのリンカンや第一次世界大戦の名誉の負傷兵である息子ではなく、妻であり母である、夫のアンスにいわせれば「ひきこもる女性」（private woman 一八）である。その葬列はリンカンの場合のように、公に哀悼の意を示す儀式として社会の参加を要請するものではなく、逆に社会からは忌み嫌われ、違法、遺体への侮辱として一刻も早く埋葬することを要求される私的な遺体の旅である。しかもホイットマンの「ライラックがこのまえ庭に咲いていたとき」では、詩人がリンカンの死を言葉で悼み、記憶することを表明するが、『死の床に横たわりて』で詩人の役割を引き受けてしかるべきダールは、語りの多くを担当するものの、言葉と行為の裂け目に落ち込んでいき、反社会的行為をする狂人として精神病院送りとなる。

すなわちアディの遺体の旅とダールは、リンカンの遺体の旅とそれを語る詩人に対比していえば、反社会的、反体制的、反英雄的なペアである。[25]『兵士の報酬』のドナルド、彼を故郷へ送り届けるギリガンやマーガレットと比べても、アディとダールの反社会意識は鮮明である。言葉と身体に敏感であることが詩人の一つの条件だとすれば、『死の床に横たわりて』で詩人であることは、反社会的である。言葉と行為のずれに絶望したアディも、彼女の絶望を意識したダールも、言葉の曖昧さに気づかずにまたは利用してなれあいで事を運ぶ社会に抗議する。

アディのモノローグには彼女の怒りと失望が満ちている。アディは、身体が皮膚という境界を持つように、それぞれの言葉は明確な対象を指示し、各々の言葉が表す差異によってモノやコトを区切り、世界を秩序立てていると考えていた。その基本があってこそ、人は生きている自分の存在の証拠を、確固とした境界を突き破って他者に残すことができる。彼女は、鞭による体罰を通じて「生徒たちと自分の血が一つになって流れる」(一七二)と信じる。生命を内包した境界が意図的に暴力的に破られてのみ、他者同士は接触する。だからキャッシュを妊娠したことはアディにとって他者を自分の境界内に受け入れる大事件で、彼女は「生きることは恐ろしい」(一七一)という。それは恐ろしいが、生きている実感を伴うものであった。しかし愛が全く感じられなくなったアンスによって二度目の妊娠をしてダールを身ごもったとき、アディは怒り、「アンスとか愛より古い言葉というものにだまされた」(一七二)という。言葉の意味とは無関係に女は妊娠しうる。言葉の境界のなし崩しの破壊は彼女が知らないうちにおこり、「恐ろしい」という実感すら与えてくれない。

アディのために棺を作るキャッシュも、また彼に棺を作ることを依頼したアディも、堅牢な境界を望んでいる。言語が頼りなければ、棺桶のように目に見え、触れる境界が欲しい。だがアディのモノローグのなかでアンスの空虚は空白で表される。活字の連なりが続く紙面上の空白は、次第に広がって境界を崩壊させるのでは、という脅威になる。アディはホイットフィールド牧師との恋愛で「罪」という言葉の革新性を取り戻し、人が言語と常に緊張関係にあるような状態を作り出そうと試みた。彼女には、「罪」という言葉にも決まりきった意味しか見ないコーラ・タルに代表されるような世間に挑む意図がある。しかし葬式に駆けつけたホイットフィールドのモノローグが示すように、彼は言葉の欺瞞性に逃げ込む男で、アディの試みは失敗である。彼女の最後の抗議は、遺言実行を迫る遺体の形を取って時間とともに腐る死体となり、せめて目に見える境界の崩れの脅威を明らかにすることである。もちろんアディも、洪水のために旅が九日間もかかると予想していたわけではない。しかし通常でも少なくとも二日かかるジェファソンまでの旅で、バンドレン一家も旅の途中彼らに出会う人々も、言語と行為の一致について考えさせられる。「私の復讐は私が復讐していることをアンスが知らないことにある」(一七三)とアディは言う。しかし復讐は、アンスだけでなく、意味のない言葉によって支配されるこの世界全体に向けられている。彼女は言語機能に対する社会の共同幻想を、身体を用いて告発する。

一方ダールは、共同体がとりあえず遵奉している意味を保証するのではなく無意味を指摘する、社会に祝福されない芸術家である。アディの死は、共同体はおろか家族のなかですら共通の動機によって弔われるわけではない。バンドレン家の子供たちはそれぞれ母を亡くした悲しみを抱えてはいるが、彼らの悲哀が言葉となりお互いに交わされて共有されることはない。それぞれ町へ行く個人的な動機を持っている家族にとって、旅の大義名分とのずれを意識させる千里眼のダールはやっかいである。「ライラックがこのまえ庭に咲いていたとき」では、薮のなかで歌うツグミは人々の悲しみを代表して歌う詩人となる。しかし『死の床に横たわりて』では歌う鳥はなく、腐肉を見つけたハゲタカが舞い降りる。旅の無意味を意識させるダールは、アディを腐肉と認識するハゲタカと同じくらい呪われた存在となる。

しかもダールは、アディの遺骸を焼失させるために他人の納屋に放火した。家族がダールの行為に正当性を認めれば、彼らは放火にあったジルスピー一家の訴訟を受けてたたねばならない。バンドレン一家はそれを避けるため、ダールを狂気として排除して精神病院に送る方を選ぶ。ダールの行為をある程度理解し、旅に疑問を抱くキャッシュも、他人の労働の成果が詰まった納屋に放火することを反社会的行為と考える。経済活動を損なうかどうか、が基準となる社会で、ダールの居場所はない。

芸術家は、「ライラックがこのまえ庭に咲いていたとき」のように常に人々と共同記憶を紡ぐとは限らず、家族とも共同体とも敵対して、危険人物視される可能性がある。『死の床に横たわりて』では作家は、社会的要請にこたえるのでもなく、社会と個人をつなぐ役割を果たすのでもない。作家はもっぱら、一個人が社会の秩序に挑む破壊力となり、社会が受け入れる言葉の欺瞞性を告発し、言語の共有という前提を否定することを語る。アディは死んだ英雄のように讃えられ鎮められることを拒否し、反対に共同体の言語を解体しようとする。南北戦争の栄光が語り継がれるのを聞き、また同時代の第一次世界大戦という「偉大な戦争」に参加し損ねたフォークナーにとって、英雄を語ること、または英雄として語られることへの警戒と羨望は『兵士の報酬』や『埃にまみれた旗』に明らかだが、『死の床に横たわりて』では、まやかしの言語で共同体と連帯して悲哀と喪失の記憶を残すことは否定される。ダールは第一次大戦に参加していたようだが、彼の戦争の記念品は女と豚の卑猥な絵のあるのぞきめがねである。戦争参加者はもはや英雄ではなく、共同体のなかに取り込まれもしないし、兵士が見る戦場の狂気と暴力の代替物として、性の慰み物の商品がある。

初期のフォークナーでは、溺死体となって地上または水中に残される死体より、空へ向かう詩人、または詩人が見る幻想的なイメージが重要だった。しかし『死の床に横たわりて』でフォークナーは、詩人の身体を原点として言葉と行為の乖離を意識し、それを社会のなかの芸術家の出発点とする。アディは、母に愛されないダールが、それでも彼女に呼応して、共同体に認められている意味も言葉も疑う詩人となるもととなる。この小説でフォークナーは、女性イコール他者として恐れる女性嫌悪をやや修正する。アディを死にゆく詩人に重ねることで、フォークナーは女性と詩人に共通する私性の重要さを見、身体が社会の言語感覚とのずれを最も敏感に感じ取ること、個は社会と異質であることを確認する。

バンドレン一家のなかでダールが社会から排除されることを悲しむのはキャッシュとヴァルダマンだけだが、キャッシュは合理的な説明で自らを納得させ、「この世はあいつの住む世界じゃない」（二六一）という。それに対し、幼いヴァルダマンは混乱しながらも言葉で現状を整理して、分裂する家族の同質性を必死で確認しようとする。キャッシュは骨折しているが、自分も父もダールもジュエルもデューイ・デルも骨折していないと述べた後、ヴァルダマンは「キャッシュはおいらの兄ちゃんだ」（一九五）と確認する。さらにダールは「気が狂ってジャクソンへ行った」（二五一）が、残りの家族は狂わなかったしジャクソンにも行かなかった。しかしダールはやはり「おいらの兄ちゃんだ」（二五一）。ヴァルダマンは、アディがとっくにあきらめた言葉の力によって混沌とした現実を理解しようとする。しかし彼が言語で確認したがる家族の同質性は、すでに見たように精神上も身体性においても危うくなっている。アディが産んだジュエルはアンスの子ではない。そしてヴァルダマンが、自分とデューイ・デルの脚が月光のなかで「黒く見える」（二一六）と指摘し、負傷したキャッシュの脚と、火傷を負って治療の為に煤入りバターを擦り込まれたジュエルの背中が「黒んぼみたい」（二二四）というとき、ヴァルダマンは知らずに、家族ばかりか白人社会の同質性の危うさを指摘する。幼い子供のいうことは無視されるが、ヴァルダマンの感想は、腐乱死体となるアディと狂気に陥るダールの異質性が、当然と思われている白人共同体の同質性そのものを揺るがせる可能性を示唆する。

『死の床に横たわりて』より前に書かれた『サンクチュアリ』オリジナル版では、女性はおぞましいものとして恐れられ、毒を仰いだボヴァリー夫人の黒い嘔吐物は黒人に対する無意識の恐怖とつながる。[26]『死の床に横たわりて』のアディにも『ボヴァリー夫人』とのグロテスクな類似性が見られるが、ここでは女のおぞましさと「黒」との結びつきは抑制されている。アディ・バンドレンとエマ・ボヴァリーの共通項は、どちらも花嫁衣装を着て棺に収まったヒロインの顔につけられる傷、という苦い喜劇性である。[27]『死の床に横たわりて』では『ボヴァリー夫人』の題名は全く言及されていないが、『サンクチュアリ』でボヴァリー夫人が何度も言及されていることを考えれば、このエピソードが『ボヴァリー夫人』を意識していることは明白であろう。[28]ボヴァリー夫人が小市民的中流生活の倦怠のなかで大衆小説に熱中し、そこに書かれたロマンチックな不倫にあこがれて実行するのに対し、アディは自分は「愛」や言葉にだまされたと判断し、意識的に牧師と不倫をして「罪」の意味を新たに作り変えようとする。大衆小説の言葉を盲信した消費者と、南部の片田舎で農民として働きづめで、言葉よりも行為を信じる反抗者は対照的である。しかしアディとボヴァリー夫人は次に述べるように、近代市場に敗北する者として共通する。

ボヴァリー夫人は消費経済市場で踊らされ、借金を抱えて自殺するが、「恐ろしい母」であるアディでさえ、町に着くとさっさと新しい母に取り代えられる。ボヴァリー夫人とアディの死に顔が共に傷つけられるのは恐ろしくも滑稽だが[29]、彼女らの人生の結末も同様の反応を誘う。ボヴァリー夫人は消費経済の犠牲者であると共に享受者だった。アディも、不倫の子を精算するためにデューイ・デルとヴァルダマンをアンスへの補償として産んだ、と言い放つほど契約社会の考え方に毒されていた。アディへの約束を履行したアンスが、この機会を利用して新たな結婚契約を結ぶことに彼女は文句が言えないであろう。

アンスは、ジュエルの馬を騾馬つき荷馬車の代金として売り、アディ埋葬のためのスコップを借りに行ったのを機に再婚の交渉まですませてしまう。無為無策、不活発の代表のような彼は、今までも彼の家族や、勤勉で抜け目のないタル夫婦ら隣人たちをうまく利用するすべを心得ていた。ダールを精神病院に送ることになった経緯についてはキャッシュが漠然と説明するが、その背後にはやはりアンスの決定があったはずである。一家は、町への旅を続けるかどうか節目では常に父親の最終決定に従っており、たとえアンスが言葉で明確に言わなくても家族はその意志通り行動する。家族のなかでただ一人コストに見合う望みのものを手に入れ、亡妻の遺言実行という社会的名分を果たし、訴訟を免れて新たな出発をするアンスは、十分この市場経済社会で生きてゆける。[30]ジョン・T・マシューズは、熾烈な経済競争を生き抜いていかねばならないアンスにうっかり同情を示して、フェミニスト批評家の不興を買っているが[31]、実際アンスは最小限の労働で他者を最大限利用し、フレム・スノープスと交渉もできる、市場経済社会のしたたかな一員である。

この小説は、ダールの喪失を嘆きながらも、新しい母が蓄音機を持参したことに慰められるキャッシュの語りで終わる。芸術家と一脈通じる職人気質の彼も、マシューズが指摘するように、大量生産され複製される音楽を娯楽として新しい母と共に受け入れる。[32]『死の床に横たわりて』ですべては機械文明をもたらす市場経済に敗北するのだろうか?

芸術家の面影を持つダールは精神病院送りになることで、埋葬されたアディに代わって生ける屍となり、地上に留まって社会を笑い続ける。病院送りになる彼のモノローグは支離滅裂ではあるが、彼を護送するために「州政府の金で出張する州の役人は近親相姦である」(二五四)と言う等、異質な人間を排除する法体制と資本主義で成り立つこの社会の胡散臭さが、狂気の笑いのなかに性的イメージで暗に批判されている。フォークナーのめざす芸術家は、空を駆ける馬の神通力もおぼつかないなか、死にゆく身体を言語再生の切り札としても、コピーを大量生産する機械文明の市場社会に勝つのは難しい。しかしフォークナーは芸術家として自らの異質性をますます意識し、暗い笑いで武装しながら、故郷が異物を排除して合理的な新南部経済社会をめざすのと向き合う。アディを通してフォークナーは、女性性を恐ろしいものとして遠ざけるのでなく自らの身体性の一部と認め、社会に対する芸術家の基本姿勢の示唆を得た。今後彼は家族の問題ばかりでなく、他者集団として異端視されて社会から組織的に排除される黒人たちへの意識を強めていく。

第七章『サンクチュアリ』
――合わせ鏡の迷宮

『サンクチュアリ』はフォークナーの原稿の日付によれば、一九二九年一月から五月にかけて書かれ、出版社に送られた。[1] この原稿を受け取った編集者ハリソン・スミスの反応が、これを出版すれば「我々は刑務所行きだ」というものであったことはよく知られている。[2] しかし約一年半後、思いがけずこの小説のゲラを受け取ったフォークナーは、その内容にショックを受けて原稿を修正し、『サンクチュアリ』は『死の床に横たわりて』より後の一九三一年に出版された。一九三二年出版のモダンライブラリー版『サンクチュアリ』の序文でフォークナーは、これは金儲けのために書いたと述べているが、実際この作品はスキャンダラスな内容ゆえに評判となり、彼の小説としてはよく売れた。（もっともこの本を出版したケイプアンドスミス社が倒産したために、フォークナーは印税を手にすることができなかったのだが。）

確かにフォークナーはこの原稿を書いていた時期、金が必要だった。昔の恋人エステル・オールダム・フランクリンはすでにミシシッピ州オックスフォードの町に戻っており、一九二九年四月には彼女の離婚が成立して、フォークナーは彼女との結婚を決意していた。フォークナーはハリソン・スミスへの手紙で借金を申し込み、「自分の名誉とある女性の正気と——そして生命のためにも」結婚しなければならないと書いているが、[3]定職のなかったフォークナーにとってもエステルとの結婚は精神的、経済的にきついものであったろう。当時『響きと怒り』は二月にやっと出版が決まったばかりで、フォークナーは出版は度外視して『響きと怒り』を書いたエクスタシーの経験はあったにせよ、実際に市場に作品を出すことの難しさは思い知っていた。『サンクチュアリ』出版事情は、芸術家としてのプライドと売れる作品を市場に出すことの間の葛藤を物語る。金儲けのために『サンクチュアリ』を書いたとしても、フォークナーはゲラ段階で内容を書き改めるために、自らそのための費用を半分分担した。全体に自虐的な調子の序文のなかで、この作品をそれまでの「『響きと怒り』や『死の床に横たわりて』をひどく辱めるものにならない」[4]よう書き改めることができたと思う、とあるのは、控えめながらフォークナーの芸術家としての自負を示すものであろう。

『サンクチュアリ』のオリジナル版と修正版の大きな違いは、およそ五点挙げられる。ひとつはリンチの場面で、これはオリジナル版よりむしろ修正版の方が詳しく描写されており、ゲラ段階でフォークナーに衝撃を与えたのは、暴力シーンではなかったといえる。第二に、オリジナル版冒頭の牢屋の黒人の描写は、修正版では一六章に移される。修正版は泉を挟んだホレスとポパイの描写で始まり、主要登場人物の対決が最初から強調される。また、ポパイの生い立ちが修正版では最終章に付け加えられているのも大きな違いである。

さらに修正の第四番目として、ホレスの女性嫌悪はオリジナル版の方が激しい。たとえばオリジナル版では、彼の妹ナーシッサや妻のベル、そしてルビー・ラマーが牢屋にいる幻想がある(二五四)。ホレスは女性たちについてそのような幻想を抱く自分を、汚水から生まれながらそこから逃げたがっているハエにたとえている。この表現は修正版では削除されている。『サンクチュアリ』オリジナル版のいささか病的なホレスの心理描写は、『埃にまみれた旗』が一九二九年に『サートリス』として出版されたときに削除されたホレス関係の文章が復活したものが多い。ハエを生み出す汚物、というイメージはもともと『埃にまみれた旗』で、ホレスが不倫関係にあるベルの妖しい魅力から逃げられない状況を説明するのに使われたものである(『埃にまみれた旗』二八八—八九)。『サンクチュアリ』のオリジナル原稿修正は、女性嫌悪、特に母親のおぞましさを抑制する方向にある。その結果ホレスは、死を宿した母に苦しめられる息子であるより、娘に対し権威をふるいたがる父、またはそれに近い存在となる。

修正の五番目めとして、オリジナル版でホレスは、『埃にまみれた旗』にでてくる匿名の手紙に言及している。[5] ここで彼は妹ナーシッサが猥褻な匿名の手紙を受け取っていたことを知っているが、修正版ではこの箇所は削除され、バイロン・スノープスが書いた手紙はいっさい言及されない。『サンクチュアリ』はバイロン・スノープスとは関わりがないのでこの話が削除されたのは妥当だが、オリジナル版では、女とのぞき見のテーマが『埃にまみれた旗』から引き継がれていることがよくわかる。

このように『サンクチュアリ』は概して『埃にまみれた旗』と関係が深い。『サートリス』出版のために『埃にまみれた旗』から削除されたホレス・ベンボウの心理は、『サンクチュアリ』オリジナル版でかなり復活する。ただしホレスの過度の女性嫌悪は、修正版では再び削除される。『埃にまみれた旗』を『サートリス』に変更して出版するために、フォークナーがどれほど積極的に関与していたか定かではないが、フォークナーのエージェントとなったベン・ワッソンの削除の提案に、フォークナーが内心は不満であったことは明らかである。[6]『埃にまみれた旗』のホレスやバイロンに見られる「のぞき見」のテーマは、『サンクチュアリ』の重要な問題として再び取り上げられる。『埃にまみれた旗』でナルシシストの鏡として登場したはずのナーシッサが独自の身体を持ち、他者としての存在を顕わし始めたことはすでに述べた。『サンクチュアリ』は、その扱いかねる他者の身体を視線によって制御された像と化し、もう一度自分の支配下におこうとする視者の欲望を語る。

フォークナーの小説では身体が、表象行為を行う言語と対置されるが、『サンクチュアリ』では、登場人物たちの表象行為は対象を見ることからすでに始まっている。見ること、語ること、表象することによって身体もしくは他者、さらに世界を制御したいという権力志向は、『埃にまみれた旗』や『響きと怒り』にもあった。しかし『サンクチュアリ』ではその暴力性がより明らかになる。そして言語化という表象作用に従事する作家も、暴力性や権力と無縁ではない。読者は作者が書いたものを読むところから始めねばならず、『サンクチュアリ』の語り手は、彼が見て表象した世界を読者に強要する。

もっとも作家のみが表象行為を行うわけではない。この小説でフォークナーは、作家の書くという表象行為ばかりでなく、社会が行う表象作用が個人を制御することにも敏感である。しかも表象の利用は社会的な強者からの一方通行とは限らない。『サンクチュアリ』での鏡は「合わせ鏡」という興味深い使われ方をしている。相手の身体をひとつの像として結ぶ点で鏡は表象作用を表し、今までもフォークナー作品のなかで重要なモチーフであった。しかし見る者が見られる者に逆転し、見る行為が反復される合わせ鏡は、見ることが他者との相互作用であることを明らかにする。

『サンクチュアリ』では視線の相互作用にさらされたホレスのナルシシスト的な夢が崩壊し、ホレスはその役割を終えてフォークナーの世界から退場する。弁護士としてのホレスは、社会正義を守るという意志はあるが、直面する現実に圧倒されてしまう。一方フォークナーは表象行為について、個人と社会、また芸術家とその作品と市場社会にわたって考える方向が定まる。社会が個人を規定し、ひとつの表象に固定化するのは一種の暴力だが、南部社会の表象作用の暴力は、黒人層へ最も意図的にかつ組織的に向けられている。人種問題の直接の取り組みは『八月の光』まで待たねばならず、黒人問題が南部社会の根本問題であるという予感は、『サンクチュアリ』では、不吉な黒のイメージで暗示されるにすぎない。しかしフォークナーの作家としての意識は明らかに社会全体へと広がりつつある。以下、第一節で『サンクチュアリ』でのフォークナーの語りの戦略の検証から始め、それがこの小説の見る行為とどうかかわるか述べる。第二節で見ることと見られることの相互反復性について、さらに第三節でそこからの離脱の可能性と、反復の呪縛状態が抑圧しているものについての議論を、個人のみならず作家と読者、さらに南部社会の問題として展開する。

一

『サンクチュアリ』は、レイプと殺人で事件が始まり、裁判での偽証とリンチ殺人に至るという陰惨な話で、その読後感は非常に重苦しい。その理由は内容が個人や社会の暴力と不正、腐敗に満ちているせいだが、読者が無力感に苛まれるのは作者の語りのせいでもある。『サンクチュアリ』は全知に近いと思われる無名の語り手が語るが、すべてを断定的に語る手法は読者独自の解釈の余地を与えない強圧的なものである。『響きと怒り』や『死の床に横たわりて』では、複数の語り手の異なった視点によって万華鏡のように変化する世界が示され、それが読者を当惑させる。それに対し『サンクチュアリ』では読者はとりあえず、語り手が提供する視点からのみ世界を見なければならない。

『サンクチュアリ』の語りの戦略は、即物的な描写をする中立を装った語りと、感覚的な比喩を用いて特定の強烈な印象を読者に刷り込む語りの組み合わせである。小説の冒頭、語り手はホレスとポパイが泉で出会い、オールド・フレンチマンの屋敷へ行って酒を飲む過程を語る。その際語り手はポパイの視点からホレスの視点へ、さらにはルビーへ、またホレスへと、視点をめまぐるしく変える。それは語り手が、どの登場人物からも距離を置いた中立の立場から語ることを示しているようにみえる。しばしば事実を即物的に簡潔に語る『サンクチュアリ』の文体はハードボイルド・タッチに近い。しかしどこにも属さない語り手は、物事を統合的に見ることを故意に拒否するかのようだ。語り手が次々と登場人物の視点を切り替えながら紹介し、脈絡のない行動を伝えることは、読者を疲労させる。テンプルは密造酒造りの屋敷のなかをあちこち駆け抜ける。人々はしきりに唾を吐き、嘔吐し、排泄する。登場人物の単純動作はそれぞれバラバラだが、語り手は無意味な多動性や汚物の排泄を強調することによって総合的な意味を否定するという、隠れた操作を行っている。

語り手の描写の意図的な即物性は、裁判の場で特に読者を困惑させる。テンプルがレイプされたのは事実だが、ポパイが性的に不能であるらしいことがわかっており、殺人事件を含めて正確に何が起こったのか、裁判で明らかになることを読者は期待する。しかし唯一裁判で明らかになるのは、テンプルのレイプに使われたという道具だけである。レイプと殺人の原因として、トウモロコシの穂軸という物的証拠だけが提出され、ポパイの残酷さの理由も、テンプルが偽証する真相も、読者には知らされない。読者は執拗に語られる悪に直面し、その解決もしくはせめてその原因究明を求めるが、このような結論は読者に残されたわずかな期待すら裏切る。小説の最後になって付け加えられるポパイの生い立ちの要約も、彼の冷酷さの原因解明には不足である。ポパイの遺伝的性質も、またポパイが彼の犯してはいない罪で死刑になる話も偶然性に支配され、人間が無力な世界を示している。『サンクチュアリ』の語り手は客観的な報告者にみえて実際は事実の無意味さを強調し、悪の世界を増幅して語る。

語りの中立を装う一方でこの語り手は、世界についての自分の感覚的な印象を読者に強要する。ポパイの顔は「熱い火のすぐそばに置かれて忘れられた蝋人形の顔のよう」（五）に顎がすぼみ、またテンプルの口は「死にかけの魚のように醜い」（二五二）。語り手の描写は時にはホレスの視点からなされることがあり、ホレスの病的な感覚が語り手のものと混じり合い、正確にどちらの視点なのかわからないときもある。たとえばホレスがオックスフォードへ向かう列車のなかで、死んだように眠りこける乗客たちは虐殺死体のように描写されるが、それがホレスの受けた印象なのか、語り手独自の描写なのか、定かではない。しかしいずれにせよ読者は、比喩が強烈な極端なヴィジョンに圧倒されてしまう。

以上の例でも明らかなように、登場人物たちについての比喩には、しばしば暴力的なイメージが伴う。ポパイの眼は「ゴム製のつまみのよう、押されるとへこみ、親指の指紋の汚れをつけたまま元に戻るつまみのよう」（六）で、それは彼の生気のない無表情な外観をよく伝える。しかし読者はこの比喩で、ポパイのゴムのような眼を親指でギュッと押してみる語り手の動作も想像してしまう。テンプルの眼は「葉巻で焦げた穴のよう」（九七）だが、葉巻の火を押しつける行為は、葉巻の火で焦げた穴のような眼と同じくらい不気味である。ポパイやテンプルがエゴイスティックで冷酷であるとしても、読者は彼らについてこのような破壊の比喩を用いる語り手の冷酷さも受け入れさせられる。読者は暴力をいとわない視点から『サンクチュアリ』の世界を見るよう強要されている。

『サンクチュアリ』の読者は、小説のなかでのぞき見をする連中と似通った立場に置かれている。のぞき見する人間は相手の私生活を知ることができるが、のぞき見る相手の世界に参加することはできず、壁の向こうに隠れて、制約された視点から見るしかない。それと同様に、読者は作者から指定された字面を追ってその視点から見なければならない。しかもフォークナーは読者にのぞき見的立場をはっきり意識させる。たとえばテンプルが服を脱ぐのをトミーが窓の外からのぞき込む場面で、読者は同じようにテンプルをのぞき見する立場の自分に気づく。サンドキストは、ポパイののぞき見ばかりでなくこの小説全体がのぞき見小屋のようだと述べているが[7]、のぞき見する立場のあさましさを読者は登場人物と同様に味わわねばならない。

『サンクチュアリ』ののぞき見は、ラルフ・ワルドー・エマソンが見ることを聖化したところからかけ隔たっている。エマソンは有名な『自然』で見ることのエクスタシーを語り、彼の身体は消えて透明な眼球になる。しかし『サンクチュアリ』でトミーは、テンプルのいる真っ暗な部屋のなかに身を潜め、ポパイがテンプルの体を触りにくるのを見、また男たちのリーダーであるリー・グッドウィンすらテンプルに関心があることを知る。トミーの身体が闇のなかに溶け、淡い色の眼だけが光っても、エマソンのように彼の身体が消えるわけではない。他の男たちがテンプルに寄せる性的関心を見て、トミーは性的欲望を持つ自分の身体をむしろ意識する。またエマソンは、悪は見る人のなかにあるのみ、というが、[8]『サンクチュアリ』では、見ることはほとんど常に悪を見ることである。悪は見る者のなかにある、というエマソンの言葉はある意味で正しい。すでに見たように、読者の目の代わりになって目撃したことを語る語り手自身が、悪意に満ちている、もしくは絶望している。またホレスは自分の顔にポパイの顔が重なって水面に映っているのを見るが、のちに彼は義理の娘リトル・ベルへの執着に、ポパイが女子大生テンプルに抱く欲望との類似点を認める。ポパイの悪は、それを見るホレス自身のなかにもあるのだ。しかし読者は、自分が読み目撃する悪がすべて自分のなかにあるとは納得しがたい。

　フォークナーが『兵士の報酬』でエマソンを意識していた可能性について第二章で触れたが、『サンクチュアリ』でもエマソンを意識していたかどうかは推測の域を出ない。しかしのぞき見が「見る」というアメリカ文学の重要なテーマの変容した形である以上、暗闇に光るトミーの眼のように、エマソンが用いるイメージのパロディをフォークナーがこの小説で紛れ込ませた可能性はある。エマソンが、身体を持つ人間としては自然のなかで「暖かい日中、トウモロコシやメロンのように」（四八）生きる、というのに対し、『サンクチュアリ』で南部社会の淑女として世間体にこだわるナーシッサは、「畑ではなく、守られた庭で、まるで永遠のトウモロコシか小麦のような安静な植物的生活を送る」（一一一）。またエマソンは地球のことを「天体のなか、彼を漂い運んでくれるこの緑色の球体」（this green ball which floats him through the heavens 二五）というのに対し、ホレスは地球を「冷えゆく宇宙のなかの動かぬ球体」（a motionless ball in cooling space 二三三―三四）と考えている。『サンクチュアリ』では、見る行為は視者を歓喜させるより絶望させ、世界と個人を結ぶ直観や共通の大霊も存在しない。

事実を意図的に選び、または断定して提示する『サンクチュアリ』の語りに抵抗するなかで、読者は見る行為の暴力性や権力、さらにその脅威による生命の硬直化や麻痺に気づかされる。『自然』でエマソンは偉大な唯我独尊を貫き、自分の身体が透明化して彼が見る相手に同化して自己増大を続ける。しかし『サンクチュアリ』では、見る者の暴力に気づいた見られる者は、見る者を見返してくる。エマソンが触れない他者の視線と身体が、『サンクチュアリ』では緊張をもたらす。

二

『サンクチュアリ』は、のぞき見が必ずしものぞき見る者の一方的優位に終わらないことを、合わせ鏡によって指摘する。ホレスはリトル・ベルと口論の後、仲直りして抱き合うが、このときリトル・ベルはホレスの背後にある鏡面に、彼の薄くなった後頭部をじっと眺めている。しかし彼女は自分の背後にも鏡があり、自分がホレスの後頭部を見ている姿をホレスが見るのに気がつかない。ホレスに抱きつきながら彼の弱点をのぞき見るリトル・ベルの表情を、ホレスは図らずものぞき見る。見る者は見られている者に見られている。見る者から見られる者へ、そしてまた見る者へ、と反転する「見る行為」は、いつまでも反復しうる。ホレスが家を出たのは、単にベルとの結婚生活やリトル・ベルとの確執に嫌気がさしたばかりでなく、見ることの浅ましさに気づかされたことにもよる。相手の汚さを見、見る自分もまた見られ、おそらくは汚い姿をさらしているが、その繰り返しに彼は耐えられない。

ホレスは家出に際してリトル・ベルの写真をもって出る。合わせ鏡は見る者が見られる立場になることを明らかにするが、写真はその反作用を起こさないようにみえる。写真の枠のなかに固定されたリトル・ベルの顔は正面からわずか外を見ており、ホレスをまともに見返さない。写真の中の人物は口答えも反抗もせず、彼女の写真を見るとき、ホレスは見る者の優位を確保して安心していられる。リトル・ベルの写真は、ホレスにとって実際にはいない従順で純真な娘の代理、フェティッシュの性格を持つ。

しかしホレスはテンプルに面会した後帰宅して、リトル・ベルの写真を見て吐き気を覚える。ホレスはメンフィスの売春宿でテンプルに会い、殺人事件の事情を聞こうとした。そこでテンプルはホレスが知りたかった殺人事件そのものについては語らないが、その前夜ポパイが忍んできたときの恐怖について詳しく語る。ベッドのなかで追いつめられた自分が最後の瞬間に男の体に変身してポパイを仰天させる、という彼女の幻想は、ポパイに対する恐怖から生まれたものと読める。[9] しかしテンプルは、ポパイが接近してきた様子をホレスの前でなぜか事細かに話す。テンプルの語り口は、ホレスには「誇らしげに」(二二八)響く。

ホレスはポパイが性的不能者で、テンプルとレッドの性行為をベッドの傍らで見るだけだということを、この時点ではっきりとは知らない。だがテンプルの語りは、彼女の性的被害をベッドの傍らで聞くホレスをのぞき見と類似した立場に置く。見られ、辱められる受動性を強制されたテンプルはその怒りを屈折させ、ホレスにのぞき見の立場を強いる。ホレスは彼が知りたい殺人事件の真相は聞かされず、その場にいなかったホレスが阻止できなかった性の光景が彼の目の前に描かれる。テンプルの語りには、見る相手の期待や欲望が持つ弱点に気づいた見られる側が、自分が見せたいものだけを見せて見る男を逆に支配しようとする意志がある。

テンプルは受け身を強いられる弱者の立場を利用して、見る相手を翻弄しようとする。彼女が幻想のなかで男の身体となるように、男に支配される受け身のテンプルは土壇場で逆転して男の権力を手に入れる。それはレイプされ、監禁されたテンプルが身につけた知恵であるが、ホレスはそこに邪悪を利用する邪悪さをみる。そして彼は、写真のリトル・ベルが同じような計算された受動性を示していると感じる。彼はリトル・ベルの写真を見て嘔吐する。こちらを直視しない写真の若い娘は、ホレスの密かな近親相姦の欲望に気づかぬ振りをしている。しかし合わせ鏡で見たように、リトル・ベルは従順を示しながらホレスの薄くなった髪の毛をしっかりのぞき見するしたたかさを持つ。若い娘はテンプルもリトル・ベルも、さらには『埃にまみれた旗』のときのナーシッサも、受け身の誘惑を示していたのではないか。そして彼女らにそういう態度をとらせたのは、ポパイの暴力であり、またホレス自身に潜む彼女たちへの性的欲望である。彼女らはそれを利用して受け入れそうな態度を示しながら、意のままに相手を操ることを覚える。『サンクチュアリ』のホレスは、強力な立場にいる父親や父権的存在としての自分が、弱者である娘に受け身の誘惑を暗示した責任を自覚する。

『埃にまみれた旗』では、一般に父も不在であったが特に母の不在が際だっており、ホレスは母のいない子であった。ホレスの母は早くに亡くなり、ベイヤード・サートリスの母も同様である。またベイヤードの最初の妻は産褥で死亡している。ホレスの父は少なくとも、父が亡くなったためにホレスが後を継がねばならないと観念するほどには長く生きていて、ホレスに法律の道を歩ませる。ホレスは病弱で早くに亡くなった母の愛情を妹ナーシッサに求め、自らを母の愛情に飢えた息子と感じている。死んだ母への彼の漠然とした恨みは、『サンクチュアリ』特にオリジナル版では、「母親らしさ」に欠ける女性たちの邪悪のイメージを生み出す。母親と悪の連想はホレス個人の印象であるが、語り手がホレスの視点から語るときそれが曖昧になり、この小説全体の女性嫌悪にすり替わる。

『サンクチュアリ』の母親たちには否定的なイメージがつきまとう。ナーシッサは『サンクチュアリ』では体面を第一に考え、以前は母代わりの近親相姦的愛情で結ばれていた兄を裏切って、地方検事に内通する。ホレスと再婚したベルは、娘を引き取りはしたもののホレスに比べ娘には無関心である。またグッドウィンの内縁の妻ルビーは赤ん坊を大事にしているが、その子は病弱である。『サンクチュアリ』オリジナル版でホレスは牢屋にいるナーシッサやベル、ルビーを想像して、彼女らに関わる自分を汚水にわく蝿と連想している。さらに彼は、自分の母がベルと二重写しになってボヴァリー夫人と同じようなどす黒い液体を吐く夢を見る。続けてホレスは、ポパイはボヴァリー夫人の嘔吐物のような「黒の臭い」（オリジナル版六〇）がすると言い、自分の母と妻のベルをポパイに結びつける。ホレスは本来、生命力と安全を子供に保証すべき母親が死を内包することにおぞましさを覚え、不安と反発に駆られている。フォークナーはこれらの部分を改訂版で削除した。原稿を読み返した彼は、母親である女たちが直接に男たちの危機をもたらしたのではないこと、いやむしろ、父権を振りかざす父親に問題があることを悟ったのであろう。

『サンクチュアリ』では『埃にまみれた旗』に比べて、母親ばかりでなく父親もより頻繁に登場する。テンプルが「私の父は判事なの」と繰り返すドレイク判事は、南部の父権のシンボルである。しかし彼の権威は娘のレイプと堕落によって地に落ちる。またクラレンス・スノープス上院議員は、スノープス一族の出世頭の一人で、ホレスになれなれしく父親代わりのような態度をとる。彼はホレスに注目してテンプルに関するスキャンダルの臭いを嗅ぎつけ、自分の利権拡張を目指して裏取引に動いた形跡がある。しかしその結果彼は、手ひどく殴られてあざを作ったぶざまな姿をさらす。権力を握っているようで実はその力が不安定なのは、社会的地位のある彼らばかりでない。密造酒作りのグッドウィンも一家の長として権力を持っているが、牢屋ではポパイを恐れ、挙げ句の果てリンチによって殺されてしまう。そして臆病で性的不能の殺人者ポパイはテンプルから「ダディ」（二四九）と呼ばれ、『サンクチュアリ』の父親のなかで最も皮肉な父権の代表となっている。

ホレスはリトル・ベルの義理の父として、テンプルに欲望するポパイとの類似性を自覚させられる。『サンクチュアリ』で父親は強権を握っているようにみえるが、その権威は低下し、また彼が支配するはずの弱者を権力闘争に巻き込んで相手との閉鎖的な呪縛状態に陥っている。そのことに気づいたホレスの失意は、小説の最後リュクサンブール公園でテンプルの横に無言で座っているドレイク判事の姿に重なる。ホレスはもはや、母親のおぞましさに苦しむ被害者の息子面をしていることは許されない。

こうしてフォークナーは父親の責任を認め、『サンクチュアリ』の母親と汚辱をボヴァリー夫人の黒い液体と結びつける文は削除した。しかし、ボヴァリー夫人の嘔吐物とポパイの黒さの類似はそのままである。またリトル・ベルの写真を見た後、胃のなかのコーヒーを吐くホレスが、テンプルの体から黒い液体が流れる幻想を見る箇所でも、ボヴァリー夫人との連想は暗黙の内に示されている。テンプルを思い通りにしようとするポパイと、それに応じるふりをしながら専横の逆転をねらうテンプルの関係に、なぜ『ボヴァリー夫人』(一八五七)のイメージが使われるのか。

ボヴァリー夫人は、資本主義が発達を続ける市民社会にあって、消費者としてモノへの欲望に忠実なヒロインだった。彼女は社交界にあこがれ、美しいドレス、贅沢品を買い求め、大衆小説に夢中になって、そのヒロインのようにロマンティックな恋をしたがる。一九世紀中期の市場社会のなかで作者フローベールは、モダニズムの先駆者としてマラルメらフランス象徴主義に連なり、俗世間での芸術家の孤独を知っている。ボードレール同様フローベールは、高踏芸術の希少価値を守ることで資本主義社会のなかで一種の特権的地位を確保する、という綱渡りを強いられる。[10] 彼は「ボヴァリー夫人は私だ」という有名なせりふを吐いたが、市場価値というモノの魅力に誘惑されて破滅するヒロインを冷徹に描写して、ボヴァリー夫人を自分の言語芸術の支配下におくことに成功した。フローベールは、服毒自殺者の遺体から流れる汚物もリアリズムとして書く。しかしそれを読んだフォークナーは、『ボヴァリー夫人』を書いたときのフローベールより若干若く、自らもボヴァリー夫人のように市場に敗北してどす黒い液を流す遺体となって転がるかもしれない、という強烈な印象を受けたのではないか。フローベールの仕事に触発されて、フォークナーは市場での読者との戦いを意識する。

フォークナーは、大衆の好むスキャンダルを書いて彼らののぞき見趣味に応じたが、その過程でこの世界の邪悪さを見ることを読者に強制してたじろがせ、作者の主導権を主張した。弱者が示す受け身の誘惑と権力への意志はテンプルだけでなく、この小説を書いた作家自身にある。彼はフローベールに倣って「テンプル、それは私だ」と密かに言わねばならない。テンプルに対する語り手の憎悪は近親憎悪の激しさを帯びる。第二作目の小説『蚊』で、作家フェアチャイルドは、自分はセックスを商売とするなら「善良で誠実な娼婦」になる、といった。しかしフォークナーは、客に代金相当の満足を与える良い娼婦にはなれない。センセーショナルな筋というこびを売り、従順を装いながら、フォークナーは世界の醜悪さを読者に突きつける。

三

ホレスはナルシシストの夢を破壊されるが、失意のうちにナーシッサによって「家へ」(三〇六)運ばれる。リンチの場面で、グッドウィンの弁護士であったというだけでホレスにも危害を加えかねない男たちを前にして、ホレスが何もできずに引き下がったのはやむをえなかったであろう。しかしホレスは再び立ち上がってリンチ殺人を起こした社会に抗議する力は残っていない。それに対してフォークナーは、自らにも他者を支配する欲望があると知った上で、社会の強権に直面しなければならないことを自覚する。なるほどこの小説の語り手は、テンプルの偽証の真相すらも明らかにしない。しかしフォークナーの小説中、初めて「ヨクナパトファ郡」(二九七)と名付けられたジェファソンの巡回裁判の法廷場面は、煽動によって南部神話が動き出す様子を書き記す。ポパイとテンプルという強者と弱者が共に抱く他者支配の欲望は、裁判の場では、個人に対する社会の圧力と、その専横体制を利用する個人または集団として拡大されている。

テンプルは裁判を傍聴しにきた男たちの視姦の対象となり、同時に彼らが守るべきか弱い南部女性として存在する。ポパイによる（彼らはグッドウィンの仕業だと思っている）彼女のレイプは、男たちの欲望を代替して実現したものであると共に、彼らが南部の淑女を守れなかったことで男の自尊心も傷つけ、彼らがリンチによってすすがねばならない汚名となる。テンプルのプライバシーや人格は無視され、名門出身の彼女は、特に中流階級以下の男たちの欲求不満と地方検事の政治的野心に利用される。地方検事が駆使するレトリックでは、テンプルは父権によって守られるはずの無垢の犠牲者であり、司法は正義の味方である。テンプルが売春宿の雰囲気を漂わせるような身なりで現れ、父の判事が侮蔑を込めて彼女のハンドバッグをけ飛ばしても、南部女性神話を信奉したい男たちがそう見たいように彼女は見られる。

それではテンプルは、オールド・フレンチマンでの一夜のように再び視線の暴力に一方的にさらされ、権力者の言うなりに従っているのだろうか。テンプルの偽証の真相は明らかにされず、それが彼女の悪意なのか、父ドレイク判事と地方検事、さらにはメンフィスのギャングの世界との取引によるのかわからない。（アーゴーが言うように、テンプルは、グッドウィンがポパイらのグループの統率者として彼女を守らなかったことに怒り、告発したのかも知れない。テンプルにとっては、彼女に性的関心を持っていたグッドウィンもポパイと共に彼女のレイプに責任があると感じられたのかも知れない。[11]）しかし偽証が強制されたものであれ、彼女自身の悪意から出たものであれ、テンプルはここでも弱者を演じるよう強制され、それを彼女の方でも利用している。地方検事や傍聴人たちの力は強力で彼女はそれに従うが、その強制力に従っている限り、彼らは彼女の証言を鵜呑みにする。テンプルは司法も真実も無視して、彼女の証言によってグッドウィンを有罪にすることができる。リュクサンブール公園でテンプルはあくびをして、コンパクトの鏡で自分をのぞき込む。社会の邪悪な権力にあらがわず、しかしそれを利用する手法を身につけて、テンプルはもはや自分がどう見えるか以外何事にも関心がないようである。

この小説で、見ることはエマソンのような神通力を持たない。オールド・フレンチマンの屋敷にいた目の見えない老人の姿は、見ることの失敗、行き詰まりを表している。さらに見ることと見られることとの反復は、合わせ鏡の世界のように閉鎖的で無限に続く。見る者と見られる者の間の権力をめぐる葛藤、自己と他者のせめぎ合いは『サンクチュアリ』では閉鎖空間で反復される。『サンクチュアリ』の暴力は、この小説が示す閉鎖性をうち破りたいという欲望の表れと解釈することもできる。見通すことが不可能で、視者の視線が他者の身体や視線によって跳ね返されるとき、視線の代わりに具体的な暴力で相手の身体を貫通してしまいたい、という欲望がある。

テンプルはレイプされ、トミーはピストルで撃ち殺され、レッドも射殺されて額に弾の痕があく。これらはすべてポパイの仕業だが、のぞき見でしか世界と関われないポパイにとって、彼と彼がのぞき見する世界との障壁をうち破り、能動的に関わるには暴力しかない。相手の身体を突き破ることが相手を支配する最も明らかな印となる。また他者支配の欲望が強烈に意識されないとしても、果てしなく続く見ることと見られることのゲームが耐えられなくなるとき、やはり暴力が脱出口となる。この小説の読者がのぞき見の立場に置かれていることはすでに述べた。アン・グッドウィン・ジョーンズは、フォークナーにおいて「貫通する」行為は男の権力として誇示されていることを例証するが、同時に彼女は、洞察力鋭い解釈行為にも一般に「貫通する」という形容詞が用いられることを指摘する。[12]読者がこの小説の「貫通する」暴力行為に感じる不快感は、不透明な事実を突き破って真相に達したい、という自らの欲望が、暴力行為の欲望に通じることを気づかされる後ろめたさ、一種の共犯関係の認識によって強まる。

しかし『サンクチュアリ』には、貫通するという行為ばかりでなく、嘔吐も多い。嘔吐は、汚いもの、受け入れられないものを外へ排出し、それによって自らの世界を守る行為である。他者に侵入し支配したい、という欲望と同じくらい、またはそれ以上に、異物の排除が示す自己閉鎖性も強い。ホレスがリトル・ベルの写真を見るうちに吐き気を催し、吐きながらその吐瀉物にレイプされたテンプルの血を連想する場面は、他者排除の自己閉鎖性と他者支配の欲望が微妙に絡む様を示す。『サンクチュアリ』は、視線や暴力によって他者の身体を呪縛または貫通して支配する欲望と、そこで思いがけず他者依存に陥ることの恐怖や、極端な排他性が同時に存在する。

貫通の欲望と嘔吐の発作が裏腹であるということは、他者との葛藤の閉鎖性は身体的暴力では解決できないことを示す。この八方ふさがりの状態で暴力に代わるものとして、ポパイの名前をめぐる言葉遊びのように、この小説全体を不条理劇に近いゲームや喜劇と見なす試みもある。トーマス・マックヘイニーは、ポパイの母が彼にオリーブオイルで料理した卵を食べさせていたという記述は、漫画ポパイに出てくる彼の恋人オリーブ・オイルを意識した冗談だと指摘している。[13]また ポパイという名前は、分解すれば「ポップーアイ」――のぞき見男にふさわしい「眼の飛び出した」という意味になる。テンプルが密造酒造りの屋敷から突発的に駆け出したり入ったりする姿もどたばた調で、『サンクチュアリ』はフォークナーの初期の『操り人形』や『兵士の報酬』と類似した故意の表層性がある。スノープス一族のバージルとフォンゾが、メンフィスで売春宿と知らずに下宿する話や、レッドの葬式のどんちゃん騒ぎで棺がひっくり返り、死体が飛び出すのもブラック・ユーモアである。

しかし一方でレイプや殺人、偽証やリンチ殺人、権力の腐敗を強調しながら、他方ポパイに悪い冗談を示唆してブラック・ユーモアを強調することは、ますます世界の不条理を浮かび上がらせる。レッドの葬式の騒動はバフチンがいうカーニバルの生命力を期待させるが、墓場へ向かう葬列からは車が次々と脱落し、結局残るは霊柩車一台になってしまう。死に勝るような民衆の祭りの生命力は、この小説には描かれない。

お互いの視線に呪縛された『サンクチュアリ』の閉鎖性と他者へ侵入する暴力への欲望、及び排他性の共存は、この小説を袋小路に追いやっている。しかもテンプルの偽証の謎など、肝心な事柄の真相は決して明らかにならない。この、閉鎖的な呪縛のなかでまだ何かが抑圧されて表にはでていないという感覚は、単に事実が明らかにされていないばかりでなく、フォークナーが南部社会の病巣の根源すなわち人種問題と直面していないことと関係があるのではないか。『サンクチュアリ』では主な登場人物は黒人ではない。黒人問題は『サンクチュアリ』に直接の関係はない。しかし『サンクチュアリ』オリジナル版では、小説冒頭のシーンが黒人が牢屋で死刑を待つところから始まっていたように、黒人の影はこの作品に皆無ではない。(修正版が、泉という水面鏡を挟んだホレスとポパイの対面で始まるのは非常に示唆的だが、牢屋の黒人のイメージが呼び覚ます人種の緊張がその分、押さえ込まれる。)『サンクチュアリ』批評で、黒服を着たポパイが言葉上、黒人と通じることはよく指摘されている。[14] またテンプルが最初の夜、ポパイの接近に抵抗する幻想の中で、男の身体になるまえに、「黒んぼの男の子みたいなちっぽけな黒いもの」(二三〇)にお仕置きをする中年の女性教師になることにも注目すべきであろう。テンプルはレイプされる恐怖を抱いている。しかし直接レイプせず、のちに性的に不能とわかる男は、半ば中性化して公的権威の象徴となった白人女性教師に処罰される黒人の男の子のような無力な存在、とみなされる。またグッドウィンは白人であっても私刑にあうが、傍聴人の男たちが怒ったのは、(間違った情報だが)彼が良家の子女をレイプしたばかりでなく、〈正常の〉男の性的能力がない〈異常者〉だったからだ。そのような男は〈正常な〉白人男性ではなく、白人女性を襲う黒人同様、リンチされてしかるべき部外者とみなされる。正常でないもの、自分達白人男性のプライドを傷つけるものは異端視されるが、黒人は南部社会でその被差別階級を引き受けさせられてきた。社会が個人に押しつけるレッテルや表象にフォークナーが異を唱え、それを徹底するならば、南部の人種問題に直面せざるを得ない。グッドウィンの犯行と思われていることは実は黒服の、「黒の臭いのする」(七)ポパイの犯行であり、そしてホレスは水面鏡に映った自分とポパイとの類似性に気づいている。しかもホレスはレイプ犯グッドウィンの弁護士として、危うく一緒にリンチされるところだった。ダイアン・ロバーツは、リンチを行った群衆の言動から、グッドウィンが去勢もされたであろうと推測しているが、ホレスは彼らから同じことをしてやると脅かされる。[15] ナーシッサは、ホレスが「黒んぼみたいに」(オリジナル四六、修正一一二) 歩いて家出してきたことに文句を言っているが、ホレスと黒人はこのように重なる可能性がある。

南部社会の視線と対決することは、人種問題に立ち入ることになる。この時期のフォークナーにはまだそこまでの覚悟ができていない。ポパイの黒さは女たちやボヴァリー夫人の吐瀉物、死と連想されて、黒人との連想を迂回する。同じ他者でも、黒人より女性の方がまだしも接近可能である。ホレスはポパイと、またフォークナーはホレスと、さらにテンプルとの類似性に密かに気づいたが、社会から見て「正常」でない人間は黒人と同じレッテルを貼られる恐れがある。『サンクチュアリ』の暗さは、人種差別社会の暴露を封印した暗さでもある。司法や権力階級の腐敗、身体性の生々しさ、または事実の闇や語り手の悪意は、この小説が抱える重いテーマであるが、視線の葛藤から始まる権力闘争のパターンの奥にまだフォークナーが踏み込まない領域がある。しかし『サンクチュアリ』オリジナル版の次に書かれた『死の床に横たわりて』でも、共同して体制を守る白人社会からはみ出す人々と黒人の類似は、抑圧してもどこかで姿を現す。そして次の『八月の光』において、フォークナーはいよいよ人種問題と南部社会の関係に真正面から取り組むことになるのである。

結びにかえて　鏡から写真へ
――キャディの行方

『死の床に横たわりて』でアディ・バンドレンは、言語は見知らぬ親を求めて右往左往する孤児のようだという。フォークナー自身、生まれてもいなかった頃の南北戦争の敗戦の話を聞いて育ち、自分はもともと原体験を喪失しているという意識がある。言語は喪失の印である、という意味を込めて、フォークナーは言語にこだわった作家である。しかし喪失はフォークナーの作品において、しばしば具体的な形をとる。無くしたものは、分身のような兄弟、妹の処女性、または母の愛情、恋人、南部の栄光、父権等さまざまだが、生きていく上で重要であったはずのものの喪失、その存在が確かめられたかどうかは別にして、その不在が痛切に感じられるものを形にとどめたい、もしくはそれが不可能であるなら、せめて喪失の悲しみをとどめたい、という執念が彼の創作の重要な原動力となる。『アブサロム、アブサロム！』では、人は生きていた証として忘却の面に刻み目をつける、と述べられているが、作者も言語表象によって喪失の傷痕を刻もうとする。

フォークナーにあっては、喪失の悲しみを記憶するものとして身体が一番頼りにされている。身体の傷や痛みは喪失の事実を保証してくれる。たとえば『蚊』のゴードンは次のように言う。「馬鹿だけがそれ［悲哀］を忘れる。はらわたにくい込むほど鋭く感じられるものがこの世に他にあるか?」（三二九）。また『野生の棕櫚／エルサレムよ、もし我汝を忘れなば』のハリーは、恋人シャーロットを中絶手術の失敗で死なせた後、自殺という選択肢を否定して刑務所で次のように考える。

なぜならもし記憶が肉の外に存在するならそれは記憶ではないなぜならそれは記憶しているものを知りはしないだから彼女がいなくなったとき記憶の半分は消えてしまったそしてもし僕がいなくなったらすべての記憶は存在しなくなってしまう。――そうだ彼は考えた悲哀と虚無のうち僕は悲哀のほうをとる。（二七三）

フォークナーの身体へのこだわりをみていると、彼の作品中、身体に及ぼされる数々の暴力、損傷は、せめて身体に生の証を、または喪失の傷痕を残したい、という意志によるものとすらみえてくる。彼がホイットマンを意識したのも、この詩人がしばしば身体の痛みを通して対象と共感する過程を言語化するからだろう。

しかし現在ある身体もやがて消滅するものである。それに対して言語はあらかじめ、不在のものの痕跡として自覚されている。言語は喪失の表象であり、言語作品は作家にとって一種のフェティッシュ——喪失したものの代理になるとしても、それが不在の象徴であることをやめないもの——となる。

修業時代の詩でフォークナーは、他の作家たちの文体を意識した言葉や、ペルソナとしての記号性があらわな操り人形を用いた。オリジナルなものの痕跡でしかない言葉は表層での戯れに徹し、身体が被る喪失の衝撃を覆う薄いかさぶたとしてテクスト上に広がる。しかし最初の小説『兵士の報酬』や次作の『蚊』になると、喪失をになう身体と言葉は同等の重みを持って並置され、両者の緊張関係は高まっていく。フォークナーは、失うと予感していた世界を『埃にまみれた旗』で書いたというが、その次に出版された『響きと怒り』はやはり、喪失、言語、身体、表象作用にこだわった点で、彼の最初の代表作といえる。

『響きと怒り』のキャディ・コンプソンは、のちにフォークナーが「私にとって彼女は美しい人、私の愛しい人でした」[1]というほど大切な喪失の中心であり、想像力の源であった。しかし一九四五年にマルカム・カウリー編集の『ポータブル・フォークナー』(一九四六)のために彼が書いたコンプソン家の「付録」では、第二次世界大戦中キャディがリヴィエラでナチの将校と共に車に乗っている姿が、高級雑誌の写真として載っている。写真の女性がキャディかどうかも定かではないのだが、『響きと怒り』出版後一六年たってフォークナーが、彼女のポートレートをナチス将校の愛人のような形で提出したのはどういうことか。

ヴァージニア大学での質疑応答でフォークナーは、キャディをナチスから救うことはできないのか、という質問に対し次のように答えている。

「私が思うに、それはキャディを裏切ることになるのです。彼女をその場所にそっとしておくのが一番良いと思うのです。もし彼女が復活すれば、そこには何かつまらない、少々アンチクライマックスといったものがあるでしょう。私にとって彼女の悲劇は、私にできうる限りのことでした。前にも言ったように、もう一度初めからやり直して本を書けば別ですが、それはありえませんからね。[2]」

すなわち「付録」でキャディの最後の消息をこのような形にしたことに、フォークナーは一応満足している。『響きと怒り』で元気で愛情豊かな女の子として登場しながら、やがてコンプソン家から出ていかざるをえなかったキャディの最後の姿として、凍りついた表情の曖昧な写真しかないのは読者としてなかなか納得しがたい。年月を挟んで書かれた「付録」は、『響きと怒り』と全く別の作品と考えることもできよう。しかし「付録」は、『響きと怒り』にすでに提出されていた表象についての問題のひとつの到達点を示している。またフォークナーは「付録」を『響きと怒り』の前につけて出版することを提案している。[3]本論考はフォークナーの前期作品を論じているが、『響きと怒り』と「付録」をつなぐものとして、『サンクチュアリ』の鏡像と写真のモチーフを手がかりに、表象作用を巡るフォークナーの前期作品の問題をまとめ、中期以降の発展の道筋を示唆して、結論にかえたい。

一

『響きと怒り』のベンジー・コンプソンは、自分が何をなくしたかわかっていないが、喪失感覚は持っている。そして「キャディ」という音が発せられたとたんに嘆きの声を発するように、彼のキャディ喪失は身体の反応として常に新たに起こる。喪失の痛みを身体感覚として持ち、常に新たにうめき声を上げるというのは、クウェンティンにとってある意味で理想的にすら思える。

彼は、父親のコンプソン氏のシニカルな指摘、すなわち処女喪失は女にとって自然のことであり、時間と共に皆その衝撃を忘れてしまうという指摘の方が耐えられない。喪失が不可避であるとしても、喪失の衝撃、不在の記憶は忘れられてはならないのだ。しかしクウェンティンはベンジーのように身体のみで喪失を記憶していることができないし、それに満足もできない。彼は妹の処女喪失の意味を特別なものとして言語化し、永遠化したい。

クウェンティンは、彼が編み出した近親相姦という作り話のなかにキャディを納めようとするが、それによって兄妹間という鏡にも似た世界のなかに、他の男と性的関係を持った彼女の越境行為を封じ込めてしまいたい。キャディはベンジー・セクションやクウェンティン・セクションで、しばしば鏡のなかの像としてとらえられている。鏡は兄弟にとって、表象作用のおこる——生身のキャディをひとつの表象に変える——現場となる。

キャディの不在をめぐるコンプソン兄弟のモノローグは、フェティッシュとしての意味を帯びる。彼女の処女喪失にこだわるクウェンティンばかりでなく、「木の香りのする」キャディを求めるベンジーや、「前にあばずれだった女はずっとあばずれだっていうんだ」(一八〇)と断言するジェイソンも、不在のキャディの代わりに、彼らの人生にとって必要なキャディの表象を作り上げている。それは男の兄弟たちの言葉の暴力であるが、それらが空虚な「響きと怒り」であることは、題名が示すとおりである。キャディ自身の語りがなく彼女の不在が続くことは、彼女の言葉が奪われているというよりむしろ、兄弟たちの言葉の網目を逃れたキャディの自由を示唆する、ともいえるのだ。[4]

フォークナー自身、『響きと怒り』序文でこの作品をベッド脇に置いて愛でる花瓶にたとえていることはすでに指摘したが、芸術品を一種のフェティッシュと見なす態度は、フォークナーの登場人物にしばしば見られる。『兵士の報酬』のメアン牧師は自分が丹誠込めて育てた薔薇に対する情熱を、「ビザンチン風ゴブレット」(六一)をベッド脇に置いてキスによってその縁をすり減らす異教徒の情熱にたとえる。『蚊』の彫刻家ゴードンは、自分が作った若い女のトルソーを理想の女として手元に置く。『埃にまみれた旗』のホレスは吹きガラスに熱中し、良くできたガラス花瓶の完成品に妹の名前をとってナーシッサと呼んでいる。優雅で壊れやすいそのガラス細工は、ホレスにとって理想の妹を表すものとなる。

一方『サンクチュアリ』では、ホレスは義理の娘リトル・ベルの写真をフェティッシュとして使う。写真はカメラのレンズが選ぶアングルで被写体の像が固定され、そこに見る側の欲望を照射できる。『響きと怒り』の鏡が、キャディの鏡像という表象と彼女を表象化する作用の両方を暗示するように、フォークナーのガラス=鏡は表象ばかりでなく表象作用そのものも表すが、

『サンクチュアリ』では、カメラのガラスレンズによる表象作用は写真という表象を生み出す。

しかし『サンクチュアリ』の場合、ガラスレンズや一枚の鏡だけではなく合わせ鏡もあり、見る者が見られる者に反転する表象作用の可逆性が強調される。エマソンは他者から見られることを意識していないが、フォークナーはこちらを見返す他者を意識する。見ること、対象を形または表象として定着することは一種の権力だが、それは見る側の一方的な権力行使ではなく、見る側と見られる側の相互作用的なパワーゲームとなりうる。それは写真のように一見、見る側が優位な場合でも同じである。どのように撮られ、見られたいか、被写体が決定し操作することも可能である。見ること、意味づけること、表象作用は絶対的な一方通行で終わらない。

表象作用の無限の反復や可逆性のなかでは、見る主体も見られる対象も、オリジナルな場所に元のままの姿で留まってはいられない。表象作用を担う想像力はフォークナーの場合、天翔るハヤブサや馬などで示されるが、その飛翔を促すのはそもそも大地、身体、メドゥーサといった恐ろしい活力と重力に満ちた存在であった。ペルセウスは、磨かれた盾に映るメドゥーサの像のみを見つめることで石化を免れて、彼女を殺すことができた。鏡像や想像力が生み出した表象は、オリジナルな身体を抑制するのに有効である。だがメドゥーサの首をはねるのに貢献した鏡像が鏡像を生み、もとのメドゥーサを差し置いてそれが果てしなく続くとき、反復される表象作用は新たな次元を迎える。

　フォークナーは、表象が新たな表象作用を呼ぶという繰り返しが作品内に留まらないことに気づいていた。彼が『響きと怒り』序文で、花瓶のなかにいるより外にでて外から眺める方がよいと言うとき、その花瓶のイメージは表裏逆転の可能性を示す。[5] フォークナーは作品を書くことで、世界についての自らのヴィジョンを対象化して愛でることができる。だがそれは同時に、母親の胎内にあるような彼の最もプライベートな思いが言語化されて対象として読者の目にさらされ、さまざまな解釈を受けることでもある。彼が作品に込めた意味もそれぞれの読者によって変容し、解体され、新たな意味が付け加わるであろう。唯美主義、フランス象徴主義詩に影響を受けたフォークナーは、一般読者との緊張関係に敏感である。しかし出版を考慮せず自分のために書いた、とフォークナーがいう『響きと怒り』も、作者はやはり出版を望んでいた。『アブサロム、アブサロム！』でサトペン物語を語るクウェンティンとシュリーヴの協同作業が、語ることと聞くことの「幸福な結婚」（二五三）と呼ばれていることをみれば、フォークナーは読者参加の過程で新たな表象作用が生まれることに積極的な意味を見いだすようになったといえる。しかし芸術家が抱く表象と表象作用の理想という夢は、第二次世界大戦後に出版された「付録」で、大衆社会と、さらに全体主義国家の夢との関連性を問われている。

二

言語は痕跡でしかあり得ない。それでもベンヤミンが「アウラ」の定義を唯一性、「オリジナルが、いま、ここに在るという事実」[6]としているのに従えば、不在のものの痕跡である言語によって構築された作品は、いなくなった人間のアウラ、「今、ここに」あったものの魅力を伝えようとする。しかし作家の関心は、想像力という鏡が結ぶ像とオリジナルの関係よりも、合わせ鏡で見ることの反復性、繰り返される表象作用そのものに移っていくこともある。表象作用に自意識的なメタ言語、メタ小説的な作品はそれだけ、今ここで起こったことという身体的な経験の直接性、特殊性から疎遠になる。だが表象作用、またはコミュニケーションを媒介するすべてのメディアにも魅力はある。ベンヤミンのいう古典的芸術のアウラが人間の痕跡であるなら、この新たなアウラは、人間自身からメディアへ関心が移り、主体性解体さらには対象の解体を伴う非人間化と裏腹の魅力である。

一枚の私的に所持される写真と違い、大量コピーによってばらまかれる雑誌写真は、テクノロジーによる大量の反復という量的疎外をもたらす（もちろん私的な写真も複製である以上、大量コピーの可能性はあるのだが）。この場合、唯一性というアウラは消し飛んでしまうが、非人間化という異なった種類のアウラが発生する可能性がある。『サンクチュアリ』でホレスが持つリトル・ベルの写真に対し、「付録」のキャディの写真は大量コピーされて市場に流通する雑誌写真である。リトル・ベルの写真を巡る見る者と被写体の綱引きは、「付録」のキャディの写真で社会全体の規模に拡大するが、複製の莫大な量は質の差異をもたらす。

キャディの雑誌写真は、『響きと怒り』の個性を持ったキャディではなく、そもそもキャディかどうかも定かでない、ナチス将校の愛人というきわめて一般化されたスキャンダラスなシンボルとしてのみ有効な記号になっている。しかしハリウッド映画のスクリーンは、コピーを大量生産して大衆の夢を集約するミステリアスな女優を生み出すという離れ業を演じる。膨大な量の女優のコピーは、彼女を誰もが知っている親しい存在にすると同時に、直接触れることのできない、メディアが介在した近づきがたい存在にもする。同様に、大衆とは一線を画しているが大量にでまわる高級雑誌に載るキャディの写真は、非個性化されてはいるが大衆の欲望、羨望を一身に集める存在として、新たな魅力を発している。「付録」でキャディは、銀行家ハーバートと離婚した後、一時ハリウッドの映画プロデューサーと結婚していたことになっている。この経歴は、最後の彼女の写真のイメージに至るうえで当然の軌跡であろう。

民主主義のアメリカと全体主義のナチス・ドイツは相対立したものととらえられるが、大量生産のイメージで一個人をカリスマ化する宣伝法は、ハリウッドもナチスも同様である。キャディは、高級雑誌の写真でスキャンダルのヒロインとして大衆の好奇心の餌食になっている。しかし金と権力そして性という点でナチス将校に虜にされている、または彼を虜にしているキャディは、リトル・ベルの写真と同じく、雑誌写真を見る者を見返す視線の反転性を秘めている。それは『サンクチュアリ』の裁判でレイプ被害者として証人席に着き、傍聴人の視姦の対象となったテンプルに多少とも似た立場である。キャディはナチス将校の女として記号化され、権力に買われた堕落した美女と見られている。しかし同時にリヴィエラというリゾート地、高級車などが示すその豪奢な様子は権力の象徴ともなって大衆の視線を引きつける。大衆の視線には恐怖と憐憫の情ばかりでなく欲望があって、それは権力者に成り代わって彼女を所有したい、または彼女に成り代わって権力者を所有したい、という奇妙な二重の欲望である。写真のキャディはマス・メディアを介してしか大衆の目に触れず、大衆にはなかなか手の届かない権力と価値を表す市場のフェティッシュとなる。

『響きと怒り』のキャディは、クウェンティンの近親相姦というフィクションのなかに、フロイト的かつ芸術品的なフェティッシュとして永遠化されることを拒否して逃げ出すことができた。しかし銀行家と結婚という取引をした彼女は、映画製作者との再婚を経て最終的に、負の形でとはいえ、大衆の夢を反映する市場社会のスキャンダラスな物神（フェティッシュ）として捕まってしまう。

「付録」のこのキャディの経歴には、当時のフォークナー自身の事情も関連する。「付録」は最初カウリーの『ポータブル・フォークナー』のために書かれた。フォークナーの作品群を多角的な、しかし統一性のある総体として紹介した『ポータブル・フォークナー』は、よく知られているようにフォークナー評価に多大な貢献をなした。それはよく売れて、フォークナーの名声は急速に広まる。しかしカウリーがこの企画を提案した一九四四年、フォークナーはほとんど忘れ去られた作家として経済的に逼迫し、彼が嫌っていたハリウッドのワーナー・ブラザーズとの脚本書きの契約破棄もままならない状況に苦しんでいた。カウリーから打診を受けたフォークナーは、四六歳という自分の年齢に触れ、作家としての自分の仕事を何らかの形で残したいといって『ポータブル・フォークナー』の計画に賛成している。[7] 計画が始まってからも彼は代理人ハロルド・オーバーへの手紙で、自分がヨーロッパで芸術的に高い評価をうけているにも関わらず、アメリカではしがない脚本書きとして食べていくこともままならない事実を自嘲気味に書いている。[8]

こうしてフォークナーは、アメリカ社会で作家として認められることを切に望んでいた。しかし一方で彼は、自分の短編や長編小説の一部が『ポータブル・フォークナー』としてまとめられ、売りに出されることに一抹の不安を持っていたかもしれない。シェリル・レスターは、フォークナー文学の統一性、整合性を強調した『ポータブル・フォークナー』にフォークナーが違和感を覚えたと解釈して、「付録」を読む。レスターによればフォークナーが書いた「付録」は、コンプソン家が代々遺贈してきた土地が正統な遺贈のずらしであることを批判的に語るが、同様にカウリーも、本来遺贈できないはずのフォークナーの個々の作品を、「ポータブル」な形でまとめて読者に遺贈してしまうのだ。[9]「付録」に対する評価は批評家の間で必ずしも定まっていないが、[10]「付録」が『ポータブル・フォークナー』に対して、補完的存在であれ批判的であれ、微妙なスタンスを保っていることは認められよう。フォークナーは『ポータブル・フォークナー』が良い出来であることを認め、カウリーに賛辞を呈しているが、[11]彼がカウリーに言ったように、これはフォークナーのではなくカウリーの作品である。[12]「付録」のキャディの写真には、『ポータブル・フォークナー』を契機として自らの作品が今後、良くも悪くもマス・メディアの扱いによって左右されるかもしれないというフォークナーの予感が働いているのではないか。フォークナーは『ポータブル・フォークナー』のために、「付録」ばかりでなく『アブサロム、アブサロム！』出版時に描いた彼のヨクナパトファ郡の地図も新たに提出している。ヴァイキング・プレスからカウリーの好意的な序文と共にこのような本を出すことは、またとない機会である。しかし同時に、芸術家が市場に翻弄される理不尽さに作品でも言及してきた作家にとって、それは大きな賭である。彼のフィクションの世界の地図は、読者にとって便利な道案内になる。しかし自分の王国の地図をペーパーバック上で登記完了したとき、高級雑誌に載ったキャディの写真同様、フォークナーは彼の作品を第二次世界大戦後の市場に明け渡すことを覚悟したであろう。

『響きと怒り』でコンプソン兄弟や作者のフェティッシュ（不在の代わりであり象徴ともなる）になったキャディは、「付録」では市場のフェティッシュ（物神）と化す。それは作者ならずとも望む結末ではない。しかし「付録」でキャディが市場の世俗性にまみれ、大量複製される商品に組み込まれることを読者が拒否するとき、もう一つの選択肢としてはキャディがナチスの世界に断罪されることしか残されていない。クウェンティンが望んだ、近親相姦の罪によってキャディと二人で永遠に呪われた世界に隔離されるという夢は、ナチス将校と共にいる「冷たい、静謐な」[13]表情のキャディの写真に実現される。妹の処女性が守られないなら彼女を近親相姦という同族性のなかに閉じこめることで南部白人父権制社会を守る、というクウェンティンの妄執は、ナチスのアーリア人純血主義と密かにつながる。さらにいえば、クウェンティンのみならず、コンプソン三兄弟のキャディ幻想が拡大されて行き着く果てが「付録」の写真となる可能性が、一九四五年当時「付録」を書いたフォークナーには見えていた。

クウェンティンの近親相姦のフィクションでは、兄妹は絶対的父権制秩序によって断罪されて逆説的に守られる。しかしキャディは銀行家との交換取引と承知した結婚を選び、クウェンティンの夢を壊してしまう。自殺が近づくにつれてクウェンティンの美学によってのみ成立していた彼の言語世界は崩壊し、彼の言葉は上滑りしていく。一方ジェイソンは、キャディはあばずれというように、シニフィアンとシニフィエとの一対一の対応関係で物事すべてが説明されると考える小市民である。その彼が、シニフィエとの関係が希薄で情報操作にもろい記号である株に手を出して大損するのは身の程知らずというほかない。しかし彼は損失をニューヨークのユダヤ人のせいにして責任を転嫁する。クウェンティン自身と彼の言語は解体し、ジェイソンは株式市場の値動きに右往左往して、兄弟は絶対秩序を失った世界に翻弄されている。そしてクウェンティンの父権制同族社会の夢は、ユダヤ人を罵るジェイソンとあいまって、純血で絶対秩序をあこがれるナチスの社会を予測する。

『響きと怒り』のベンジー・セクションは、そのような全体主義国家の夢とは無関係にみえる。「キャディ」という言葉がすぐに身体的反応を引き起こす彼の言語は、ものと言語、または身体と言語が分化する前の原始状態のようである。しかしベンジーの原始的な言葉は、血族内で通じる言語、感覚的に共有できる言語への郷愁も呼ぶ。一般にファシズムの言説は、父権制と絶対的価値を持った言語に支えられる国家幻想を抱かせる。現実にはファシスト国家では、権力者にとって都合の良い、間に合わせの言語しか用いられないし、マクルーハンによれば、無機質で均質化した近代社会の大衆こそ、大量宣伝方法による洗脳の犠牲になりやすい[14]。にもかかわらずそこで血族中心の部族社会や絶対言語の幻想が生まれるのは、ヒトラーの演説に典型的に見られるように、国家主義的な強力な法と結びついた父権の誇示と、人々の熱狂的興奮を引き起こす、身体に訴えるような言語使用のせいである。ベンジーの身体感覚に近い言葉は、ファシズムにとって利用価値がある。

コンプソン兄弟のモノローグがそれぞれ、または全体として明らかにファシスト的である、というのではない。しかしコンプソン兄弟のモノローグが対象とするキャディが「付録」で唐突にナチスの愛人として出てくるのは、単なるフォークナーの気まぐれではありえない。感覚的で同族的な言語への回帰願望と絶対的権威を持つ言語へのあこがれが同時存在し、シニフィアンとシニフィエの対応が確定して父権制が強力な法をふるう社会の待望の先にファシスト国家を想定できるとすれば、『響きと怒り』の三兄弟のモノローグにもその萌芽はある。もちろん現実のファシズムの到来には、経済の絶望的な不況や身近なスケープゴートとなる敵役の存在がいるが、南部は慢性的に経済が低迷し、白人の純血にこだわる人種差別社会だった。

ウォルター・ベン・マイケルズは、フォークナーの『響きと怒り』を含むアメリカのモダニズムの芸術至上主義的な言語観に、白人優位主義の匂いをかいでいる。[15]確かに、クウェンティンの言語至上主義やベンジーの感覚的言語にフォークナーが真正な言語の夢を見たとは考えられる。しかしフォークナーはシーゴッグの説教を語るときの曖昧性に見られるように、聴衆に完全に伝わる理想的な言語の出現を熱望しながらもその実現に懐疑的だった。黒人教会の言葉のコミュニオンは美しい。しかしシーゴッグ牧師と会衆のやりとりを理想の表象とするフォークナーにもし黒人たちが視線を投げ返してくるとすれば、それは油断のない他者の視線となるであろう。自らの実現不能な言語の夢を被差別側の黒人たちに表象することにひそむ身勝手さに、フォークナーは気づいている。表象作用の力学に敏感で、自らが理想としたシーゴッグの説教に全面的にのめり込むことができなかったフォークナーは、一六年後、キャディをナチス将校の隣に幻視した。キャディは表象として利用される一方、彼女を人間存在として認めない相手の欲望をてこに彼女の方も相手を利用したが、写真のなかで無表情にこちらを見返すキャディは、表象作用をめぐる駆け引きの空虚な結果を表している。

フォークナーは最初の小説『兵士の報酬』で、南北分裂の危機を憂いながら合衆国を維持していこうとした英雄リンカンと、彼をうたったホイットマンを密かに意識しながら、それに対抗するイメージとして、第一次世界大戦に参戦してヨーロッパという当時の世界の中心を見てきた瀕死の兵士を南部に帰還させた。そこには神話化された故郷に愛着しながらも、南部、さらに合衆国も越える芸術的視野に立った世界を思い描いた若き芸術至上主義者としてのフォークナーの意識がある。彼は、伝統的な同族的共同体とも新南部が目指した近代国家とも違う、芸術家によって想像される表象の世界を南部に創造しようとした。それは「喪失」を意識した世界であり、南北戦争の敗戦を経験した南部にふさわしいテーマでもある。喪失の意味をフォークナーは身体と言葉の関係に探る。

その一方でフォークナーは、自分の芸術的野心をとりまく現実の南部の近代化、市場社会化に敏感だった。第二作目の小説『蚊』ですでにフォークナーは、市場にとり囲まれた芸術家の危機感を描いている。次の『埃にまみれた旗』はヨクナパトファ・サーガ揺籃の混沌に満ちた作品だが、ここでの南部神話共同幻想と近代化と、作家のまだナルシシスティックな詩的世界の三つどもえの葛藤が、『響きと怒り』の誕生に必要だった。他者は、フォークナーの作品では女性、黒人、市場社会として姿を現すことが多いが、『埃にまみれた旗』でフォークナーはためらいながらそれらと向き合おうとしている。

『響きと怒り』はフォークナーの前期作品群のなかで、また彼の世界全体で、ひとつの核となる作品である。それは喪失の表象と表象作用についての非常に私的な物語でありながら、市場社会化する南部、という他者の話でもある。「付録」まで含めて考えれば、ファシズムのイデオロギーさえ射程に入っているといってもよい。ここでフォークナーは表象作用のあり方が、個人と社会双方の運命に関わることを意識する。エマソンは他者からの視線に関心を示さなかったが、フォークナーは社会での表象作用の影響力の大きさに気づいている。

前期作品でフォークナーは、徐々に女性を手がかりとして個人と社会の間の表象作用の有り様を探っていく。『死の床に横たわりて』のフレンチマンズ・ベンドからジェファソンへ向かうアディの葬列は、ヨーロッパから瀕死の状態で故郷南部にたどり着くドナルド・メアンの旅に比べれば、短いグロテスクな旅である。だがごく私的な女性の遺体が彼女の遺言によってジェファソンの町に侵入していく旅は、家族中心の、女性をめぐる表象作用という芸術家の関心が、より広い公共領域での黒人をめぐる表象作用の本格的検証へと発展する道筋を示す。アディの葬式以後フォークナーの中期作品は、次作の長編『八月の光』の終盤で駅からジョー・クリスマスの棺を送りだし、『行け、モーゼ』の最後で黒人サミュエル・ワーシャム・ビーチャムの棺を駅に出迎えるまで、黒人奴隷制を敷いてきた南部の歴史、南部社会の表象作用が中心となる。フォークナーの前期作品は喪失をめぐる身体と言語の感受性を特徴とするが、アメリカ社会での芸術家の位置を模索していたフォークナーの意識は、それをさらに社会の組織的な表象作用批判へと発展させるのである。

〔注〕

序論

1 Meriwether and Millgate, eds., *Lion in the Garden*（以下 *LIG* と略す）191-92.

2 Blotner, *Faulkner: A Biography*, 1974（以下 *BIO* と略す）81. Wasson 6.

3 Kazin 248.

4 大橋健三郎氏の『ウィリアム・フォークナー研究』（一九九六）の「補遺　フォークナー批評・研究その後——最近約十年の動向」（一一三七—七〇）はフォークナー研究の最近の流れを網羅し、わかりやすく整理している。

5 たとえばメルヴィン・バックマンは一九二九年から一九四二年をフォークナーの最盛期として論じており、デヴィッド・ミンターもそれに準じているが（*Faulkner's Questioning Narratives*）、山下昇氏は『一九三〇年代のフォークナー——時代の認識と小説の構造——』でバックマンの説を紹介しつつ、時代との関連を重視して一九三〇年代のフォークナー小説という区分を論じる。

6 *William Faulkner: Early Prose and Poetry*（以下 *EPP* と略す）114.

7 キャロリン・ポーターはエマソンとホイットマンとフォークナーを比較して論じている。ポーターは、フォークナーはエマソンと違って見ることより語ること、バフチン的対話に重点を移すことによってエマソンの唯我独尊の危険を避け、また歴史を導入した、と指摘する。Porter 51-52, 239.

8 Pearce 5-6, 57.

9 *BIO* 643.

10 リチャード・グレイは南部農本主義文学者の問題点を的確に論じている（Gray 52-53）。

11 Gwynn and Blotner, eds., *Faulkner in the University*（以下 *FIU* と略す）58. *BIO* 452.

12 Singal 49-50.

13 Hönnighausen, *William Faulkner* 9-27, 51.

14 Freedman 79-111.

15 Buell 63.

16 『芸術の規則』第一巻、一九六―二一九。

17 O'Donnell, "Faulkner's Mythology" 82-93. Brooks, *William Faulkner: The Yoknapatawpha Country*.

18 Kenner 194-221.

19 Matthews, *The Play* 31, 35.

20 マシューズも最近では、市場経済に突入する南部社会にフォークナーが多大な関心を寄せていたことを強調するマルクス主義的な観点をみせている。Matthews, "*As I Lay Dying* in the Machine Age."

第一章

1 Gresset, "Faulkner's 'The Hill'" 13, 14.

2 『埃にまみれた旗』というもとの原稿で出版されたのは一九七三年で、この原稿の四分の一近くを削って最初に出版されたときは『サートリス』（一九二九）という題名である。

3 "Wild Geese," *Helen: A Courtship and Mississippi Poems*, 152.

4 この詩は最初雑誌『コンテンポ』に一九三二年に掲載されたときは「戻らねばならないことを忘れる」(Forgetting that he must return) となっていた。Adams 23, 大橋 五八。

5 *Collected Stories*（以下 CS と略す）799.

6 「カルカソンヌ」や「ブラック・ミュージック」がいつ書かれたのかはっきりした証拠はない。ブロットナーは一九七四年のフォークナーの伝記でこれらを一九二六年としている（*BIO* 501-2)。他にシェイやクライスワースを参照のこと（Skei, *Career* 38-39, *Best* 69-70, Kreiswirth 80-81)。

7 フォークナーが愛読していたA・E・ハウスマンの詩集『シュロップシャーの若者』では、大地は恋や青春の幻滅に対して癒しの力を発揮する。『大理石の牧神』や『緑の大枝』でフォークナーがハウスマンの大地観に影響されていることは明らかである。また空も、ロマン主義ではしばしば理想の高所として使われる。水面のナルシシズムや無意識性は、ギリシャ神話のナルキソスからエリオットのプルーフロックの溺死願望まで、枚挙にいとまがない。

8 *BIO* 1984, 95-96.

9 Millgate, "Starting Out" 5. 人間性と神性の中間としてのフォーンのイメージについては、ストーナムも注目している（Stonum 49)。またフォークナーはヨーロッパ滞在中、故郷への手紙にフォーンを模した自画像の挿し絵を描いている（*BIO* 461)。

10 もちろん旧約聖書に出てくるダヴィデと同じ名前を持ったデヴィドという青年がいて、ナザレ人イエスとの連想を持つ題のこの作品で、フォークナーはキリスト教を意識していたであろう。ルイス・P・シンプソンはフォークナーのキリスト教と古代ギリシャ神話の葛藤を初期作品に見ている（Simpson 81)。フォークナーは確かにシンプソンが指摘するように、原始キリスト教的な理想をデヴィドに託し、形骸化した二〇世紀のキリスト教を批判した面はあるが、この論考ではその議論には立ち入らない。

11 Keats, "Ode on a Grecian Urn" 10.

12 たとえば第一巻のローレンス・ハウスマンの挿し絵を見よ（*The Yellow Book* 117)。

13 Storey, *Pierrot* 122, 125-138、並びに *Pierrots on the Stages of Desire* も参照。

14 ピエロとフォーンの類似は舞台におかれたヘルメス像によっても示唆される。ヘルメスはノエル・ポークが述べるように、最初のフォーンというべき牧神パンの父である（Polk, intro. *The Marionettes* xxv）。

15 Sensibar 34, 106-107.

16 *The Hamlet* 202-205.

第二章

1 *BIO* 397, 406-8, 430.

2 『ダブル・ディーラー』は一九二一年創刊の雑誌で、ハート・クレインやヘミングウェイ、ロバート・ペン・ウォレン、エドモンド・ウィルソンらの初期作品を載せている。フォークナーはすでに一九二二年六月に「肖像」という、『春のまぼろし』詩集の第五篇とほぼ同じ詩をこの雑誌に発表している（*BIO* 337）。

3 *LIG* 62, 117-19, 218, *FIU* 21-22.

4 *LIG* 238.

5 Brooks, *Toward* 346, 348, 351-52. Yonce, dissertation. McHaney, "The Modernism" 23, 30.

6 フォークナー研究の古典的批評家たちは、この小説のレトリック重視と人間の体験への関心の不均衡をめぐって意見が分かれている。マイケル・ミルゲイトはこの作品が「人間の経験を直接」扱わず、「形式的な、ほとんどバレー的な用語」で処理することに不満を述べる（Millgate, *Achievement* 66）。しかしオルガ・ヴィカリーは登場人物たちの心理的葛藤から距離をおくフォークナーの姿勢と、時間や個人の意識に寄せる彼の関心との衝突に注目している（Vickery 2）。一方ハイアット・ワゴナーは、この作品のレトリックがそれだけで独立して読者の関心をひく存在であることに注意を促している

(Waggoner 18)。

7 ミシシッピ大学時代、フォークナーに会ったワッソンは、フォークナーが『ボヴァリー夫人』やホイットマンに言及したことを述べている（Wasson 33)。

8 長谷川嘉男氏はジョーンズと『響きと怒り』のクウェンティンの共通点を指摘している（四一）。

9 Millgate, "Starting Out" 5-7.

10 フォークナーはこのとき「ライラック」の詩をフィル・ストーンに贈っている（*BIO* 1984, 78-79, Sensibar 60, 66, 239-40)。

11 Millgate, "Starting Out" 7.

12 Gresset, *Fascination* 4, 79-80.

13 Theweleit 321-22.

14 Brooks, *Toward* 352.

15 フォークナーは一九二五年六月にパスカグーラで片思いを募らせていったヘレン・ベアードに捧げる詩七篇を書き、その後ヨーロッパ滞在中にも書き続けて一九二六年六月にオックスフォードで完成させた（*BIO* 1984, 151-52, Gresset, *Chronology* 20)。

16 ホイットマンの詩とリンカンについては第六章第二節も参照のこと。

17 田中久男氏は、エリオットの主知的なパロディ精神に対してフォークナーが違和感を抱いていたであろうことを指摘している（『世界』四六―五一）。またフォークナーが若い頃一時夢中になったと告白しているスウィンバーンは、少なくとも若い頃はホイットマンの詩の愛好者で、「ライラックがこのまえ庭に咲いていたとき」を絶賛している（Whitman xxxvi, 328, Gosse and Wise, eds. 184-85)。さらに手紙のなかでスウィンバーンは "A Voice from the Sea"——後に "Out of the Cradle Endlessly Rocking"

と改題——を賞賛している(Lang 58)。

18 花岡秀氏は『短編集』の「カルカソンヌ」を含むセクションが、「定位となる人物が境界を越えて移動するダイナミックな構造を持つ」(二五六)ことを指摘している。

19 ヴェルナン 二一九。また谷川渥の『鏡と皮膚——芸術のミュトロギア』はメドゥーサと芸術について刺激的な考察をしている。

20 フォークナーの蔵書のなかの『エマソン著作集』には、一九三三年というフォークナーの自著がある(Blotner, *Library* 29)。

21 Bloom, *Emerson* 1.

22 Whicher, ed., *Selections* 24. 以下、エマソンからの引用はこの版による。

23 McHaney, "*Wild Palms*" 172-73(タイトルについてはxiiiiを見よ)、Jewkes 39-53. ゼンダーもこの説を支持している(Zender 58-60)。

24 "and now it did stand to his hand, incontrovertible and plain, serene, the palm clashing and murmuring dry and wild and faint and it the night but he could face it" (*Jerusalem* [*WP*] 272)「そして今やそれは議論の余地もなく明白に、静穏に、まさに彼の手の届くところにたっており、棕櫚はぶつかり合い、ざわめき、乾いた、野性的な、かすかな音をたて、夜ではあったが、彼はそれを目の前にして、考えていた」(『野生の棕櫚/エルサレムよ、もし我汝を忘れなば』二七二)。

25 Bloom, *Map* 176.

26 Anderson, *The Imperial Self*, Whicher, *Freedom and Fate*.

27 Packer 23-24, Yoder 43, Poirier, *The Renewal of Literature*, Burke 3-24.

28 Packer 182.

第三章

1 Brooks, *Toward* 151.
2 以下に言及するパンシア・R・ブロートン、ジュディス・B・ウィッテンバーグ、フラン・ミシェル、リサ・レイドーの他、マイケル・ミルゲイトの『ウィリアム・フォークナーの業績』は、一九六〇年代に書かれた批評書のなかでは早くも『蚊』の男女間の対立、セクシュアリティの問題を指摘している。
3 Rado 17-18.
4 Michel 9, Rado 21.
5 *BIO* 451, 453, 512.
6 Gwin 124.
7 ブロットナーはフォークナーの技術的な未熟さに言及している（*BIO* 479）。
8 Broughton, "The Economy" 164, 167.
9 Watson, *Home* 227-30.
10 Broughton, "The Economy" 174-75.
11 *BIO* 355-59.
12 *BIO* 505-6.
13 Dardis 243, Watson, *Home* 223.
14 ヘミングウェイへの手紙でフィッツジェラルドは、雑誌『サタデー・イヴニング・ポスト』社が彼にいくら払ってくれるか話しながら、自分のことを「年をとった娼婦」呼ばわりしている（Bruccoli 169）。またドス・パソスも、ハリウッドのような商業主義に毒される作家の危険について同様の意見を持っていた（グルニエ 六六—六七）。

15 *BIO* 490-94, John Faulkner 122, Watson, *Home* 229.
16 Arnold 49.
17 Michel 14.
18 大橋氏は、デヴィドや二人の逃避行に初期詩集や散文のパロディを見ている（一四二）。
19 Wittenberg, *Transfiguration* 55.
20 Michel 17.
21 *BIO* 515, Grimwood 312, Skei, *Best* 69-70.
22 この浮浪者とネズミに関しては、フォークナーがパリで書いていた『エルマー』の主人公の幻想の一部が使われている（*"Elmer"* 419, 421-22, *Mosquitoes* 335-40）。この点については以下を参照のこと。McHaney, "The Elmer Papers" 295, Hepburn 25, Lalonde 37-43.
23 実際にはフォークナーが書いたものである（*Mosquitoes* 246-47, 249, Arnold 119-24）。
24 Howells, "The Man of Letters as a Man of Business" 1, 34.
25 Michaels, *Gold Standard* 80-81.
26 ダイクストラ　四二三―二七。
27 ダイクストラは世紀末の女性嫌悪を、近代化に適応できない男たちの恐怖と関連つけている。またアンドレアス・フィッセンは、フランス象徴主義以来モダニズムまで、大衆文化は女性的、高踏芸術は男性的とみなされる傾向について論じている。Huyssen、特に第一部を参照のこと。
28 富士川義之八七、九〇、三四八。草光俊雄一八六―九五。
29 ボードレール『批評』一九一。
30 アガンベン　七八。ボードレールと市場の関係については、ピエール・ブルデューの『芸術の規則』にもしばしば論じられている。
31 ベンヤミン『ボードレール』一六五、ボードレール『悪の華』四八―四九。
32 フロイト 三九一―九六。
33 Harrington 39-40.
34 *BIO* 200, 232.
35 ヘレン・ベアードと交際していた頃は、フォークナーのあまりに乱雑で身だしなみにかまわぬ態度が彼女や彼女の周りの人々をあきれさせている(*BIO* 511)。
36 Grimwood 18-23.
37 *BIO* 482, Watson, *Home* 229.

第四章

1 *LIG* 255.
2 *BIO* 415.
3 *BIO* 526-31.『父なるアブラハム』については第六章第一節を参照のこと。
4 *BIO* 532, Putzel 296.
5 マルカム・カウリーは『ポータブル・フォークナー』編集時にフォークナーに実戦経験がないことに気づいて、彼があっさりとそれを認めないことに当惑している(Cowley, *File* 75)。
6 ベンヤミン「物語作者」二〇五参照。
7 *A Green Bough* 8.「ライラック」の成立については第二章第二節及び第二章の注10を参照のこと。
8 「女王ありき」は最初「窓越しに」"Through the Window" という題で書かれ、『スクリブナーズ』誌からフォークナーへ一九二九年七月二日付けの掲載却下の通知が残っている（*BIO* 628）。

9 ローズは『埃にまみれた旗』でのフォークナーの黒人描写の限界について指摘している（Rhodes 93-110）。

10 ウォルター・テイラーは、フォークナーの少年時の蔵書にトーマス・ディクスンの『クランズマン』もあったことを始め（Taylor 13）、フォークナーの曾祖父から彼の青年時代に至るまでの南部社会の人種差別を詳述している。社会ダーウィニズムに影響されたアメリカの科学史についてはグールドの『人間の測りまちがい』が詳しい。またウォルター・ベン・マイケルズはフォークナーや他のモダニスト達の潜在的白人至上主義について指摘している（Michaels, *Our America*）。

11 *BIO* 531, Putzel 295.

12 Meriwether, *Miscellany* 161. 第五章注7の原文引用参照。この序文についての議論は第五章にある。

第五章

1 *BIO* 793.

2 Watson, *Self-Presentation* 11.

3 “One day I seemed to shut a door between me and all publishers’ addresses and book lists. I said to myself, Now I can write. Now I can make myself a vase like that which the old Roman kept at his bedside and wore the rim slowly away with kissing it” (Meriwether, “Introduction” 710).

4 Cohen and Fowler 263.

5 “[the Southerner] has, figuratively speaking, taken the artist in him in one hand and his milieu in the other and thrust the one into the other like a clawing and spitting cat into a croker sack”

(Meriwether, *Miscellany* 158).

6 『操り人形』の最後でフォークナーは、ピエロが鏡のなかの自分をのぞき込んでいる挿し絵を描いている（五五）。『春のまぼろし』の「世界対道化師――ノクターン」では、ピエロが「それとも俺は鏡のなかの自分の顔を見るのだろうか」（二六）と自問する。

7 "I had made myself a vase, but I suppose I knew all the time that I could not live forever inside of it, that perhaps to have it so that I too could lie in bed and look at it would be better" (Meriwether, *Miscellany* 161).

8 マシューズはベンジーが、キャディのスリッパや木の香りといった「愛するものの身体からわずかに分離したもの」（*Play* 67）に愛着を持つことを指摘し、ベンジーの鏡好きも同様だとしている。鏡の表面はベンジーを他者から守り、隔ててくれる。

9 Lester, "Place" 154.

10 杉山直人氏は、南部社会のパターナリズムの伝統という文脈でコンプソン氏の父親としての自信のなさを論じている（六三―六五）。一方ストーホフは、コンプソン家の子供たちを、アルコール依存症であるコンプソン氏の影響を受けたアダルトチルドレンとして分析し、コンプソン氏が批評家によって敗残者として解釈されてきたにもかかわらず隠然として父権を行使してきたと主張する（Storhoff 3-22）。コンプソン氏が密かに家族のなかで権力を保ち続けたという指摘にはそれなりの説得力があるが、彼が家族を操作するのは、誰の目にも明らかな父権の衰退を覆い隠すためであることも事実である。

11 スニードとマシューズは共に、クウェンティンが二人の黒人浮浪者に葉巻と五セント玉を与え、彼らがあとでそれらを交換したエピソードを取り上げている。スニードはこれをクウェンティンやジェイソンが交換を好む例としてとらえるが（Snead 24）、マシューズは葉巻と硬貨の交換は、クウェンティンが拒否する金とセックスの交換を象徴すると考える（*Play* 94-95）。スニードは全体として交換を、分裂したものを融合させるフォークナーの試みとして解釈する。一方マシューズは、フォークナー文学でコミュニケーションの直接性が不可能であることや言語が喪失であることを強調するので、交換に対して慎重である。

12　交換と贈与の基本概念については、マルセル・モース（『贈与』）、レヴィ＝ストロース（「マルセル・モース論文集への序文」）、モーリス・ゴドリエ（『贈与の謎』）の議論が参考になる。モースの贈与についての定義を批判し、すべては交換であると主張したレヴィ＝ストロースに対し、ゴドリエはモースの贈与概念再考から始めて、レヴィ＝ストロースの交換概念の基礎となる象徴重視に異を唱える。ゴドリエは贈与の、象徴界ではなく想像界での意味を社会学的に解明しようとする。本論文は文化人類学の贈与と交換に立ち入りはしないが、このテーマについての彼らの議論は、父権制南部社会で贈与にこだわるクウェンティンを考える上で示唆に富む。

13　コンプソン夫人はキャディが毎月送ってくる小切手を焼く儀式をするが、ジェイソンは彼女をだまして偽の小切手を焼かせ、本物の小切手の横領がばれないようにしている。ジェイソンの姑息な手口については以下を参照のこと。Ross and Polk 165-67.

14　グー　五八。

15　シーゴッグの説教については批評家の間で評価がわかれている。ブレイカスタンは、シーゴッグの説教を最終セクションの代表的メッセージととらえることには慎重であるが、コミュニケーションの上でシーゴッグの声の役割を最大限評価する（*Most Splendid* 196）。それに対しサンドキストは、この説教を「劇的パロディで哲学的ナンセンス」（Sundquist 13）とこきおろす。テイラーはシーゴッグについて「年老いた猿」といった描写が、白人の黒人に対する偏見からでている、と警戒する（Taylor 49）。シーゴッグ評価は、その批評家が『響きと怒り』をモダニズム文学の傑作として見るか、それともポストコロニアリズムの視点から見るかによって分かれる傾向がある。一方フェルドスタインのように、説教中に兄弟や姉妹という呼びかけを連発するシーゴッグと彼に感じ入るディルシーの間にこの小説の近親相姦のテーマを見る、という皮肉な見方もある（Feldstein 85-98）。

16 Meriwether, *Miscellany* 160.

第六章

1 *BIO* 641-42.

2 *Essays* 178.

3 Meriwether, "Introduction" 709.

4 *Essays* 177.

5 ブレイカスタンはこの小説の古典的な批評について、相対立する解釈を手際よく整理して紹介している（*Faulkner's* AILD 144-47）。オードネル（O'Donnell 87）、ブルックス（Brooks, *Yoknapatawpha* 141, 143-44）、ハウ（Howe 175-76, 190-91）らは家族の結束や名誉の保持を基本的に賛美する。それに対しヴィカリーはユーモアと恐怖の混合に潜む旅のむなしさを指摘している（Vickery 52, 65）。

6 クリステヴァを基礎にアディの女性性を擁護する論としてはウッドベリ、ウッド、ハスティス（Woodbery, Wood, Hustis）を参照のこと。ブレグマン（Bregman）は、フェミニズム解釈に当時の女性の立場についての社会分析を結合させている。それに対し、アディの女性性を欠点として捉え、象徴界の言語の必要性を説く議論は、サッス、カルキンズ（Sass, Calkins）などがある。

7 Sundquist 28-43.

8 Matthews, "Machine" 72-74, 87, Wadlington, AILD 111.

9 『父なるアブラハム』の最初の書き直しは「アブラハムの子供たち」であるといわれる（Creighton 36）。
『父なるアブラハム』のその後のヴァージョンについては田中久男氏「*The Hamlet* の胚胎」、特に三〇—三一の注15、Creighton 161, 注6にそれぞれのヴァージョンの説明がある。さらに小野清之氏「"Spotted Horses" の成立」、小山敏夫氏（二三六—四〇）にこれらの原稿の詳しい議論がある。またパッツェルに各ヴァージョンの雑誌社送付日付がある（Putzel 304）。

10 *BIO* 595-97.

11 「小百姓たち」の雑誌社送付については *BIO* 664, *BIO* Notes 95 参照。「アリア・コン・アモーレ」の方は一九三二年二月に書き直されたという（*BIO* 684）。小山氏は小野氏の指摘など（小野 五二、六〇—六二）、「アリア・コン・アモーレ」成立についての問題点を整理している（三九九—四〇〇）。

12 *BIO* 691.

13 大橋氏は『父なるアブラハム』にも登場する「花が三つ咲いている桃の小枝を歯にくわえている」人物が、二つの「死の床に横たわりて」及び「アリア・コン・アモーレ」で復活されて、しかも後者でバンドレンと名付けられていることを指摘している。そして「斑馬」では「桃の小枝を歯にくわえている」人物は現れず、バンドレンは別の人物として設定されていることから、「アリア・コン・アモーレ」がむしろ小説『死の床に横たわりて』に近い作品ではないか、という興味深い推測を述べている（二八一、三四四）。

14 *BIO* 634-35.

15 *BIO* 596-97, 田中久男「胚胎」五、Creighton 36-46, 小山 二三七。早くに書かれたであろうヴァージョンの方はすべて会話から成り、文章に句読点がない。

16 *BIO* 635.
17 *BIO* 526.
18 芸術家と市場の関係については第三章参照のこと。
19 『兵士の報酬』でジョージ・ファーは、ゴルゴンのような自分の水死体を中空から見下ろす幻視体験をしている。第二章第二節参照のこと。
20 ジャンメール 三九六。
21 グレイヴズ 一八七。
22 Sundquist 28, *LIG* 243.
23 もっとも『兵士の報酬』でジョーンズは「ハゲタカ」(六二)が空を飛ぶ崇高さをたたえているので、フォークナーもここではハゲタカが腐肉を食べることよりその飛翔の方に関心を持っていたのであろう。
24 *BIO* 527, 田中久男「胚胎」三〇。
25 確かにエドウィン・ハヴィランド・ミラーが指摘するように、「ライラックがこのまえ庭に咲いていた時」の詩もリンカンを悼む民衆の姿は描かれておらず(Miller 198)、ライラックの枝が手折られたことを強調すればその花は生命力より去勢を暗示するかもしれない。しかしこの詩が最後に母の子宮へ帰りたい詩人の願望を表しているとすれば(Miller 192)、『死の床に横たわりて』では母は息子を懐に迎える安住の地の象徴では決してない。
26 『サンクチュアリ』と『ボヴァリー夫人』については第七章で論じる。
27 『ボヴァリー夫人』では、夫人の髪を形見にほしがる夫シャルルの頼みを聞いてボヴァリー夫人の死体から髪の一房を切り取ろうとした薬屋が、死体を前に手が震え、彼女の額の生え際の皮膚をはさみで何度も傷つけてしまう(『ボヴァリー夫人』四二九)。『死の床に横たわりて』ではヴァルダマンが、死んだ母が息ができないのを恐れて、棺のふたの上から錐で何度も穴を開け、彼女の顔まで傷つける（七三）。

28 ブレイカスタンは、エマのアンドロジニー性を指摘したボードレールの意見はアディにも当てはまると述べているが（*Faulkner's* AILD 80）、このエピソードについては言及していない。

29 夫がほしがるセンチメンタルな形見のために死に顔を傷つけられるボヴァリー夫人には、彼女自身の生き方が皮肉に反映されているように、アディの傷ついた死に顔も彼女の生き方を表すブラック・ユーモアになっている。アディは、常に境界を破って相手に達するという方法で生きることの暴力的な確認を求めるが、幼い息子ヴァルダマンが彼女の顔を傷つけたのも、彼にとっては母を窒息から救うせっぱ詰まった行為であった。

30 レイリーは、バンドレン一家の町への旅は、中流階級に組み入れられたいという彼らの望みを表すと考える（Railey 88-94）。

31 Blaine 425. アンスの狡猾さを喜劇の主人公の特性として好意的に捉える論文としては Shroeder 34-46 などがある。

32 Matthews, "Machine" 76.

第七章

1 *BIO* 614.

2 *BIO* 618.

3 *BIO* 1984, 240.

4 *Essays* 178.

5 *Sanctuary OT* 74. 匿名の手紙についての議論は第四章第二、三節を参照のこと。

6 *BIO* 560-63, 570, 580-81, Wasson 84-85, Blotner, *Manuscripts 5* viii, x.
7 Sundquist 51. パーカーは『サンクチュアリ』ののぞき見について、ホレスや作者との関係を論じている（Parker 72)。
8 Whicher, ed., *Selections* 26-27, 55-56, 229.
9 ダイアン・ロバーツが述べるように、このときのテンプルの話は、レイプ被害者が耐え難い傷を物語化によって回避する心理に沿ったものと解釈できる（Roberts 137)。
10 宮下志朗　八三－八七参照。
11 Urgo 444.
12 Jones 149-50.
13 McHaney, *"Sanctuary"* 237.
14 Sundquist 57-58.
15 ロバーツは、一九一九―二〇年頃、白人女性レイプにまつわる黒人リンチがミシシッピ州で多発したことが『サンクチュアリ』の底流にあると指摘しているが、彼女の指摘も『サンクチュアリ』に潜む黒人問題を言い当てている（Roberts 139)。

結びにかえて

1 *FIU* 6.
2 *FIU* 1-2.
3 Blotner, *Selected* 220-21, Feb 4, 1946, 228, 13 March 1946, *BIO* 1207-08.
4 藤平育子氏はキャディの処女「喪失」という表現に異議を唱え、「経験の獲得」と再定義して、キャディの沈黙も抑圧状態とはみなさない（藤平 六八）。

5 第五章注7参照。Meriwether, *Miscellany* 161.

6 「複製技術の時代における芸術作品」、『ボードレール』六五。

7 Cowley, *File* 7, Blotner, *Selected* 182, May 7, 1944 にも収録。

8 Blotner, *Selected* 217-18, January 5, 1946.

9 Lester, "To Market" 387-89.

10 「付録」はフォークナーの他の作品群と照応してそれらを補強する、というメアリー・ジェイン・ディッカーソンの意見もある（Dickerson 337）。スーザン・ドナルドソンは、『響きと怒り』では作者はコンプソン兄弟とともにキャディを見る側にあり、彼女より優位に立っていたが、「付録」ではディルシーのように、写真を見ることを拒否する立場も描かれていることに注目する（Donaldson 35-38）。彼女は、常に女性が見られる側、という視線の暴力性を再考するという点で、「付録」を評価する。一方デイヴィスは、フォークナーは「付録」でもあくまでも白人男性として見る側の優位に立って、キャディや他の女性、さらに黒人を物語る、と非難する（Davis 238-52）。

11 フォークナーはハロルド・オーバーへの手紙で次のように言っている。"Malcolm Cowley has done a fine job in Spoonrivering my apocryphal county" (Blotner, *Selected* 218, Jan 5, 1946). "The job is splendid" (Cowley, *File* 90, April 23, 1946).

12 "It's not a new work by Faulkner. It's a new work by Cowley all right through" (Blotner, *Selected* 211, Dec 8, 1945, Cowley, *File* 66).

13 Cowley, *Portable* 713.

14 マクルーハン 一八〇。

15　Michaels, *Our America* 参照。

あとがき

学部学生として、フォークナーの『八月の光』を初めて原書で読んだのがずいぶん昔だ、ということに気づいて呆然としている。自分の過去の記憶が時の前後を無視して、「エミリーにバラを」の老人たちのように、渾然とした一つの空間に遊ぶのはまだ少し早い、と思うのだけれど、ある意味では、フォークナーに対する自分の態勢は、そのときからあまり変わっていない気もする。私とフォークナーのそもそもの出会いは、中学生の頃、ヘミングウェイの小説がお目当てで図書館から借りた本に、『サンクチュアリ』が納められており、訳の分からない奇妙な小説だ、と思ったことから始まる。その後、英文科学生として『八月の光』で再会して、ストーリーの衝撃と技巧の巧みさに圧倒され、魔の道に踏み込んでしまった。アメリカ文学を専攻して、フォークナーの他にもいろいろ気になることはあるのだが、本来不器用なたちで、フォークナー中心の研究が続いている。それでも一度、過去一五年ばかり自分がフォークナーについて考えてきたことをまとめ、今後新たな視点でアメリカ文学について考えるきっかけにすることができれば、と思って本という形にした。

この本の内容は、今まで論文として発表したものに基づいているが、英語で書いたものは日本語に書き直し、すべて加筆修正、または論を発展させている。内訳は次の通りである。

序論　書き下ろし。

第一章　"Faun, Puppet and Pierrot: Some Basic Imagery in Faulkner"『アメリカ文学研究』二五（一九八九）、五一－六六頁、及び "The Artistic Tension of Hill Imagery in Faulkner's Works" 神戸商科大学紀要『人文論集』二三－一（一九八七）、四三－五八頁を基に加筆。

第二章　第一節は "Facing Donald's Scar: Faulkner's First Novel" 神戸商科大学紀要『人文論集』二四－三、四（一九八九）、一三一－五一頁を基に加筆。

第三章　書き下ろし

第四章　第一節は "The Impasse of a Fallen Aviator in William Faulkner's *Flags in the Dust*" 日本アメリカ文学会関西支部『関西アメリカ文学』三一（一九九四）、三一－四八頁を基

に加筆。

第五章　第一、二、四節は "Boundary and Exchange in *The Sound and the Fury*" 日本アメリカ文学会中部支部『中部アメリカ文学』二号（一九九九）、一―一八頁を基に加筆。

第六章　第一節は「メドゥーサと詩人と馬――「カルカソンヌ」から『死の床に横たわりて』まで」松柏社『フォークナー』四号（二〇〇二）、一一七―一二六頁を基に加筆。

第七章　第一節は "*Sanctuary*: The Dead End of Seeing" 日本アメリカ文学会関西支部『関西アメリカ文学』二四（一九八七）、五一―六五頁を基に加筆。このほか、"What Horace Benbow Sees: Voyeurism, Narcissism, and Misogyny from *Flags in the Dust* to *Sanctuary*" 山口書店 *Faulkner Studies* 二―一（一九九四）、二七―四一頁は、一部が第四章第二節、及び第七章にそれぞれ組み入れられている。

結びにかえて　書き下ろし。

フォークナーやホイットマンの和訳は、すでにある諸先生方の訳を基にしているが、自分で訳してみたところもある。参考にさせていただいた訳書は、引用文献リストの最後に記しており、この場を借りてお礼を申し上げる。

フォークナーは、二〇世紀アメリカ文学を代表する作家の一人として、新たな文学理論やアプローチの餌食になりやすい。しかしずたずたにされ満身創痍になりながら、土埃がおさまるとやはりそこにそびえている、という気がする。彼の作品は、南部の日向臭さや鬱屈した思い、父権制人種差別社会を書くかと思うと、アメリカンルネッサンスの流れも継承して、なかなか汲み尽くせない魅力がある。二〇〇一年九月同時多発テロ以降、アメリカ合衆国は、ともすれば独善的で単独主義的な行動をとるイメージが強い。しかしアメリカ文学は、もっと豊かな想像力と思索の可能性を示してきたはずである。フォークナーを一例として、そのことを明らかにしていくこと、言語の可能性を探ることも、アメリカ文学研究者の一つの務めかと思う。もちろん、冷戦時代のアメリカで強調され、フォークナーも利用された「アメリカ文学の成熟」が、当時のニューリベラリズムの言説に見事に合致してしまった、という指摘にも敏感でなければならないのだが。

一方、私的なことに触れるのを許してもらえれば、出版は、ふと立ち止まって自分を振り返る機会にもなった。私は多くの良き師に恵まれた。神戸女学院大学で三宅晶子先生に出会い、その博識と学問への情熱に接して、文学研究の面白さに目覚めることができたのは、望外の幸せだと思っている――おそれ多くてとてもパウンド研究には手がでなかったが。続いて大阪市立大学大学院では、岩瀬悉有先生の含蓄に富んだ米文学の講義を聴いた。さらに笹山隆先生には、シェイクスピアや演劇を教わったのみならず、学究の峻厳と華を感じさせられた。薔薇を嗅ぐように文学理論を語り、東西の古典を縦横に引用して論じられる講義は、大変魅力的であった。その後、縁あってペンシルバニア州にあるリーハイ大学大学院に入り、*William Faulkner: Art in Theological Tension* を著されたジョン・ハント教授の指導を受けることを楽しみにしていたが、教授は残念ながら私が入ったその年に学部長になられ、講義を聴く機会はなかった。しかしハント教授に推薦していただいたジェイムズ・フレイクス教授に指導を受けることができた。フレイクス先生の授業は非常にきつかったが、独特のユーモア感覚があり、私はヘンリー・ジェイムズの作品を読みながら声をあげて笑う、ということを初めて学んだ。フレイクス教授が『ニューヨークタイムズ』のブックレビューに書評を書いておられることは知っていたが、彼がジョン・バースのよき友人であることは、たまたまのちにバースと話す機会があったときに初めて知った。教育熱心な先生で、厳しく鍛えられたが、とてもはにかみ屋なところもある紳士であった。今春亡くなられたことを聞き、ここに謹んでご冥福をお祈り申し上げます。

アメリカ滞在中に参加したミシシッピ州オックスフォードのフォークナー会議のテーマは、"Faulkner: International Perspectives" で、大橋健三郎先生が講師として来られていた。大橋先生には会議中、またその後も何かと励ましの言葉をいただいて、大変感謝している。フォークナー研究を続けるのは、なかなかしんどいと思うこともあったが、曲がりなりにも続けてこられたのは、先生が後輩のフォークナー研究者に一様に注がれるご厚情の賜物である。

帰国してからは、関西フォークナー研究会のみなさんにずいぶんお世話になった。難解な作家に取り組む会でありながら、どこかのんびりしたところがあって、私のような怠け者も快く受け入れていただき、今日に至っている。さらに、日本ウィリアム・フォークナー協会、特に評議員の方々には大変お世話になっている。協会のめざましい活動のなかにあって、もっと精進せねばというプレッシャーを受けたのも、この本の出版の原動力の一つである。心より感謝申し上げる。

開文社出版の安居洋一氏には出版を快く引き受けていただき、いろいろと助言をいただいた。厚くお礼申し上げる。

最後に、常に悠揚迫らぬ無頓着さで私の精神安定剤役を果たしてくれた夫に感謝する。

二〇〇二年七月三〇日

田中敬子

索　　　引

【あ行】
アーウィン　John T. Irwin　14-16
アガメムノン　Agamemnon　174-75, 181
アガンベン　Giorgio Agamben　103, 253
アーゴー　Joseph Urgo　217, 262
アダムズ　Richard P. Adams　17, 247
アーノルド　Edwin T. Arnold　253
アンダソン　Quentin Anderson　77, 251
アンダソン　Sherwood Anderson　49-50, 71, 85, 109, 186
ヴィカリー　Olga Vickery　15, 249, 258
ウィッテンバーグ　Judith B. Wittenberg　94, 252-53
ヴェルナン　Jean-Pierre Vernant　69, 251
ヴェルレーヌ　Paul Verlaine　5, 43
エイケン　Conrad Aiken　39
エマソン　Ralph Waldo Emerson　5-9, 12, 19, 51-52, 70-78, 206-08, 218, 232, 244, 246, 251
　『アメリカの学者』　*The American Scholar*　9, 71
　『経験』　*Experience*　52, 74-77
　『自己信頼』　*Self-Reliance*　73
　『自然』　*Nature*　72, 77, 206, 208
エリオット　T. S. Eliot　1, 11, 43, 50-51, 62-63, 68, 84, 108, 248, 250
　『荒地』　*The Waste Land*　62, 84
　『プルーフロックとその他の観察』　*Prufrock and Other Observations*　62

大橋健三郎　18, 246-47, 253, 259
オードネル　George Marion O'Donnell　14, 247, 258
小野清之　259
オーバー　Harold Ober　237, 263
オールダム　Estelle Oldham（Franklin）　32, 45, 169, 171, 198

【か行】

カウリー　Malcolm Cowley　228, 237-38, 254, 263
キーツ　John Keats　5, 43, 65, 120, 248
グー　Jean-Joseph Goux　161-62, 257
グウィン　Minrose C. Gwin　82, 252
草光俊雄　253
クライスワース　Martin Kreiswirth　18, 248
クラーク　Deborah Clarke　16, 80
グリムウッド　Michael Grimwood　18, 106, 253-54
グールド　Stephen Jay Gould　255
グルニエ　Roger Grenier　252
グレイ　Richard Gray　246
グレイヴズ　Robert Graves　260
クレイトン　Joanne V. Creighton　259
グレセー　Michel Gresset　18, 24, 63-64, 247, 250
ケイジン　Alfred Kazin　2, 246
ケナー　Hugh Kenner　14, 247
コーエン　Philip Cohen　138, 255
ゴドリエ　Maurice Godelier　257
小山敏夫　259

【さ行】

サンドキスト　Eric J. Sundquist　15, 172, 185, 206, 257-58, 260, 262

シェイ　Hans H. Skei　248, 253
ジャンメール　Henri Jeanmaire　181, 260
ジョイス　James Joyce　1, 10-11
ジョーンズ　Anne Goodwyn Jones　219, 262
シンガル　Daniel J. Singal　11, 17, 247
シンプソン　Lewis P. Simpson　248
スウィンバーン　A. C. Swinburne　5, 50, 250
杉山直人　256
『スクリブナーズ』　*Scribner's*　173, 254
スタイン　Gertrude Stein　10, 112
スタイン　Jean Stein　109, 185
ストーナム　Gary Lee Stonum　248
ストーホフ　Gary Storhoff　256
ストーレイ　Robert Storey　43, 248
ストーン　Phil Stone　1, 84, 250
スニード　James A. Snead　256-57
スプラトリング　William Spratling　85
スミス　Harrison Smith　197-98
スレイトフ　Walter J. Slatoff　15
センシバー　Judith L. Sensibar　44-45, 249-50
ゼンダー　Karl F. Zender　17, 251

【た行】

ダイクストラ　Bram Dijkstra　253
『タイムズ・ピカユーン』　*Times-Picayune*　50
ダーディス　Tom Dardis　252
田中久男　18, 250, 259-60
谷川渥　251
『ダブル・ディーラー』　*The Double Dealer*　50, 249
デイヴィス　Thadious M. Davis　263

ディッカーソン　Mary Jane Dickerson　263
テイラー　Walter Taylor　255, 257
テーヴェライト　Klaus Theweleit　63, 69, 250
ドス・パソス　John Dos Passos　252
ドナルドソン　Susan V. Donaldson　263
ドライサー　Theodore Dreiser　84

【な行】
農本主義　10, 12

【は行】
ハウ　Irving Howe　258
ハウェルズ　William Dean Howells　99, 253
ハウスマン　A. E. Housman　50, 63, 248
パーカー　Robert Dale Parker　262
バーク　Kenneth Burke　251
長谷川嘉男　250
パッカー　B. L. Packer　77, 251
バックマン　Melvin Backman　246
パッツェル　Max Putzel　18, 254-55, 259
花岡秀　251
バフチン　Mikhail Mikhailovich Bakhtin　16, 221, 246
ハリントン　Gary Harrington　105, 254
ピアース　Roy Harvey Pearce　6, 246
ビアズレー　Aubrey V. Beardsley　11, 45, 59
ピエロ　2, 23, 32-34, 36-39, 43-45, 47, 53, 57, 65, 87, 140, 249, 256
ビュエル　Lawrence Buell　12, 247
平石貴樹　18, 185
ファウラー　Doreen Fowler　138, 255
ファシズム　240-41, 244

フィッセン Andreas Huyssen 253
フィッツジェラルド F. Scott Fitzgerald 9, 86, 252
フェティッシュ 104, 168, 210, 227, 230-31, 236, 239
フェルドスタイン Richard Feldstein 258
フォークナー John Faulkner 253
フォークナー William Faulkner
『アブサロム、アブサロム！』 *Absalom, Absalom!* 40-41, 48, 78, 225, 233, 238
『操り人形』 *The Marrionettes* 44-45, 53, 140, 220, 249, 256
「アリア・コン・アモーレ」 "Aria con Amore" 173, 179, 259
『行け、モーゼ』 *Go Down, Moses* 3, 244
「ウィリーおじさん」 "Unlce Willy" 25
『エッセイ、演説および公開状』 *William Faulkner: Essays, Speeches & Public Letters* (*Essays*) 258, 261
『エルマー』 *Elmer* 82, 253
「丘」 "The Hill" 24, 29-30, 32, 34, 39-41, 185
『蚊』 *Mosquitoes* 6, 19, 71, 79-87, 90, 95-96, 102, 107-08, 165-66, 176-78, 216, 226-27, 231, 243, 252-53
「カルカソンヌ」 "Carcassonne" 31, 34-35, 69-70, 95-96, 106-07, 172, 174-86, 248, 251
「幸運の着陸」 "Landing in Luck" 25
『サートリス』 *Sartoris* 10, 109, 199-200, 247
『サンクチュアリ』 *Sanctuary* 3, 13, 21, 35-36, 45, 57, 72, 134, 137, 169-70, 172, 193, 197-203, 205-09, 211-14, 218-21, 223, 229, 231-32, 234, 236, 260, 262
『サンクチュアリ』 オリジナル版 *Sanctuary: the Original Text* 21, 171, 193, 198-200, 212, 221, 223, 261
「死の床に横たわりて」 "As I Lay Dying" 173-74, 176, 178, 259
『死の床に横たわりて』 *As I Lay Dying* 20-21, 27, 40, 137, 169-75, 179-81, 183-87, 190-91, 193, 195, 197-98, 203, 223, 225,

244, 259-61
「女王ありき」 “There Was a Queen” 129-30, 254
『書簡選集』 *Selected Letters of William Faulkner* 263
『初期散文・詩集』 *William Faulkner: Early Prose and Poetry*（*EPP*） 25, 29, 34, 39-40, 246
『征服されざる人々』 *The Unvanquished* 4, 118
「世界対道化師 ── ノクターン」 “The World and Pierrot. A Nocturne.” 32-34, 36-37, 53, 256
『大学におけるフォークナー』 *Faulkner in the University*（*FIU*） 247, 249, 262
『大理石の牧神』 *The Marble Faun* 49-50, 83, 248
『短編集』 *Collected Stories of William Faulkner*（*CS*） 31-32, 34-35, 174, 183, 247, 251
『父なるアブラハム』 *Father Abraham* 110, 172-74, 176-80, 183-84, 186, 254, 259
「道化」 “Fantoches” 43
「ナザレより」 “Out of Nazareth” 42
「ニューオリンズ」 “New Orleans” 85
『ニューオリンズ・スケッチ』 *New Orleans Sketches* 42, 85
『庭のライオン』 *Lion in the Garden: Interviews with William Faulkner 1926-1962*（*LIG*） 246, 249, 254
「ニンフに魅せられて」 “Nympholcpsy” 30-32
「野鴨」 “Wilde Geese” 26-27, 33, 66, 247
『八月の光』 *Light in August* 2, 3, 36-38, 41, 56, 70, 137, 172, 202, 223, 244
『春のまぼろし』 *Vision in Spring* 32, 37, 43-45, 53, 140, 249, 256
「斑馬」 “Spotted Horses”（「小百姓たち」“The Peasants” を含む） 173, 259
『響きと怒り』 *The Sound and the Fury* 18, 20-21, 40, 74, 77,

80, 114, 134-35, 137-38, 140-41, 162, 164, 166, 168-70, 198, 201, 203, 227-29, 231, 233, 235, 236, 239-41, 243, 250, 263
『響きと怒り』の序文　134-35, 137-40, 166, 168, 170-71, 231, 233, 255-56, 258
『響きと怒り』の「付録」　“Appendix”　21, 228-29, 233, 235, 237-39, 241, 244, 263
『標識塔』　*Pylon*　65-66
「ブラック・ミュージック」　“Black Music”　30-31, 38, 248
「古い詩と生まれつつある詩 ── ある遍歴」　“Verse Old and Nascent: A Pilgrimage”　5
『兵士の報酬』　*Soldiers' Pay*　6, 8, 19-20, 25, 43, 49-54, 56-57, 62-64, 66-70, 72-76, 78-79, 82-84, 111, 114, 172, 185-87, 191, 207, 220, 227, 231, 242, 260
『ヘレン ── ある求愛』　*Helen: A Courtship*　64, 247
「牧神の午後」　“L'Apres-Midi d'un Faune”　44
『埃にまみれた旗』　*Flags in the Dust*　4, 10, 20, 25, 28, 109-11, 113-14, 118, 122, 125, 129-31, 133-35, 191, 199-201, 211, 213, 227, 231, 243, 247, 255
『ポータブル・フォークナー』　*The Portable Faulkner*　228, 237-38, 254, 263
『墓地への侵入者』　*Intruder in the Dust*　3
『ミシシッピ詩集』　*Mississippi Poems*　247
『緑の大枝』　*A Green Bough*　29, 38, 62, 248, 254
『村』　*The Hamlet*　41, 46, 173, 178, 249
『メーデー』　*Mayday*　33, 65, 83
『野生の棕櫚／エルサレムよ、我もし汝を忘れなば』　*If I Forget Thee, Jerusalem* [*Wild Palms*]　75, 226, 251
「ライラック」　“The Lilacs”　62, 122, 186, 250, 254
フォーン　2, 23, 29-32, 34-35, 37-39, 41-47, 51-53, 55, 57, 60, 65, 86-87, 248-249

富士川義之　253
藤平育子　262-63
フリードマン　Jonathan Freedman　11, 247
ブルックス　Cleanth Brooks　14-15, 64, 79, 247, 249-50, 252, 258
ブルッコリ　Matthew J. Bruccoli　252
ブルデュー　Pierre Bourdieu　13, 253
ブルーム　Harold Bloom　72, 76, 251
ブレイカスタン　André Bleikasten　18, 257-58, 261
フロイト　Sigmund Freud　84, 104, 172, 236, 254
ブロットナー　Joseph Blotner　39, 175-76, 246-48, 251-52, 262-63
ブロートン　Panthea R. Broughton　82-83, 252
フローベール　Gustave Flaubert　215-16
　『ボヴァリー夫人』　*Madame Bovary*　193, 214-15, 250, 260-61
ベアード　Helen Baird　64, 83, 85, 250, 254
ヘーニヒハウゼン　Lothar Hönnighausen　11, 17, 247
ヘミングウェイ　Ernest Hemingway　9, 86, 112, 249, 252
ベンヤミン　Walter Benjamin　234, 254
ポー　Edgar Allan Poe　6, 87-88
ホィッチャー　Stephen E. Whicher　77, 251, 262
ホイットマン　Walt Whitman　5-8, 19, 51-52, 62-68, 70, 74, 77-78, 186-87, 227, 242, 246, 250
　「一匹の静かな辛抱強い蜘蛛」　“A Noiseless Patient Spider”　78
　「果てしなく揺れ動くゆりかごから」　“Out of the Cradle Endlessly Rocking”　62-63, 66-68, 250
　「ライラックがこのまえ庭に咲いていたとき」　“When Lilacs Last in the Dooryard Bloom'd”　8, 62-63, 66-68, 186-87, 190, 250, 260,
　「鷲の戯れ」　"The Dalliance of the Eagles”　64
ポーク　Noel Polk　249, 257
ホーソン　Nathaniel Hawthorne　5-6, 9, 72

ポーター　Carolyn Porter　17, 246
ボードレール　Charles Baudelaire　103, 108, 215, 253-54, 261
ポワリエ　Richard Poirier　77, 251

【ま行】

マイケルズ　Walter Benn Michaels　99, 241, 253, 255, 264
マクルーハン　Marshall McLuhan　241, 263
マシューズ　John T. Matthews　15-16, 172, 195, 247, 256-57, 259, 261
マックヘイニー　Thomas L. McHaney　220, 249, 251, 253, 262
ミシェル　Frann Michel　80-81, 88, 94, 252-53
宮下志朗　262
ミラー　Edwin Haviland Miller　260
ミルゲイト　Michael Millgate　17, 41, 62-63, 67, 246, 248-50, 252
ミンター　David Minter　246
メドゥーサ（ゴルゴン）　13, 20, 63, 69-70, 72-73, 75, 95, 127, 181, 232, 251, 260
メリウェザー　James B. Meriwether　138, 246, 255-56, 258, 263
メルヴィル　Herman Melville　6, 9, 72
モアランド　Richard C. Moreland　15
モース　Marcel Mauss　257
モーティマー　Gail L. Mortimer　16
モリス　Wesley Morris & Barbara Alverson Morris　15
モリス　William Morris　84, 103

【や行】

山下昇　246
ヨクナパトファ　13-14, 20, 23-24, 109, 216, 238, 243
ヨーダー　R. A. Yoder　77, 251
ヨンス　Margaret Yonce　249

【ら行】

ラロンド　Christopher A. Lalonde　253
リヴライト　Horace Liveright　82-85
リチャードソン　H. Edward Richardson　17
リンカン　Abraham Lincoln　8, 67-68, 186-87, 242, 250, 260
レイドー　Lisa Rado　80-81, 252
レイリー　Kevin Railey　261
レヴィ＝ストロース　Claude Lévi-Strauss　257
レスター　Cheryl Lester　144, 237-38, 256, 263
ロス　Stephen M. Ross　257
ロバーツ　Diane Roberts　222, 262

【わ行】

ワイルド　Oscar Wilde　10-11, 82, 103, 106, 108
ワゴナー　Hyatt H. Waggoner　249-50
ワッソン　Ben Wasson　200, 246, 250, 262
ワトソン　James G. Watson　18, 137, 252-55
ワドリントン　Warwick Wadlington　172, 259

引用文献

【英語文献】

Adams, Richard P. *Faulkner: Myth and Motion.* Princeton: Princeton UP, 1968.

Anderson, Quentin. *The Imperial Self: An Essay in American Literary and Cultural History.* New York: Alfred A. Knopf, 1971.

Arnold, Edwin T. *Annotations to* Mosquitoes. New York: Garland, 1989.

Backman, Melvin. *Faulkner, The Major Years: A Critical Study.* Bloomington and London: Indiana UP, 1966.

Blaine, Diane Y. "The Abjection of Addie and Other Myths of the Maternal in *As I Lay Dying.*" *Mississippi Quarterly* 47 (1994): 419-39.

Bleikasten, André. *Faulkner's* As I Lay Dying. Revised and enlarged. Trans. Roger Little. Bloomington and London: Indiana UP, 1973.

______. *The Ink of Melancholy: Faulkner's Novels from* The Sound and the Fury *to* Light in August. Bloomington and Indianapolis: Indiana UP, 1990.

______. *The Most Splendid Failure: Faulkner's* The Sound and the Fury. Bloomington: Indiana UP, 1976.

Bloom, Harold. *A Map of Misreading.* New York: Oxford UP, 1975.

______, ed. and intro. *Modern Critical Views: Emerson.* New York: Chelsea House, 1985.

Blotner, Joseph. *Faulkner: A Biography.* 2 vols. New York: Random, 1974.

______. *Faulkner: A Biography.* New York: Random, 1984.

______, ed. *Selected Letters of William Faulkner.* New York: Vintage

Books, 1978.

______, comp. *William Faulkner's Library: A Catalogue.* Charlottesville: UP of Virginia, 1964.

______, ed. *William Faulkner Manuscripts 5, Volume I:* Flags in the Dust, *Holograph Manuscript.* New York: Garland Publishing, 1987.

Bregman, Jill. "'this was the answer to it': Sexuality and Maternity in *As I Lay Dying.*" *Mississippi Quarterly* 49 (1996): 393-407.

Brooks, Cleanth. *William Faulkner: The Yoknapatawpha Country.* New Haven and London: Yale UP, 1963.

______. *William Faulkner: Toward Yoknapatawpha and Beyond.* New Haven and London: Yale UP, 1978.

Broughton, Panthea Reid. "The Economy of Desire: Faulkner's Poetics, from Eroticism to Post-Impressionism." *The Faulkner Journal* 4 (Fall 1988, Spring 1989) [published Fall 1991]: 159-177.

Bruccoli, Matthew J., ed. *F. Scott Fitzgerald: A Life in Letters.* New York: Touchstone, 1994.

Buell, Lawrence. *New-England Literary Culture from Revolution through Renaissance.* Cambridge: Cambridge UP, 1994.

Burke, Kenneth. "I, Eye, Ay — Emerson's Early Essay 'Nature': Thoughts on the Machinery of Transcendence." *Transcendentalism and Its Legacy.* Ed. Myron Simon and Thornton H. Parsons. Ann Arbor: U of Michigan P, 1966. 3-24.

Calkins, Paul Luis. "Be Careful What You Wish For: *As I Lay Dying* and the Shaming of Abjection." *The Faulkner Journal* 12 (1996): 91-109.

Clarke, Deborah. *Robbing the Mother: Women in Faulkner.* Jackson: UP of Mississippi, 1994.

Cohen, Philip and Doreen Fowler. "Faulkner's Introduction to *The Sound and the Fury.*" *American Literature* 62 (1990): 262-83.

Cowley, Malcolm. *The Faulkner-Cowley File: Letters and Memories, 1944-1962.* London: Chatto & Windus, 1966.

______, ed. *The Portable Faulkner.* New York: Viking Penguin, 1977.

Creighton, Joanne V. *William Faulkner's Craft of Revision: the Snopes Triology.* Detroit: Wayne State UP, 1977.

Dardis, Tom. *Firebrand: the Life of Horace Liveright.* New York: Random, 1995.

Davis, Thadious M. "Reading Faulkner's Compson Appendix: Writing History from the Margins." *Faulkner and Ideology: Faulkner and Yoknapatawpha, 1992.* Eds. Donald Kartiganer and Ann J. Abadie. Jackson: UP of Mississippi, 1995. 238-52.

Dickerson, Mary Jane. "'The Magician's Wand': Faulkner's Compson Appendix." *Mississippi Quarterly* 28 (1975): 317-37.

Donaldson, Susan V. "Reading Faulkner Reading Cowley Reading Faulkner: Authority and Gender in the Compson Appendix." *The Faulkner Journal* 7 (Fall 1991/Spring 1992): 27-41.

Eliot, T.S. *T.S.Eliot: Collected Poems 1909-1962.* London and Boston: Faber and Faber, 1963.

Faulkner, John. *My Brother Bill.* Athens: Hill Street P, 1998.

Faulkner, William. *Absalom, Absalom!.* New York: Random, 1986.

______. *As I Lay Dying.* New York: Vintage Books, 1985.

______. *Collected Stories of William Faulkner.* New York: Vintage Books, 1977.

______. *"Elmer."* Ed. Diane L. Cox, James B. Meriwether, foreword. *Mississippi Quarterly* 36 (1983): 337-451.

______. *Essays, Speeches & Public Letters by William Faulkner.* Ed. James B. Meriwether. New York: Random, 1965.

______. *Father Abraham.* Ed. James B. Meriwether. New York: Random, 1983.

______. *Flags in the Dust.* Ed. Douglas Day. New York: Random, 1973.

______. *Go Down, Moses.* New York: Vintage, 1990.

______. *The Hamlet.* New York: Vintage Books, 1991.

______. *Helen: A Courtship and Mississippi Poems.* Intros. Carvel Collins and Joseph Blotner. New Orleans and Oxford, MS: Tulane U and Yoknapatawpha P, 1981.

______. *If I Forget Thee, Jerusalem* [*The Wild Palms*]. New York: Vintage Books, 1995.

______. *Light in August.* New York: Vintage Books, 1987.

______. *The Marble Faun and A Green Bough.* New York: Random, 1960.

______. *The Marionettes.* Intro. Noel Polk. Charlottesville: UP of Virginia, 1977.

______. *Mayday.* Intro. Carvel Colloins. Notre Dame and London: U of Notre Dame P, 1978.

______. *Mosquitoes.* Intro. Frederick R. Karl. New York: Liveright, 1997.

______. *New Orleans Sketches.* Intro. Carvel Collins. New Brunswick: Rutgers UP, 1958.

______. *Pylon.* New York: Vintage Books, 1987.

______. *Sanctuary.* New York: Vintage Books, 1987.

______. *Sanctuary: the Original Text.* Ed. Noel Polk. New York: Random, 1981.

______. *Sartoris.* New York: Random, 1956.

______. *Soldiers' Pay.* New York: Liveright, 1954.

______. *The Sound and the Fury.* New York: Random, 1984.

______. *The Unvanquished.* New York: Vintage Books, 1991.

______. *Vision in Spring.* Intro. Judith L Sensibar. Austin: U of Texas P, 1984.

______. *William Faulkner: Early Prose and Poetry.* Intro. Carvel Collins. Boston and Toronto: Little, Brown, 1962.

Feldstein, Richard. "Faulkner's *The Sound and the Fury:* The Incest Theme." *American Imago* 41 (1985): 85-98.

Freedman, Jonathan. *Profession of Taste: Henry James, British Aestheticism, and Commodity Culture.* Stanford: Stanford UP, 1990.

Gosse, Edmund and Thomas James Wise, eds. *The Complete Works of Algernon Charles Swinburne.* Vol. 2. London: William Henemann, New York: Gabriel Wells, 1925.

Gray, Richard. *The Literature of Memory: Modern Writers of the American South.* Baltimore: The Johns Hopkins UP, 1977.

Gresset, Michel. *Fascination: Faulkner's Fiction, 1919-1936.* Durham and London: Duke UP, 1989.

______. *A Faulkner Chronology.* Trans. Arthur B. Scharff. Jackson: UP of Mississippi, 1985.

______. "Faulkner's 'The Hill.'" *The Southern Literary Journal* 6 (1974): 3-18.

Grimwood, Michael. *Heart in Conflict: Faulkner's Struggles with Vocation.* Athens: U of Georgia P, 1987.

Gwin, Minrose C. "Did Ernest Like Gordon? Faulkner's *Mosquitoes* and the Bite of 'Gender Trouble.'" *Faulkner and Gender: Faulkner and Yoknapatawpha, 1994.* Eds. Donald M. Kartiganer and Ann J. Abadie. Jackson: UP of Mississippi, 1996. 122-140.

Gwynn, Frederick L. and Joseph L. Blotner, eds. *Faulkner in the University: Class Conferences at the University of Virginia 1957-1958.* Charlottesville: UP of Virginia, 1977.

Harrington, Gary. *Faulkner's Fables of Creativity: The Non-Yoknapatawpha Novels.* Athens: U of Gerogia P, 1990.

Hepburn, Kenneth William. "Faulkner's *Mosquitoes*: A Poetic Turning Point." *Twentieth Century Literature* 17 (1971): 19-28.

Hönnighausen, Lothar. *Faulkner: Masks & Metaphors.* Jackson: UP of

Mississippi, 1997.

______. *William Faulkner: The Art of Stylization in his Early Graphic and Literary Work.* Cambridge: Cambridge UP, 1987.

Howe, Irving. *William Faulkner: A Critical Study.* Second edition, revised and expanded. New York: Vintage Books, 1962.

Howells, William Dean. "The Man of Letters as a Man of Business." *Literature and Life.* New York and London: Harper & Brothers, 1911. 1-35.

Hustis, Harriet. "The Tangled Webs We Weave: Faulkner Scholarship and the Significance of Addie Bundren's Monologue." *The Faulkner Journal* 12 (1996): 3-21.

Huyssen, Andreas. *After the Great Divide: Modernism, Mass Culture, Postmodernism.* Bloomington and Indianapolis: Indiana UP, 1986.

Irwin, John T. *Doubling and Incest/ Repetition and Revenge: A Speculative Reading of Faulkner.* Baltimore and London: The Johns Hopkins UP, 1975.

Jewkes, W.T. "Counterpoint in Faulkner's *The Wild Palms.*" *Wisconsin Studies in Contemporary Literature* 2 (1961): 39-53.

Jones, Anne Goodwyn. "Desire and Dismemberment: Faulkner and the Ideology of Penetration." *Faulkner and Ideology: Faulkner and Yoknapatawpha 1992.* Eds. Donald M. Kartiganer and Ann J. Abadie. Jackson: UP of Mississippi, 1995. 139-171.

Kazin, Alfred. "The Stillness of *Light in August.*" *William Faulkner: Three Decades of Criticism.* Eds. Frederick J. Hoffman and Olga W. Vickery. New York: Harcourt, Brace & World, 1960. 247-65.

Kenner, Hugh. *A Homemade World: The American Modernist Writers.* New York: Alfred A. Knopf, 1975.

Kreiswirth, Martin. *William Faulkner: The Making of a Novelist.* Athens: U of Georgia P, 1983.

Lalonde, Christopher A. *William Faulkner and the Rites of Passage.*

Macon: Mercer UP, 1996.

Lang, C. Y., ed. *The Swinburne Letters.* Vol. I. New Haven: Yale UP, 1959.

Lester, Cheryl. "From Place to Place in *The Sound and the Fury*: The Syntax of Interrogation." *Modern Fiction Studies* 34 (1988): 141-55.

______. "To Market, to Market: *The Portable Faulkner.*" *Criticism* 29 (1987): 371-92.

Matthews, John. T. *The Play of Faulkner's Language.* Ithaca and London: Cornell UP, 1982.

______. "*As I Lay Dying* in the Machine Age." *Boundary 2.* 19 (1992): 69-94.

Mauss, Marcel. *The Gift: the Form and Reason for Exchange in Archaic Societies.* Trans. W. D. Halls. London: Routledge, 1990.

McHaney, Thomas L. *William Faulkner's "The Wild Palms': A Study.* Jackson: UP of Mississippi, 1975.

______. "The Elmer Papers: Faulkner's Comic Portraits of the Artist." *Mississippi Quarterly* 26 (1973): 281-311.

______. "The Modernism of *Soldiers' Pay.*" *William Faulkner: Materials, Studies, and Criticism.* 3.1 (1980): 16-30.

______. "*Sanctuary* and Frazer's Slain Kings." *Mississippi Quarterly* 24 (1971): 223-45.

Meriwether, James B., ed. "An Introduction for *The Sound and the Fury.*" *The Southern Review* 8 (1972): 705-710.

______. "An Introduction to *The Sound and the Fury.*" *A Faulkner Miscellany.* Jackson: UP of Mississippi, 1974. 156-61.

______ and Michael Millgate, eds. *Lion in the Garden: Interviews with William Faulkner 1926-1962.* New York: Random, 1968.

Michaels, Walter Benn. *The Gold Standard and the Logic of Naturalism: American Literature at the Turn of the Century.* Berkley: U of

California P, 1987.

______. *Our America: Nativism, Modernism, and Pluralism.* Durham and London: Duke UP, 1995.

Michel, Frann. "William Faulkner as a Lesbian Author." *The Faulkner Journal* 4 (Fall 1988, Spring 1989) [published Fall 1991]: 5-20.

Miller, Edwin Haviland. *Walt Whitman's Poetry: A Psychological Journey.* New York: New York UP, 1968.

Millgate, Michael. *The Achievement of William Faulkner.* New York: Vintage Books, 1966.

______. "Starting out in the Twenties: Reflections on *Soldiers' Pay.*" *Mosaic* 7 (1973): 1-14.

Minter, David. *Faulkner's Questioning Narratives: Fiction of His Major Phase, 1929-42.* Urbana and Chicago: U of Illinois P, 2001.

Moreland, Richard C. *Faulkner and Modernisim: Rereading and Rewriting.* Madison: U of Wisconsin P, 1990.

Morris, Wesley with Barbara Alverson Morris. *Reading Faulkner.* Madison: U of Wisconsin P, 1989.

Mortimer, Gail L. *Faulkner's Rhetoric of Loss: A Study in Perception and Meaning.* Austin: U of Texas P, 1983.

O'Donnell, George Marion. "Faulkner's Mythology." *William Faulkner: Three Decades of Criticism.* Eds. Frederick J. Hoffman and Olga W. Vickery. New York: Harcourt, Brace & World, 1960. 82-93.

Packer, B. L. *Emerson's Fall: A New Interpretation of the Major Essays.* New York: Continuum, 1982.

Parker, Robert Dale. *Faulkner and the Novelistic Imagination.* Urbana and Chicago: U of Illinois P, 1985.

Pearce, Roy Harvey. *The Continuity of American Poetry.* Princeton: Princeton UP, 1961.

Poe, Edga Allan. *The Complete Tales and Poems of Edgar Allan Poe.* New York: The Modern Library, 1965.

Poirier, Richard. *The Renewal of Literature.* New York: Random, 1987.

Porter, Carolyn. *Seeing and Being: The Plight of the Participant Observer in Emerson, James, Adams, and Faulkner.* Middletown: Wesleyan UP, 1981.

Putzel, Max. *Genius of Place: William Faulkner's Triumphant Beginnings.* Baton Rouge and London: Louisiana State UP, 1985.

Rado, Lisa. "'A PerversionThat Builds Chartres and Invents Lear Is a Pretty Good Thing': *Mosquitoes* and Faulkner's Androgynous Imagination." *The Faulkner Journal* 9 (Fall 1993/ Spring 1994) [published Fall 1995]: 13-30.

Railey, Kevin. *Natural Aristocracy: History, Ideology, and the Production of William Faulkner.* Tuscaloosa and London: U of Alabama P, 1999.

Rhodes, Pamela E. "Who Killed Simon Strother, and Why?: Race and Counterplot in *Flags in the Dust.*" *Faulkner and Race: Faulkner and Yoknapatawpha 1986.* Eds. Doreen Fowler and Ann J. Abadie. Jackson: UP of Mississippi, 1987. 93-110.

Richardson, H. Edward. *William Faulkner: The Journey to Self-Discovery.* Columbia: U of Missouri P, 1969.

Roberts, Diane. *Faulkner and Southern Womanhood.* Athens and London: U of Georgia P, 1994.

Ross, Stephen M. and Noel Polk. *Reading Faulkner:* The Sound and the Fury. Jackson: UP of Mississippi, 1996.

Sass, Karen R. "At a Loss for Words: Addie and Language in *As I Lay Dying.*" *The Faulkner Journal* 6 (1991): 9-21.

Sensibar, Judith L. *The Origins of Faulkner's Art.* Austin: U of Texas P, 1984.

Shroeder, Patricia. "The Comic World of *As I Lay Dying.*" *Faulkner and Humor: Faulkner and Yoknapatawpha, 1984.* Eds. Doreen Fowler and Ann J. Abadie. Jackson and London: UP of Mississippi, 1986. 34-46.

Simpson, Lewis P. "Faulkner and the Legend of the Artist." *Faulkner: Fifty Years after* The Marble Faun. Ed. George H. Wolfe. University: U of Alabama P, 1977. 69-100.

Singal, Daniel J. *William Faulkner: The Making of a Modernist.* Chapel Hill and London: U of North Carolina P, 1997.

Skei, Hans H. *Reading Faulkner's Best Short Stories.* Columbia: U of South Carolina P, 1999.

______. *William Faulkner: The Short Story Career.* Oslo: Universitetsforlaget, 1981.

Slatoff, Walter J. *Quest for Failure: A Study of William Faulkner.* Westport: Greenwood P, 1960.

Snead, James A. *Figures of Division.* New York: Methuen, 1986.

Spratling, William and William Faulkner. *Sherwood Anderson and Other Famous Creoles.* Austin and London: U of Texas P, 1966.

Stonum, Gary Lee. *Faulkner's Career: An Internal Literary History.* Ithaca and London: Cornell UP, 1979.

Storey, Robert. *Pierrot: A Critical History of a Mask.* Princeton: Princeton UP, 1978.

______. *Pierrots on the Stages of Desire.* Princeton: Princeton UP, 1985.

Storhoff, Gary. "Caddy and the Infinite Loop: The Dynamics of Alcoholism in *The Sound and the Fury.*" *The Faulkner Journal* 12 (1997): 3-22.

Sundquist, Eric J. *Faulkner: The House Divided.* Baltimore: The Johns Hopkins UP, 1983.

Taylor, Walter. *Faulkner's Search for a South.* Urbana: U of Illinois P, 1983.

Theweleit, Klaus. *Male Fantasies.* Vol.1. Trans. Stephen Conway. Minneapolis: U of Minnesota P, 1987.

Urgo, Joseph. "Temple Drake's Truthful Perjury." *American Literature* 55 (1983): 435-44.

Vickery, Olga. *The Novels of William Faulkner: A Critical Interpretation.* Baton Rouge: Louisiana State UP, 1964.

Wadlington, Warwick. As I Lay Dying: *Stories out of Stories.* New York: Twayne, 1992.

Waggoner, Hyatt H. *William Faulkner: From Jefferson to the World.* Lexington: U of Kentucky P, 1959.

Wasson, Ben. *Count No 'Count: Flashbacks to Faulkner.* Jackson: UP of Mississippi, 1983.

Watson, James G., ed. *Thinking of Home: William Faulkner's Letters to his Mother and Father, 1918-1925.* New York: Norton, 1992.

______. *William Faulkner: Self-Presentation and Performance.* Austin: U of Texas P, 2000.

Whicher, Stephen E. *Freedom and Fate: An Inner Life of Ralph Waldo Emerson.* Philadelphia: U of Pennsylvania P, 1953.

______, ed. *Selections from Ralph Waldo Emerson: An Organic Anthology.* Boston: Houghton Mifflin, 1960.

Whitman, Walt. *Leaves of Grass.* Eds. Sculley Bradley and Harold W. Blodgett. New York: W.W. Norton, 1973.

Wittenberg, Judith Bryant. *Faulkner: The Transfiguration of Biography.* Lincoln and London: U of Nebraska P, 1979.

______. "Configuration of the Female and Textual Politics in *Mosquitoes.*" *Faulkner Studies* 1.1(1991): 1-19.

Wood, Amy L. "Feminine Rebellion and Mimicry in Faulkner's *As I Lay Dying.*" *The Faulkner Journal* 9 (Fall 1993/Spring 1994) [published Fall 1995]: 99-112.

Woodbery, Bonnie. "The Abject in Faulkner's *As Lay Dying.*"

Literature and Psychology 40.3 (1994): 26-42.

The Yellow Book. vol.1. 1894. New York: AMS Press & Arno Press, 1967.

Yoder, R.A. *Emerson and the Orphic Poet in America*. Berkeley and Los Angeles: U of California P, 1978.

Yonce, Margaret. "The Composition of *Soldiers' Pay*." *Mississippi Quarterly* 33 (1980): 291-326.

______. "*Soldiers' Pay*: A Critical Study of William Faulkner's First Novel." Dissertation. U of South Carolina, 1971.

Zender, Karl F. *The Crossing of the Ways: William Faulkner, the South, and the Modern World*. New Brunswick and London: Rutgers UP, 1989.

【日本語文献】

アガンベン、ジョルジョ『スタンツェ』岡田温司　訳、ありな書房、1998年。

ヴェルナン、ジャン＝ピエール『眼の中の死 ── 古代ギリシャにおける他者の像』及川馥、吉岡正敞　訳、法政大学、1993年。

大橋健三郎『ウィリアム・フォークナー研究』全1巻増補版　南雲堂、1996年。

小野清之「"Spotted Horses" の成立」『英米文学』25（1981）関西学院大学英米文学会、38-75。

グー、ジャン・ジョゼフ『言語の金使い ── 文学と経済学におけるリアリズムの解体』土田知則　訳、新曜社、1998年。

草光俊雄「中世主義者ワイルド」『ユリイカ』22.5（1990年5月号）、186-195。

グールド、スティーヴン・J『人間の測りまちがい ── 差別の科学史』鈴木善次、森脇靖子　訳、河出書房新社、1998年。

グルニエ、ロジェ『フィッツジェラルドの午前三時』中条省平　訳、白水社、1999年。

グレイヴズ、ロバート『ギリシャ神話』高杉一郎　訳、紀伊国屋、1998年。

ゴドリエ、モーリス『贈与の謎』山内昶　訳、法政大学、2000年。

小山敏夫『ウィリアム・フォークナーの短篇の世界』山口書店、1988年。

ジャンメール、アンリ『ディオニューソス ── バッコス崇拝の歴史』小林真紀子、福田素子、松村一男、前田寿彦　訳、言叢社、1991年。

杉山直人『「ヨクナパトファ」共同体と個をめぐって～フォークナーの肯定へのあゆみ～』創元社、1993年。

ダイクストラ、ブラム『倒錯の偶像 ── 世紀末幻想としての女性悪』富士川義之 他 訳、パピルス、1994年。

田中久男『ウィリアム・フォークナーの世界 ── 自己増殖のタペストリー』南雲堂、1997年。

______「*The Hamlet* の胚胎」『ウィリアム・フォークナー：資料研究批評』2.1（1979）、8-33。

谷川渥『鏡と皮膚 ── 芸術のミュトロギア』ポーラ文化研究所、1994年。

長谷川嘉男『ウィリアム・フォークナーの文学 ── 自作へのあくなき挑戦』桐原書店、1989年。

花岡秀『ウィリアム・フォークナー短編集 ── 空間構造をめぐって』山口書店、1994年。

平石貴樹『メランコリック デザイン ── フォークナー初期作品の構想』南雲堂、1993年。

富士川義之『ある耽美主義者の肖像 ── ウオルター・ペイターの世界』青土社、1992年。

藤平育子「ジョー＝アディ ── キャディ ── ナンシー・複合体」『フォークナー』4（2002）、65-76。

ブルデュー、ピエール『芸術の規則』I　石井洋二郎　訳、藤原書店、1995年。

______　同上、II、1996年。

フロイト、ジークムント『フロイト著作集 5』懸田克躬、高橋義孝　他　訳、人文書院、1969年。

フローベール、ギュスターヴ『ボヴァリー夫人』生島遼　訳、新潮社、1965 年。

ベンヤミン、ウオルター『ボードレール他五篇』野村修　他　訳、岩波書店、1994 年。

______「物語作者」ヴァルター・ベンヤミン著作集 7 『文学の危機』高木久雄編集解説、　晶文社、1975 年、177-221。

ボードレール、シャルル『悪の華』鈴木信太郎　訳、東京：岩波書店 1964。

______『ボードレール批評 2 』阿部良雄　訳、筑摩書房、1999 年。

マクルーハン、マーシャル『メディア論 ── 人間の拡張の諸相』栗原裕、河本仲聖　訳、みすず書房、1999 年。

宮下志朗『読書の首都パリ』みすず書房、1998 年。

山下昇『1930 年代のフォークナー ── 時代の認識と小説の構造 ── 』大阪教育図書、1997 年。

レヴィ＝ストロース、クロード「マルセル・モース論文集への序文」『社会学と人類学』I　有地亮、伊藤昌司、山口俊夫　訳、弘文堂、1993 年、1-46。


【翻訳参考】

フォークナー、ウィリアム『サンクチュアリ』加島祥造　訳、新潮社、1975年。

______『八月の光』加島祥造　訳、新潮社、1975 年。

______『響きと怒り』大橋健三郎　訳（『フォークナー』 I ）新潮社、1993年。

______『フォークナー全集』 1 『詩と初期短編・評論』福田陸太郎他　訳、富山房、1990 年。

______『フォークナー全集』 2 『兵士の報酬』原川恭一　訳、富山房、1978 年。

______『フォークナー全集』 3 『蚊』大津栄一郎　訳、富山房、1991 年。

______『フォークナー全集』 6 『死の床に横たわりて』坂田勝三　訳、

富山房、1974年。

______『フォークナー全集』12『アブサロム、アブサロム！』大橋吉之輔　訳、富山房、1968年。

______『フォークナー全集』14『野生の棕櫚』井上謙治　訳、富山房、1978年。

ホイットマン、ウォルト『草の葉』酒本雅之　訳、岩波文庫、1998年。

______『ホイットマン詩集』木島始　編、岩波文庫、1997年。

著 者 紹 介

田中敬子（たなか　たかこ）
京都市出身。神戸女学院大学、大阪市立大学大学院（修士号、博士課程単位取得退学）を経て米国ペンシルバニア州リーハイ大学大学院Ph.D.。現在名古屋市立大学人文社会学部教授。アメリカ文学専攻。
著書『国際文化学への招待―衝突する文化、共生する文化』（共著、新評論、1999年）。

フォークナーの前期作品研究 ── 身体と言語

2002年９月20日　初版発行

著　者	田　中　敬　子
発行者	安　居　洋　一
組　版	前田印刷有限会社
印刷所	平　河　工　業　社
製本所	株式会社難波製本

〒160-0002　東京都新宿区坂町26
発行所　開文社出版株式会社
電話 03（3358）6288番・振替 00160-0-52864

ISBN4-87571-969-8 C3098